五朝千家诗·唐代

邓亚文 编著

中国广播影视出版社

前 言

《五朝千家诗》是一套近体诗精华读本，共三册，分为《五朝千家诗·唐代》、《五朝千家诗·宋元》和《五朝千家诗·明清》。为使读者对本套图书有个大致了解，现将选编意图、编排方式、异文处理、注释准则及赏析要点等作一简要介绍。

选编意图

唐诗是我国古典诗歌发展的高峰，无论就其作者之众多、题材之广泛，还是就其艺术之高超、影响之深远来说，都是空前的；之后的宋、元、明、清时代，古典诗歌仍然保持着旺盛的生命力，大量优秀的诗篇，铸就了我国文学史上不可磨灭的辉煌。

三千多年过去了，无数文人墨客、帝王将相早已化作过眼烟云，而优秀的古典诗歌却广为流传、历久不衰，至今仍然像璀璨的明珠，发出夺目的光彩。“野火烧不尽，春风吹又生”是新生事物不可战胜的哲言，“飞流直下三千尺，疑是银河落九天”描绘了大自然的壮丽江山，“在天愿做比翼鸟，在地愿为连理枝”表达了至死不渝的爱情。无数著名诗人留下了大量脍炙人口的诗歌名句，成为世代中华儿女的宝贵精神财富。

为继承和弘扬我国传统诗歌文化，编者吸收各家之长，编著了这套《五朝千家诗》，希望有助于古典诗歌的进一步普及。

编排方式

古诗选本的编排方式一般有三种：或按作者顺序，或按内容分类，或按体裁排列。本套图书就采用第三种方法，即按五言、七言绝句和五言、七言律诗的体裁排列，每种体裁的诗歌，再按不同作者的诗作集中展示。

本套图书附录分为“作者简介”、“内容索引”、“名句索引”，值得一提的是，为方便读者查找同类题材的诗作，附录中的“内容索引”，分为景色诗、山水田园诗、咏物诗等12类。

“李杜文章在，光焰万丈长。”李白和杜甫是唐代诗歌高峰上的两位巨匠。为此，本套图书选编了李白和杜甫的诗作50余首，合计超出《五朝千家诗·唐代》的1/6。在《五朝千家诗·宋元》中，也侧重选编了苏轼、陆游等人的诗作。在《五朝千家诗·明清》中，则侧重选编了高启、刘基等人的诗作。此外，本套图书还选编了近30位女诗人的诗作，让读者一睹这些古代女性的才华。

异文处理

诗歌异文是指作者的某首诗在多家版本中被冠以不同的标题，或诗句中有不同的词语。本套图书对唐诗异文给予了应有的重视，采取以下三种办法处理。

1. 已收集到的，均在注释中注明，帮助读者开阔视野，避免错觉。

如李白《黄鹤楼闻笛》注释：诗题一作《听黄鹤楼吹笛》、《与史中郎钦听黄鹤楼上吹笛》等。

2. 在各种异文中，选取最准确的放入诗中，将其他异文作为注释。

如李约《观祈雨》中“朱门几处耽歌舞，犹恐春阴咽管弦”，多处异文为“朱门几处看歌舞”。“看”是中性词，系一般地看；“耽”是贬义词，意为沉溺入迷。诗中用“耽”字远胜过用“看”字。

3. 对明显不当或错误的异文不列入注释或指出其不妥。

如李绅《悯农诗》中“锄禾日当午”，而《竹庄诗话》作“镰禾日当午”，自然不妥。

注释准则

本套图书对所选诗作均有注释，基本准则是：对浅显易懂的一般不加注释，对典故及比较隐晦的词语加注释。有些重复出现的词语，前面已注释了的，后面一般不再注释，必要时注明见某某诗注。在本套图书中出现次数较多、意义比较接近的，在书前“词语统释”中统一注释，书中不再注释。

在本套图书中，对原诗标题疑为传抄的错误，能改正的予以改正并加说明；暂不宜改正的，亦加以注释。此外，对一些出处繁多的典故，本套图书在注明一种出处的同时，也补充了另一种出处，以免读者产生混淆。

赏析要点

对诗歌的欣赏包括两个方面：一方面，要从诗歌本身进行理解，又要结合作者际遇、时代风貌来进行分析；另一方面，就读者而言，迥然不同的人生经历，以及政治、经济、社会的原因，又不大可能使每一个时代的每一个人对同一首诗有相同的理解。以李商隐的《锦瑟》为例，千百年来，众说纷纭。有刘攽的“青衣（人名）说”，苏轼“适、怨、清、和”的“器物说”，元好问的“自伤说”，胡震亨的“闺情说”，朱彝尊的“悼亡说”等多种观点，至今仍是个谜，可见理解唐诗之难。

但是，除少数意旨隐晦的诗篇外，对大多数诗歌的理解，人们的认识还是比较一致的。为了帮助读者理解，又不使读者受到束缚，本套图书采用赏析的方式，用言简意赅的文字，对所选诗作的时代背景、基本内容、写作特点、文学价值及一些名人的评论，简明扼要地进行介绍，以供参考。

由于编者学识短浅，水平有限，书中错误在所难免，欢迎读者批评指正。

邓亚文

2017年7月

凡例

一、本书共选编唐至五代诗人112人的近体诗约300首。

二、本书选编诗作全部出自《全唐诗》，并标明卷号，仅杜牧七绝《清明》、佚名七律《闻笛》出自《千家诗》。诗题及诗句异文均有注释。

三、本书分五言绝句、七言绝句、五言律诗、七言律诗排列。同一作者不同形式的诗作分别放在不同部分，并尽可能按写作时间顺序排列，少数诗作按内容分类排列。

四、本书诗作作者按生卒年顺序排列，生卒年不详者，按登进士第时间排列，或按其生活年代插入其中。作者年龄均按虚岁计算。

五、本书使用标准简化汉字，个别情况下酌用繁体字或异体字。

六、本书涉及唐代及以前历史纪年，均用旧纪年，夹注公元纪年。唐代纪年省略“唐”字，玄宗“开元”、“天宝”年间，省略“玄宗”字样。天宝、至德改“元”为“载”，仍记为年。

七、本书对选编诗作均有注释和赏析。注释尽可能简明扼要，有的还注明出处，以便雅俗共赏。赏析是对诗作思想内容、写作特点及文学价值的概括，以便读者参考。

八、本书的附录有作者简介、内容索引、名句索引。

词语统释

吾、予、余：第一人称代词，相当于“我”。“余”也有“剩余”、“剩下”的意思。

君：第二人称代词，对男子的尊称，相当于“您”。有时也包括夫妻互指，个别诗句中特指君王。

妾：读qiè，第一人称代词，古代妇女的自我谦称。

之：动词，往某地去，到某地去。

去：动词，离开、走开。

骑：读jì，名词，骑马的人、骑兵、驿卒。

教：读jiāo，动词，使、令、让。

为：读wèi，介词，替、给、为了。个别诗句中读wéi，一作判断词“是”，一作动词“成为”。

儿：在多数诗句中，读ní，意义不变。

看：在多数诗句中，读kān，意义不变。

斜：在句末押韵时，读xiá，意义不变。

怜：动词，爱、疼爱。个别诗句中意为怜悯，有的为怜羡、羡慕，有的为可惜、可叹。

长安：名词，唐代国都，今陕西西安市。

芙蓉：名词，荷花。也指木芙蓉，落叶灌木或小乔木。

渚：读zhǔ，名词，江、河、湖中小块陆地。

蓬：名词，蓬草，秋后根断，遇风飞旋，故曰飞蓬、转蓬，引申为飘蓬、征蓬、孤蓬。

蓬壶：名词，蓬莱山和方壶山，另加瀛洲，合称为东海三座仙山。

天涯：名词，犹如天边，指极远的地方。

目录

七言绝句

五言律诗

七言津诗

五言绝句

虞世南

垂緌饮清露① 流响出疏桐②
居高声自远 非是藉秋风③

——全唐诗卷 36

【注释】

①垂緌(ruí):下垂的冠缨即帽带。蝉的头部有触须,下垂时状如帽带。《礼记·檀弓·下》:“蚕则绩而蟹有匡,范(蜂)则冠而蝉有緌。”饮清露:古人以为蝉只吃露水。西汉刘向《说苑·正谏》篇:“蝉高居悲鸣,饮露。”②流响:不停的鸣叫声。③藉(jiè):凭借、依靠。秋风:此处指帝王的权势。

【赏析】

这首咏物诗通过对蝉的居所、姿态、习性、鸣叫声的描写，赞颂了蝉的清高风雅和不同凡响的品德，暗喻自己是有才华的人，并不需要凭借某种外在力量自能声名远扬。全诗托物比兴，含意深刻。描写动静结合，细致入微。

赐萧瑀①

唐太宗

疾风知劲草② 板荡识诚臣③
勇夫安失义④ 智者必怀仁

——全唐诗卷 1

【注释】

①萧瑀(yǔ):字时文,南朝梁武帝萧衍(yǎn)后代,隋炀帝时任太守,入唐授光禄大夫,迁内史令,封宋国公,深得唐太宗信任。事见《旧唐

书·萧瑀传》。②疾风句：典出《后汉书·王霸传》。汉光武帝谓霸曰："颍（yǐng）川从我者皆逝，而子独留。努力，疾风知劲草。"③板荡：《诗经·大雅》中两首诗的篇名，意为社会动乱，民不聊生。板荡识：一作"昏日辨"。④安：一作"宁"。

【赏析】

这首古代帝王赏赐臣子的御制诗，提出了一个如何识别忠伪的问题，有一定积极意义。首句是自然现象，次句是社会现象，两者虽不同，但在只有经过严酷环境的考验才能鉴别良莠这一点上是相同的，因而这两句成为千古警句。后世"疾风知劲草，动乱识英雄"，"路遥知马力，事久见人心"皆从此两句变化而来。诗的后两句变换了角度，肯定了勇夫和智者的品德，是对前两句的补充。

易水送别[①]

骆宾王

此地别燕丹[②]　壮士发冲冠[③]
昔时人已没[④]　今日水犹寒

——全唐诗卷79

【注释】

①诗题一作《于易水送人》、《易水歌》。易水：水名，在今河北易县。②燕丹：战国时燕昭王太子丹。③壮士：指荆轲，入刺秦王。不成被杀。据《史记·刺客列传》和《战国策·燕策》载，荆轲临行时，燕太子丹于易水饯行，荆轲慷慨激昂，怒发冲冠，即席赋诗："风萧萧兮易水寒，壮士一去兮不复还。"此句一作"壮发上冲冠"。④没：同"殁"，死亡。

【赏析】

这首诗实际上是首怀古诗，作者希望离别的友人学习荆轲杀身成仁、舍生取义的精神。前两句紧扣“发冲冠”三字，描绘荆轲入秦时的悲壮情景；后两句发表感慨，虽然时过境迁，荆轲已死，但“水犹寒”三字却寓意荆轲的精神仍在激励着后人。

中秋月①

李峤

圆魄上寒空② 皆言四海同
安知千里外③ 不有雨兼风④

——全唐诗卷 61

【注释】

①诗题共二首，这是第二首。②圆魄：圆月、满月。魄：月光。③安知：怎知。④不有：没有、不会有。

【赏析】

这首景物诗颇有新意，饱含哲理。作者借咏中秋节的月亮，说明事物并不是千篇一律的。正如八月中秋，此地明月高悬，又怎知千里之外，不会有风雨大作呢？

渡汉江①

宋之问

岭外音书断② 经冬复历春③
近乡情更怯 不敢问来人④

——全唐诗卷 53

【注释】

①汉江：汉水，发源于陕西，流经湖北至武汉市入长江。《全唐诗》卷589一作李频诗。②岭外：五岭以南。五岭为越城、都庞、萌渚（zhǔ）、骑田和大庾岭，绵亘于湘、赣、桂、粤交界地区。唐时岭南为流放地。当时诗人被贬至泷（shuāng）州（今广东罗定县），与家人断绝音信。断：一作“绝”。③经冬：一作“经年”。④来人：迎面来的故乡熟人。

【赏析】

这首行旅诗是诗人从贬所逃归渡汉江时所作。前两句通过路途之远、时间之长、精神之孤独追述被贬后的愁苦情绪，后两句写走近故乡时提心吊胆的心情。“不敢问”，一是怕问出家中不幸的结果增加痛苦；二是因自己系逃归，怕人告发。这种特殊情况下的特殊心理，表现得真实动人。全诗虽无惊人之笔，心理描写却细致入微，具有较大的典型性和普遍性。

汾上惊秋[1]

苏颋（tǐng）

北风吹白云　万里渡河汾[2]
心绪逢摇落[3]　秋声不可闻

——全唐诗卷74

【注释】

①汾（fén）上：山西汾河岸边。②河汾：汾水流入黄河的一段，此处指汾阴县（今山西万荣县南）。据《史记·封禅书》及晋人《汉武故事》（旧题东汉班固撰）载，汉武帝曾在此地掘获黄帝铸造的宝鼎，并亲自到此祭祀土神后土，还写了一首《秋风辞》。其中有“秋风起兮白云飞，草木黄落兮雁南飞”的话。唐明皇效法汉武帝，也到此祭祀后土，并将汾阴县改名宝鼎县。③心绪：心情、情绪。摇落：凋残、零落。战国时楚国宋玉《九辩》有“悲哉，

秋之为气也，萧瑟兮，草木摇落而变衰”的句子。

【赏析】

这首感寓诗写于作者外放时最为失意的时期。诗中用北风、白云、秋声勾勒出一幅木叶飘零、万物萧条的秋天肃杀景象，同时借用典故，暗喻唐明皇欲效法汉武帝而不能的情况，反映了作者对国家的忧虑、对个人前途的感伤而又无可奈何的复杂心情。

登鹳雀楼①

王之涣

白日依山尽② 黄河入海流
欲穷千里目③ 更上一层楼④

——全唐诗卷 253

【注释】

①鹳（guàn）雀楼：旧址在今山西永济县西南城上，楼有三层，前瞻中条山，下可俯视黄河，常有鹳雀停留，故名。鹳雀：一种形似鹭（lù）的水鸟。《全唐诗》卷203一作朱斌诗。②尽：下落、沉没。③目：视力。④一层：一作“一重”。

【赏析】

这首景色诗是唐人绝句中的不朽名篇，千百年来为人们广泛传诵，历久不衰。前两句诗人抓住楼的位置特点，写了视野开阔、气势雄浑的景色；后两句引入更高的境界，阐明了登高望远的哲理，表现了诗人非凡的抱负和昂扬进取的精神。诗的写作特点是全部采用对偶句，浑然一体，一气呵成。

春　晓[①]

孟浩然

春眠不觉晓[②]　处处闻啼鸟
夜来风雨声　花落知多少[③]

——全唐诗卷 160

【注释】

①春晓：春天的早晨。②不觉晓：不知不觉中天已经亮了。③后两句一作“欲知昨夜风，花落无多少”。

【赏析】

这是首颂春、惜春的景色诗。首句写春睡的香甜，流露出对春的热爱；二、三句从听觉入手，写春天的盎然生机，又从户内写到户外，开拓了想象空间；末句是叹春、惜春，是主题的升华。全诗如行云流水，平易自然，意境深远，令人吟咏不衰。

访袁拾遗不遇[①]

孟浩然

洛阳访才子[②]　江岭作流人[③]
闻说梅花早　何如此地春[④]

——全唐诗卷 160

【注释】

①诗题一作《洛中访袁拾遗不遇》。袁拾遗：生平不详。拾遗：唐代谏（jiàn）官名，武则天时设，分属门下、中书两省，职掌对皇上规谏，并荐举官员。②才子：以袁拾遗比西汉贾谊。据《汉书·贾谊传》载，贾谊，西汉

武帝时洛阳(今属河南)人，著名政论家和文学家。二十岁任博士，后升大中大夫。因直言被贬长沙(今属湖南)王太傅，四年后召回。不久抑郁而死，年三十三岁。③江岭：江西大庾岭，五岭之一。流人：流放之人，亦即充军。④此地：一作“北地”。

【赏析】

这是首访友不遇的诗，包含了复杂的思想内容。前两句用鲜明的对比，“才子”变成了“流人”，从“洛阳”贬到“江岭”，揭露了当时政治的黑暗和对人才的摧残，抒发了作者的不平和愤慨。后两句另起波澜，用江岭早开的梅花反衬故乡的春天，加深了对友人的深切怀念，伤感情绪也更加浓厚。

宿建德江①

孟浩然

移舟泊烟渚② 日暮客愁新③
野旷天低树④ 江清月近人⑤

——全唐诗卷 160

【注释】

①诗题一作《建德江宿》。建德江：今新安江，源出安徽，流经浙江建德县入钱塘江。②烟渚(zhǔ)：一作“沧渚”、“幽渚”。③新：此处为添、增加的意思。④野旷：一作“野阔”。⑤月近人：月的倒影因江水清澈更显得明亮，离船中人也更近。

【赏析】

这是首抒写旅愁的诗，但在选材和表现上都颇有特色。首句写移舟点题次句写旅愁，三、四句将愁思化入苍茫寂寥的景物之中。诗中的景物只有在舟中才能看到，而这种宁静美好的景色又使诗人寻到了一丝安慰。全诗用词准确传神，江上景色如画，看似平淡，却诗意浓厚。

观永乐公主入蕃[1]

孙逖（tì）

边地莺花少[2]　年来未觉新
美人天上落　龙塞始应春[3]

——全唐诗卷 118

【注释】

①诗题一作《同洛阳李少府观永乐公主入蕃》。李少府：生平不详。永乐公主：东平王外孙女杨氏。开元五年（公元717年）十二月，唐明皇令其下嫁契丹王李失活，次年初成行。蕃（fān）指边境少数民族政权。②莺花：黄莺和鲜花。③龙塞：卢龙塞，在今河北长城喜峰口一带，诗中借指契丹地域。

【赏析】

汉唐时采用和亲政策，在历史上有进步意义。这首人物诗不从正面着笔，先描绘出一幅“莺花少”的边地荒凉景色作为反衬。公主入蕃如同“美人天上落”，给龙塞带来了春天，大自然都发生了变化。既歌颂了和亲政策的意义，也包含着诗人对民族和睦的美好憧憬。

终南望余雪[1]

祖　咏

终南阴岭秀[2]　积雪浮云端
林表明霁色[3]　城中增暮寒

——全唐诗卷 131

【注释】

①诗题一作《望终南残雪》。终南：山名，在今陕西西安市南，一称南山，即狭义的秦岭。古名太一（即太乙）山、地肺山、中南山、周南山，秦岭主峰之一。②阴岭：山的北坡。③林表：树林顶部。霁（jì）：雨后或雪后转晴。

【赏析】

这是首咏雪佳作。首句勾勒山的轮廓，次句写积雪的高厚，三句涂抹山林的色彩，末句写诗人的感觉，烘托余雪的寒意，隐含对民间疾苦的关心。

长干行[①]

崔颢（hào）

君家何处住[②]　妾住在横塘[③]
停船暂借问[④]　或恐是同乡[⑤]

其二

家临九江水[⑥]　来去九江侧
同是长干人　生小不相识

——全唐诗卷130

【注释】

①诗题一作《长干曲》、《江南曲》，共四首，这里是第一、二首。②何处住：一作“定何处”、“住何处”。③横塘：堤名，三国时吴国沿秦淮河南筑堤到长江口，称横塘，旧址在今江苏南京市西南。④借问：请问。⑤或恐：一作“或可”，也许的意思。⑥九江：泛指长江下游支流较多处，亦即长干里一带。

【赏析】

这是两首旧题翻新的民歌体诗篇，描写一对青年男女偶遇同乡的喜悦和相见恨晚的惋惜之情。第一首是女子的口吻，首句发问，次句自我介绍，三、四句再发问，表现了少女的天真性格和急切心情。第二首是男子的口吻，对女子的借问一一做了回答，加深了双方的共同点，显示了萍水相逢的可贵及“生小不相识”的惋惜。全诗有如男女对唱，语言朴实自然，但感人至深，人物的笑颜跃然纸上。

息夫人[1]

王　维

莫以今时宠[2]　能忘旧日恩[3]
看花满眼泪[4]　不共楚王言

——全唐诗卷 128

【注释】

①诗题一作《息夫人怨》、《息妫怨》，妫：(guī)。息夫人：春秋时息国(故地在今河南息县)国君夫人，长得很美。楚王为此派兵灭掉息国，将其掳入楚宫，生堵敖及成王。但息夫人一直不同楚王说话，仍然怀念原息国国君。事见《左传·庄公十四》。②今时：一作“今朝”。③能忘：一作“难忘”、“宁忘”、“宁无”。旧日：一作“异日”、“昔日”。④满眼：一作“满目”。

【赏析】

这首咏史诗是王维二十岁时的作品，写的是息夫人的爱情悲剧故事。前两句借息夫人的内心独白，写出其对爱情忠贞不渝的品格；后两句写息夫人的行为，这是一种对暴力无声的反抗。全诗对比强烈，含意深沉，反映了封建社会妇女的悲惨命运及统治者以强凌弱、荒淫无耻的行径。

鸟鸣涧[1]

王　维

人闲桂花落[2]　夜静春山空
月出惊山鸟　时鸣春涧中

——全唐诗卷128

【注释】

①这首诗是《皇甫岳云溪杂题五首》的第一首。②人闲：寂静。一作“人间”，即“桂花落人间”的倒文，意为月光照亮大地。古代神话传说月中有桂树，桂花即成为月的代称。也有的认为此处桂花指冬开春落桂花，不是指月光。

【赏析】

这是首写春山夜景的诗。春山、明月、深涧沉浸在一片寂静之中，落花、鸟鸣则是静中有动，增添了一片生机，更显夜景之美。

鹿　柴[1]

王　维

空山不见人　但闻人语响

返景入深林[②] 复照青苔上[③]

——全唐诗卷 128

【注释】

①这首诗是《辋（wǎng）川集》二十首的第五首。鹿柴：即鹿砦（zhài），王维住所辋川（今陕西蓝田县南）风景之一。②返景（同影）：返照的阳光。③青苔：一作“青莓”。

【赏析】

这首景物诗以恬静柔淡的语言，描绘了作者住所附近一片空山深林在夕阳返照时的幽静景色。首句写静，次句写动，静中有动；三句写动，四句写静，动中有静。全诗浅显流畅，是妙手可得的佳作，也是融画入诗的典范。

竹里馆[①]

王 维

独坐幽篁里[②] 弹琴复长啸[③]
深林人不知 明月来相照

——全唐诗卷 128

【注释】

①这首诗是《辋川集》二十首的第十七首。竹里馆：辋川风景之一。②幽篁（huáng）：战国时楚国屈原《九歌·山鬼》有“余处幽篁兮终不见天”句，东汉王逸注“幽篁，竹林也”。③啸：古代一种口技，诗中指吟咏。

【赏析】

这是首写闲适生活的诗。景物有幽篁、深林、明月，动作有独坐、弹琴、长啸，音响与寂静并存，深林与光影同在，一幅恬淡的田园画卷，令人怡然自乐，流连忘返。

相　思[1]

王　维

红豆生南国[2]　春来发几枝[3]
愿君多采撷[4]　此物最相思

——全唐诗卷 128

【注释】

①诗题一作《相思子》、《江上赠李龟年》。②红豆：红豆树、海红豆及相思子等植物种子的统称，产于岭南。红豆树高达数十米，红豆形如黄豆而略大，米红色、黑色或有黑色斑点，干后异常坚硬。唐代，许多人用以为装饰品。传说古代有一女子因丈夫死于边地，哭于树下而死，化为红豆，故后世常用以象征爱情或相思。③此句一作“秋来发故枝”。④愿君：一作“赠君”。此句一作“劝君休采撷”。采撷：摘取，一为用衣襟包着。撷（xié），因平仄关系，此处读去声（xiè）。

【赏析】

这首咏物诗是唐人绝句中的名篇，曾被乐工配谱，到处传唱，影响深远。诗人托物寓兴，抒发了对友人的眷念之情。首句从有象征意义的红豆写起，次句设问，显得亲切而意味深长；三句转承，唤起友人对情谊的珍视；末句点题，收到余音绕梁的效果。后世多用此诗来表述爱情。

玉阶怨[1]

李　白

玉阶生白露　夜久侵罗袜[2]
却下水晶帘[3]　玲珑望秋月

——全唐诗卷 165

【注释】

①玉阶：玉石台阶，此处指宫女住处。②夜久：夜深、夜长。侵罗袜：打湿丝袜。③却：然而。下：放下。水晶帘：一作“水精帘”，即琉璃窗帘。

【赏析】

这首宫怨诗抒发了封建社会被幽禁宫女的怨情。首句点明夜色很浓，次句说明伫立很久，三、四句说明宫女毫无睡意，只能默默无言，望月沉思，其孤寂幽怨之深，自不待言，全诗流露了对宫女的深切同情和对最高统治者的无情鞭挞。

静夜思[①]

李　白

床前明月光[②]　疑是地上霜
举头望明月[③]　低头思故乡

——全唐诗卷165

【注释】

①诗题一作《夜思》。②明月光：一作“看月光”。③明月：一作“山月”。

【赏析】

这首思乡诗，明白如话，但意境深远。诗人通过举头和低头两个动作，把月光和故乡连接起来，展示了自己内心由望到思的活动过程，流露出无限的思绪，也给读者留下丰富的想象空间，达到了绝句“自然”的妙境。

秋浦歌[①]

李 白

炉火照天地　　红星乱紫烟
赧郎明月夜[②]　歌曲动寒川

——全唐诗卷 167

【注释】

①诗题共十七首，这是第十四首。秋浦：今安徽贵池县，唐时为铜、银产地。②赧(nǎn)郎：冶炼工人，因炉火照射而脸色通红。明：使动用法，赧郎使月夜增辉。

【赏析】

这是首极其罕见的正面描写和歌颂劳动人民的诗。诗中用“炉火”、“红星”、“紫烟”描写了冶炼时的雄浑景象和壮观场面，再配上“明月”的优美景色和工人的引吭高歌，一幅月夜冶炼图跃然纸上。全诗饱含了作者对劳动人民的赞美之情。

独坐敬亭山[①]

李 白

众鸟高飞尽　　孤云独去闲[②]
相看两不厌　　只有敬亭山

——全唐诗卷 182

【注释】

①诗题一作《敬亭独坐》。敬亭山：又名昭亭山、查山，在今安徽宣州市北。山上有敬亭，为南齐诗人谢朓(tiǎo)吟咏处。②独去闲：一作“去独闲”，即独自去偷闲，意为仅有的一片云彩也偷偷地去找地方休息了。

【赏析】

这首感寓诗写于天宝十三年（公元754年）秋，反映了诗人的孤寂之感，写法很奇特。首句从“众”写到“尽”，次句点出“独”，剩下只有“山”和诗人自己相依为伴，强化了对敬亭山的喜爱。全诗运用拟人手法，赋予山以人的品格，实际上反映了诗人的精神寄托。

江南曲①

储光羲

日暮长江里　相邀归渡头②
落花如有意　来去逐船流③

——全唐诗卷 139

【注释】

①江南曲：古乐府曲调名，写江南地区生活，多为青年男女恋情。诗题共四首，这是第三首。②归渡头：回到渡口。③逐船流：随船漂流。

【赏析】

这首爱情诗前两句写水乡青年劳动一天后相约同归，后两句借花比人，反映青年男女间的约会和相互追逐的情趣。诗句比喻恰当，清新自然。

逢雪宿芙蓉山①

刘长卿

日暮苍山远　天寒白屋贫②
柴门闻犬吠③　风雪夜归人

——全唐诗卷 147

【注释】

①诗题一作《逢雪宿芙蓉山主人》。芙蓉山：地址不详。主人：指投宿的人家。②白屋：贫苦人家的简陋房屋。③柴门：用柴草撑起的房门。犬吠（fèi）：狗叫。

【赏析】

这是首广为传诵的人物诗。前两句写山行和投宿，是所见；后两句写犬吠和归人，是所闻。全诗勾勒出一幅荒凉、孤寂的画面，刻画了一个与世隔绝的隐士的高傲形象。

送灵澈[1]

刘长卿

苍苍竹林寺[2]　杳杳钟声晚[3]
荷笠带夕阳[4]　青山独归远

——全唐诗卷 147

【注释】

①诗题一作《送灵澈上人》。灵澈：当时有名的高僧。上人：对僧人（和尚）的尊称。②竹林寺：唐时有多处竹林寺，此处何指说法不一。据《大清一统志》载，当在今江苏丹徒县南。③杳杳（yǎo）：深远的意思。④荷笠：背着斗笠。夕阳：一作“斜阳”。

【赏析】

这首送别诗构思奇巧。前两句描写灵澈的归宿住所，竹林、寺庙、钟声是代表和尚的特殊景物；后两句是送别情景，诗人反客为主，不是眼见和尚越走越远，而是“归远”，即表明和尚离住所越来越近，也表现诗人伫立之久，情谊之深。

哥舒歌[①]

西鄙人

北斗七星高[②]　哥舒夜带刀
至今窥牧马[③]　不敢过临洮[④]

——全唐诗卷784

【注释】

①哥舒：哥舒翰，突厥族哥舒部人，唐大将，官至节度使、西平郡王。安禄山反，统兵二十万守潼关。因杨国忠猜忌，被逼出战，兵败被俘，后被安庆绪所杀。《全唐诗》注：“天宝中，哥舒翰为安西节度使，控地数千里，甚著威严，故西鄙人歌此。”②北斗：也叫北斗七星，星座名，在北天排成斗（或杓）形。其中天璇、天枢二星的连线指向北极星。一说此处即指北极星，是为赞扬哥舒翰的功绩和威望。③窥（kuī）：暗中观望，等待机会，以求一逞。牧马：原指放牧牛马，此处指敌军马队。“窥牧马”，指吐蕃（bō）骑兵窥伺能否越过边界进行侵略和骚扰。贾谊《过秦论》“蒙恬北筑长城而守藩篱，却匈奴七百余里，不敢南下而牧马”。④临洮（táo）：今甘肃岷县。《旧唐书·哥舒翰传》载，哥又筑城于青海中，吐蕃屏迹，不敢近青海。

【赏析】

这是首歌颂爱国将领哥舒翰的军旅诗。首句托物起兴，也暗寓哥的功绩和威望及对朝廷的耿耿忠心；次句点明哥经常带刀夜巡，赞颂其警惕性；三、四句说明敌人因哥的守卫而不敢轻举妄动，哥保卫了边境的安宁。全诗比兴得体，衬托恰当。

绝句二首

杜甫

迟日江山丽[①]　春风花草香

泥融飞燕子[②]　沙暖睡鸳鸯

其　二

江碧鸟逾白[③]　山青花欲燃
今春看又过　何日是归年[④]

——全唐诗卷 228

【注释】

①迟日：即春日。《诗经·豳风·七月》“春日迟迟”。②泥融：燕子衔泥筑巢。飞燕子：一作“新燕子”。③逾：越发。④归年：归期。

【赏析】

这两首景色诗是代宗广德二年（公元764年）杜甫回成都（今属四川）时所作，心境截然不同。第一首是描绘春天的极富诗情画意的佳作。首句写春光普照，江山秀丽；次句写春风和煦，百花盛开；三句写动态景物，燕子筑巢，充满生机；末句写静态景物，鸳鸯出水，沙滩睡眠。全诗画面艳丽，意境深远，对仗工整，格调清新，表露了诗人欢悦的情怀。第二首则抒发了诗人旅居异地的感慨。前两句写了江碧、鸟白、山青、花红（红得像燃烧的火焰）四景，令人赏心悦目；三、四句笔锋一转，岁月荏苒，归期遥遥，反映了诗人当时漂泊之苦和生活之贫以及对和平、安宁生活的渴望。

八　阵　图[①]

杜　甫

功盖三分国[②]　名成八阵图[③]
江流石不转[④]　遗恨失吞吴[⑤]

——全唐诗卷 229

【注释】

①八阵图：《三国志·蜀志·诸葛亮传》载，诸葛亮“推演兵法，作八阵图”，即诸葛亮创造的由天、地、风、云、龙、虎、鸟、蛇八种阵势所组成的军事操练和作战的阵图。此处指诸葛亮在永安宫（刘备行宫，在今重庆市奉节县东）前江边沙滩上垒石而成的八阵图。②三分国：指魏、蜀、吴三国。③名成：一作“名高”。④此句意为江水冲击，而石阵屹然不动。唐韦绚述《刘宾客（禹锡）嘉话录》载：“夔（kuí）州西市，俯临江沙，下有诸葛亮八阵图，聚石分布，宛然犹存。峡水大时，三蜀雪消之际，澒（hòng，弥漫无际）涌晃漾，大木石围，枯槎百丈，随波而下。及乎水落川平，万物皆失故态，诸葛小石之堆，标聚行列依然，如是者近六百年，迨今不动。”⑤遗恨：指未能阻止刘备兴兵伐吴。失吞吴：失策在于想吞并吴国。

【赏析】

这是首怀古诗，写于代宗大历元年（公元766年）初到夔州（今重庆市奉节县）时。首句写诸葛亮的盖世功绩，次句写他的杰出才能，三句写眼前实景，是凭吊古迹，也是遗恨的象征，末句直写诗人的遗恨，既是对诸葛亮壮志未酬的遗恨，也渗透了诗人自己的抑郁情怀。

春　雪

刘方平

飞雪带春风①　徘徊乱绕空②
君看似花处③　偏在洛阳东④

——全唐诗卷 251

【注释】

①带：挟带、卷起。此句实为“春风带飞雪”的倒装。②此句形容雪花纷纷扬扬，在空中飞舞盘旋。③似花：雪花飘落树上，如盛开的梨花。岑参（cén shēn）《白雪歌送武判官归京》有“忽如一夜春风来，千树万树梨花

开”句。④洛阳东：一作“洛城东”、“洛城中”，指富人聚居区。后两句意为只有富贵人家能悠闲地欣赏如花雪景，若乡村百姓则无此雅兴，反倒因天寒地冻倍增痛苦。

【赏析】

这首景物诗前两句写春风卷着雪花漫天飞舞的情状，是一幅优美的雪景；后两句暗含讥讽，揭露了权门贵族的豪华生活，表露了诗人对贫苦人民的同情和对世道不公的愤慨。全诗因景抒情，以小见大，形象逼真，蕴含丰富。

三 闾 庙[①]

戴叔伦

沅湘流不尽[②]　屈子怨何深[③]
日暮秋风起[④]　萧萧枫树林[⑤]

——全唐诗卷 274

【注释】

①诗题一作《过三闾庙》、《题三闾大夫庙》。三闾（lǘ）大夫和下句的屈子，均指战国时楚国屈原，因他主管过昭、屈、景三姓王族的教育，故称三闾大夫。屈原是我国第一位诗人，也是世界文化名人。早年担任楚国令尹，后遭谗流放，于楚顷襄王二十一年（公元前278年）五月五日投湖南汨罗江而死。事见《史记·屈原列传》。三闾庙在今汨（mì）罗县境。②沅湘：沅（yuán）江和湘江，是屈原诗篇中经常咏叹的两条江河，均在湖南。《楚辞·九章·怀沙》有“浩浩沅湘，分流汩兮；修路幽蔽，道远忽兮”的句子。③屈子：一作“屈宋”，指屈原和宋玉。④秋风：一作“秋烟”。《九歌·湘夫人》有“袅袅兮秋风”句。⑤枫树林：屈原（一作宋玉）《招魂》有“湛湛江水兮上有枫，目极千里兮伤春心”句。

【赏析】

这首怀古诗以沅湘开篇，既是即景起兴，也是比喻屈原哀怨之深；三、四句化用屈原《九歌》和《招魂》中的名句，描绘出一幅秋风萧瑟的景象，更增添了人们的无限哀思。

秋夜寄邱员外[1]

韦应物

怀君属秋夜[2]　散步咏凉天
空山松子落[3]　幽人应未眠[4]

——全唐诗卷 188

【注释】

①诗题一作《秋夜寄邱二十二员外》。邱即邱丹，苏州嘉兴（苏州今属江苏，嘉兴今属浙江）人，曾任县令、仓部员外郎，后隐居临平山（今浙江杭州市东北）。②怀君：怀念你（指邱丹）。③空山：一作“山空”。④幽人：隐士，此处亦指邱丹。

【赏析】

这是首怀友诗，写于诗人任苏州刺史期间。前半首写自己的怀念，后半首笔锋一转，推想对方也在怀念自己，虽是想象，却是前两句的深化，这就使全诗连成一体，表达了两位友人对对方的思念心情。

塞　下　曲[1]

卢纶（lún）

鹫翎金仆姑[2]　燕尾绣蝥弧[3]

独立扬新令[4]　千营共一呼

其　二

林暗草惊风　将军夜引弓
平明寻白羽[5]　没在石棱中[6]

其　三

月黑雁飞高　单于夜遁逃[7]
欲将轻骑逐[8]　大雪满弓刀

其　四

野幕敞琼筵[9]　羌戎贺劳旋[10]
醉和金甲舞　雷鼓动山川

——全唐诗卷 278

【注释】

①塞下曲：与塞上曲一样，都是古代一种军歌。诗题原作《和张仆射塞下曲》。张系张延赏，官左仆射。一说为张建封，官节度使、检校右仆射。②鹫（jiù）：鹰、雕一类猛禽。翎（líng）：鸟翅或尾上的长羽毛，可做箭羽。金仆姑：指好箭。③燕尾：指旗子的形状如燕尾。绣蝥（máo）弧：用锦绣织成的战旗。④扬新令：发布新命令。⑤白羽：插有白色羽毛的箭。⑥没：嵌入。石棱（léng）：石头表面的突出部分。这两句典出《史记·李将军列传》李广射虎中石的故事。⑦单于（chán yú）：匈奴首领。夜：一作“远”。⑧将：率领，仍读平声。轻骑：轻装的骑兵部队。⑨野幕：野外营帐。琼筵：华美的筵席。“敞”一作“蔽”。⑩羌戎（qiāng róng）：一作“羌夷”。

【赏析】

这组诗共六首，这里选的是前四首。全诗写军旅生活，刻画了一个军令严肃、武艺高强、每战必胜、深受军民拥戴的边防将领的形象。诗中有人物，有情节，有场面，有连贯性，文字极其简洁，是历来传诵的名篇。

江南曲①

李 益

嫁得瞿塘贾② 朝朝误妾期
早知潮有信③ 嫁与弄潮儿④

——全唐诗卷 283

【注释】

①江南曲：古代歌曲名。诗题一作《江南词》。②瞿塘：长江三峡之一的瞿塘峡，又名夔（kuí）峡，在今奉节县东南。贾（gǔ）：商人。唐时有些商人远出经商成年不归，甚至一去不返，妻子独守空房。③潮有信：一作“潮为信”。涨潮落潮有一定时间，故有潮信之说。④弄潮儿：敢于在浪潮中戏弄的青年人。唐人李吉甫《元和郡县图志·江南道·杭州·钱塘县》载，“每年八月十八日，数百里士女共观（浙江潮），舟人渔子溯涛触浪，谓之弄潮”。

【赏析】

这首闺怨诗通过心理活动的描写，反映女子对爱情生活大胆而直率的向往。“潮信”两句转平

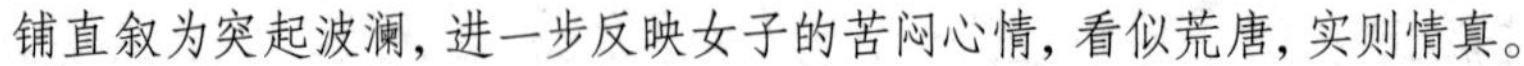
铺直叙为突起波澜，进一步反映女子的苦闷心情，看似荒唐，实则情真。

鸣　筝①

李　端

鸣筝金粟柱②　素手玉房前③
欲得周郎顾④　时时误拂弦

——全唐诗卷 286

【注释】

①诗题一作《听筝》、《闻筝曲》。筝：拨弦乐器，战国时流行于秦地，相传为蒙恬所造，故又名“秦筝”。音箱为木制长方形，面上张弦，每弦用一柱支撑，柱可左右移动以调节音高。唐宋时教坊用筝均十三弦，清代为十六弦，现经改革，增至十八弦、二十一弦、二十五弦等，能转十二个调。②金粟柱：用金粟装饰的系弦圆木，可以拧动。③玉房：玉制筝枕，可架起弦来以便发声。④周郎：《三国志·吴志·周瑜传》载，孙策授周瑜建威中郎将，“瑜时年二十四，吴中皆呼为周郎”。又“瑜少精意于音乐，虽三爵之后，其有阙（quē）误，瑜必知之，知之必顾”。时人谣曰：“曲有误，周郎顾。”故后人称善赏曲者为“顾曲周郎”。

【赏析】

这首爱情诗的前两句写筝的精美和弹奏准备，后两句写少女为了让听者注意自己，故意把曲子弹错，委婉地表达少女对意中人的恋情。

行营即事①

刘　商

万姓厌干戈②　三边尚未和③

将军夸宝剑④　功在杀人多⑤

——全唐诗卷 304

【注释】

①行营：将领离开驻地亲临战场的临时营房。②万姓：即百姓。干戈：原为盾牌和武器，此处代指战争。③三边：汉时幽、并、凉三州（州治分别在今北京市城区西南、山西太原市、甘肃张家川回族自治县），皆在边塞。《后汉书·鲜卑传》载，“三州缘边诸郡，无岁不被鲜卑寇抄，杀掠不可胜数”。后以“三边”代指边境。未和：没有停战言和迹象。④夸宝剑：此处比喻夸耀战功。⑤杀人：此处“人”指老百姓，“杀人”即杀良冒功。史载，中唐时期曾多次出现将士杀良冒功现象。

【赏析】

“安史之乱”后，唐王朝开始走下坡路，内有宦官擅权和朋党之争，外有藩镇割据，拥兵自重。军阀之间，连年混战，给人民群众带来深沉的灾难。这首诗的首句写百姓亟待和平与安宁，次句写没有任何和平迹象，三、四句写将军厚颜无耻地夸耀战功，实际是杀人（百姓）竞赛。全诗揭露了将军滥杀无辜的滔天罪行，表现了诗人的满腔激愤。

归信吟

孟　郊

泪墨洒为书①　将寄万里亲②
书去魂亦去　兀然空一身③

——全唐诗卷 372

【注释】

①洒：指和着泪水用笔墨写。②亲：古诗文中单用时一般指父母。③兀（wù）然：浑然无知的样子。

【赏析】

这是首游子思亲诗，通过写信和寄信反映游子对父母亲的怀念。写信和着泪水，悲痛之极；寄信距离万里，无限哀思；魂随书去，空然一身，把思亲情感推向高潮。没有琢句炼字的独到之功，达不到这种境界。

古 怨[1]

孟 郊

试妾与君泪[2] 两处滴池水
看取芙蓉花[3] 今年为谁死[4]

——全唐诗卷 372

【注释】

①诗题一作《怨诗》。②试：一作“拭”。③看取：检验。④为谁死：因为经受不了谁的眼泪浸渍而死。

【赏析】

这是首闺怨诗。一个女子要跟丈夫赌咒，看谁是真情实意，谁是虚情假意。赌咒的方式很奇特，以荷花之死作为检验泪水多少和情意真假的标准，反映了妇女对纯真爱情的追求。

梁城老人怨[1]

陈 羽

朝为耕种人 暮作刀枪鬼
相看父子血 共染城壕水[2]

——全唐诗卷 348

【注释】

①梁城：今河南临汝县。诗题一作《梁城老父怨》。《全唐诗》卷293一作司空曙诗。②城壕：一作“墟壕”，即护城河。

【赏析】

中晚唐时期，藩镇之间的混战有增无已。中原古为征战之地，生灵涂炭，苦不堪言。这首揭露诗选取一家父子二人朝不保夕、惨遭杀害的悲剧，有力地控诉了藩镇割据的暴行，表现了作者的极大愤慨和对统治者的谴责。

新嫁娘词[①]

王　建

三日入厨下[②]　洗手作羹汤
未谙姑食性[③]　先遣小姑尝[④]

——全唐诗卷 301

【注释】

①诗题一作《新嫁娘》，共三首，这是第三首。②三日：古代女子出嫁后第三天，要下厨房做饭，以讨取婆婆欢心。③谙（ān）：熟悉。姑：婆婆，丈夫的母亲。④遣：让，使。小姑：即姑子，丈夫的妹妹。一作“小娘”。

【赏析】

这首人物诗通过对新嫁娘下厨做羹汤的描写，借以表现了唐时一般官吏揣摩上司意图、曲意逢迎的社会风尚。诗的前两句叙事，后两句写心理活动。不遣丈夫尝而遣小姑尝，是因为男人粗心、女人细心的缘故，正说明新嫁娘工于心计。

续父井梧吟[1]

薛 涛

庭除一古桐[2] 耸干入云中

枝迎南北鸟 叶送往来风

——全唐诗卷 803

【注释】

①续：据《全唐诗》载，薛涛小时候，薛父口占前两句，薛涛续了后两句，故诗题作此。②庭除：庭院台阶。

【赏析】

这首咏物诗前两句比较平淡，续诗从树干写到枝、叶，不仅描写细致，顺理成章，而且意境高雅，体现了诗人的开阔胸襟和博大情怀。

春 怨[1]

金昌绪

打起黄莺儿[2] 莫教枝上啼

啼时惊妾梦[3] 不得到辽西[4]

——全唐诗卷 768

【注释】

①诗题一作《伊州歌》。②打起：一作“打却”、“却起”，赶飞的意思。③啼时：一作“几回”。④辽西：今辽宁辽河以西广大地区，唐时为边防戍地。

【赏析】

这是首脍炙人口的怀夫诗。作者构思巧妙，逐层展开，环环相扣，步步深入，最后点明题意。丈夫戍边，少妇不能与之相会，连梦中相会都被饶舌的黄莺所惊扰，所以把怨恨发泄在黄莺身上，少妇的内心世界被表现得淋漓尽致，真实感人。

春闺思①

张仲素

袅袅城边柳② 青青陌上桑③
提笼忘采叶 昨夜梦渔阳④

——全唐诗卷 367

【注释】

①诗题一作《春闺怨》。②袅袅（niǎo）：形容柳树枝条纤细柔嫩。城边：一作“城前”。③陌上：田间小路。④渔阳：唐时郡名，郡治今天津市蓟（jì）县，此处代指边城。

【赏析】

这首诗写法和《春怨》不同。前两句描写春郊景色，三句刻画女子形态，宛如一尊雕塑，末句推测女子“忘采叶”的原因，说明其对丈夫的思念是无时无刻、不分昼夜的。委婉含蓄的表现手法留给读者更丰富的想象空间。

王昭君①

张仲素

仙娥今下嫁② 骄子自同和③
剑戟归田尽④ 牛羊绕塞多

——全唐诗卷 367

【注释】

①王昭君：据《汉书·匈奴传》、《后汉书·南匈奴传》载，王昭君，名嫱(qiáng)，西汉南郡秭归(今属湖北)人。汉元帝时，被选入宫。竟宁元年(公元前33年)，匈奴呼韩邪单于稽候珊至长安求婚，昭君自请求行，远嫁匈奴，被封宁胡阏氏(yān zhī)。②仙娥：形容王昭君美若天仙。下嫁：古时，汉、唐自称天朝，故和亲被称作"下嫁"。③骄子：指匈奴首领。典出《汉书·匈奴传》，匈奴单于答汉皇信中说"南有大汉，北有强胡。胡者，天之骄子也"。同和：同意与汉朝和好。④剑戟(jǐ)：古代兵器。戟是长杆上端金属枪头旁另有月牙形利刃的一种。此处既指兵器，也代指士兵。归田尽：兵器熔铸为农具，士兵解甲归田。

【赏析】

昭君和番是千百年来家喻户晓的故事，但历来看法颇有分歧。这首咏史诗一反传统观念，对昭君和番给予很高评价，这是对和亲政策的肯定。首句点题，次句写匈奴的诚意，三、四句描写烽烟顿息、边塞宁静、生产发展、欣欣向荣的景象，反映了诗人化干戈为玉帛的良好愿望。

经檀道济故垒[①]

刘禹锡

万里长城坏[②]　荒营野草秋[③]
秣陵多士女[④]　犹唱白符鸠[⑤]

——全唐诗卷364

【注释】

①檀(tán)道济：南朝刘宋名将，立功前朝，威名甚重，左右腹心，并经百战，诸子又有才气，遭到朝廷猜忌。宋文帝元嘉十三年(公元436年)春，彭城王义康矫诏将其杀害，同时被害的还有檀的八个儿子。故垒：往日的兵营。②万里长城坏：檀道济被收监时，脱帻(zé，古代一种头巾)投地

曰："乃复坏汝万里之长城。"檀死后，北魏无所畏惧，频岁南伐，有饮马长江之志。元嘉二十七年（公元450年），魏军至瓜步（南京对岸），文帝登石头城望，甚有忧色，叹曰："若道济在，岂至此！"③荒营：一作"荒云"。秋：指秋天的肃杀景象。④秣（mò）陵：今南京市。士女：泛指男女。⑤白符鸠（jiū）：古拂舞曲，三国时吴人歌此，以发泄对吴后主孙皓残暴统治的不满。檀被害后，时人歌曰："可怜白符鸠，枉杀檀江州（檀曾任江州刺史）。"此处借用，表示对檀的哀悼和对宋文帝的批评。以上均见《宋书》和《南史》的《檀道济传》。

【赏析】

这是首吊古诗。首句借用檀道济的原话，指出檀道济被害给刘宋朝廷造成的巨大损失；次句写故垒的荒凉，隐含诗人的不平和愤慨；后两句写人民对檀的哀悼和怀念，也唱出了诗人的心声。全诗主旨鲜明，对比强烈，揭露了最高统治者杀戮（lù）功臣的罪恶，也反映出封建社会因臣下功高震主而引起君臣猜忌这一不可调和的政治矛盾。

淮阴行[1]

刘禹锡

何物令侬美[2]　羡郎船尾燕
衔泥趁樯竿[3]　食宿长相见

——全唐诗卷 364

【注释】

①淮阴：唐代有淮阴郡，辖境相当于今江苏淮阴、洪泽、盱眙（xū yí）诸县（市）一带。诗题共五首，这是第四首。②侬：唐时方言，我，第一人称代词。③趁：追逐，指燕子绕着樯竿（桅杆）飞行、嬉戏。

【赏析】

这首爱情诗着重描写船工妻子的心理活动。前两句自问自答，引出燕子，看似与丈夫即将驾船远行不沾边，实则暗含离别之苦；后两句说明羡慕原因，借人不如燕抒发自己不能和丈夫朝夕相伴，安排、关心丈夫生活的苦闷心情。全诗委婉曲折，比喻巧妙。北宋诗人黄庭坚称其“情调殊丽，语气尤稳切”。（《苕溪渔隐丛话》）

悯农诗[①]

李绅

春种一粒粟　　秋收万颗子[②]
四海无闲田　　农夫犹饿死

其二

锄禾日当午　　汗滴禾下土[③]
谁知盘中餐[④]　　粒粒皆辛苦

——全唐诗卷 483

【注释】

①诗题一作《悯农二首》、《古风二首》。②秋收：一作“秋成”。③禾下：一作“田中”。④餐：一作“飧”（sūn）。

【赏析】

这是两首广为流传的名诗。第一首揭露了统治者对农民的残酷剥削，但作者没有明言，是通过两个对比层层深入进行揭示的。第二首选取一个典型场面，描述农民劳动的艰辛，告诫人们要加倍爱惜粮食。全诗流露出作者对农民的深切同情，语言质朴，说理深刻，是唐人绝句中的优秀篇章。

江　雪

柳宗元

千山飞鸟绝[①]　万径人踪灭[②]
孤舟蓑笠翁[③]　独钓寒江雪

——全唐诗卷 352

【注释】

①飞鸟：多本作“鸟飞”。今从清末民初王文濡（rú）《历代诗评注读本》。②径：小路。踪：脚印。③蓑（suō）笠翁：暗喻作者自己。

【赏析】

这首景物诗是作者被贬到永州（今属湖南，原名零陵）时所作。前两句勾勒出一幅空间无限广阔又无比凄凉的奇特景象，后两句推出画面上的人物，虽显示出一些生气，但渔翁的孤独寂寞被压缩凝聚到一个“钓”字上，更强化了这种冷清的气氛。全诗反映了诗人在参加王叔文集团政治革新失败后，不屈而又孤独的心境。在写法上，由远至近，由大至小，逐渐紧缩，犹如电影的特写镜头，堪称奇绝。

剑　客[1]

贾　岛

十年磨一剑　霜刃未曾试[2]
今日把示君[3]　谁有不平事[4]

——全唐诗卷 571

【注释】

①诗题一作《述剑》。剑客：精于剑术的人，此处是诗人自喻，“剑”则比喻自己的才能。②霜刃：一作“两刃”。③把示：一作“把似”、“把事”。④谁有：一作“谁为”。

【赏析】

这是首咏物言志诗。首句从侧面写磨剑时间之长，次句正面写剑之锋利，比喻自己十年寒窗，才华出众；三、四句反映诗人急于干一番事业的壮志豪情。全诗刻画出一个古代剑客的侠义形象，含而不露地表现出诗人的政治抱负。

罗唝曲[1]

刘采春

莫作商人妇　金钗当卜钱[2]
朝朝江口望　错认几人船

——全唐诗卷 802

【注释】

①罗唝（gòng）曲：又名《望夫歌》，词牌名，因南朝陈后主在金陵建有罗唝楼而得名。诗题共六首，这是第三首。②金钗：古代妇女首饰。当卜钱：典当金钗，换钱占卜。也可理解为以金钗当作金钱占卜，预测丈夫归期。

【赏析】

这首闺怨诗和李益的《江南曲》有异曲同工之妙。诗的首句是感叹，次句写占卜，反映商人妇的不幸和痛苦；三、四句写商人妇在江口张望的情景，其焦虑盼望情状，令人同情。全诗通过占卜、张望和错认几个动作，刻画了主人公的心理活动。

芦　花

雍（yōng）裕之

夹岸复连沙① 枝枝摇浪花②
月明浑似雪③ 无处认渔家④

——全唐诗卷 471

【注释】

①连沙：连接沙滩。②摇浪花：芦花摇动如波浪起伏。③浑：简直。④渔家：代指渔船。

【赏析】

这首景物诗首句写芦花分布之广，次句写其摇动之状，三句写月夜时的色泽，末句写渔船与芦花混在一起。全诗以沙滩、秋水和明月为背景，连用两个比喻，形象逼真地写出了芦花的特点和情状，令人叹服。

偶　题

殷尧藩

越女收龙眼① 蛮儿拾象牙②

长安千万里　走马送谁家[4]

——全唐诗卷 492

【注释】

①越女：越地女子，指今浙江、福建一带妇女。龙眼：俗称桂圆，果肉白色，味甜，可食用，也可入药，是滋养强壮剂。产于福建、广东等地。②蛮儿：指西南地区少数民族男子。

【赏析】

这首揭露讽刺诗前两句叙事，写了越女和蛮儿收取劳动成果的情况，令人一喜；后两句提出问题，这些劳动成果必须途经千万里送往长安进贡，令人一忧。统治阶级对百姓的搜刮和百姓的沉重负担，于此可见一斑。

马　诗

李　贺

其　五[1]

大漠沙如雪[2]　燕山月似钩[3]
何当金络脑[4]　快走踏清秋[5]

其　十

催榜渡乌江[6]　神骓泣向风[7]
君王今解剑[8]　何处逐英雄[9]

——全唐诗卷 391

【注释】

①马诗：共二十三首。②沙：一作“山”。③燕（yān）山：燕然山，即今蒙古国境内杭爱山。④何当：何时。金：金勒，套马用。络脑：笼在马头上。⑤走：奔跑。快走：一作“万里”。⑥榜（bàng）：摇船用具。催榜：催船夫快摇船。乌江：一作“江东”。⑦神骓（zhuī）：颜色黑白相间的马，项羽的坐骑。⑧君王：一作“吾王”，指项羽。解剑：拔剑自杀。今解剑：一作“分解剑”。⑨逐：追随的意思。《史记·项羽本纪》载，项羽临死前，谓亭长曰：“吾知公长者，吾骑此马五岁，所当无敌，尝一日行千里，不忍杀之，以赐公。”乃令骑皆下马步行，持短兵接战。后自杀。

【赏析】

马诗名为咏马，实则借题发挥，评人论事，内容丰富，含意深刻。此处第一首借马抒发自己希望报效国家的豪情壮志。前两句展示壮阔的边地风光，后两句反映驰骋疆场的渴望。第二首写乌骓马因项羽兵败自杀的哭泣和哀叹，抒发了诗人对神骓的同情和惋惜以及自己怀才不遇的感叹。全诗语言明快，风格清丽。如“踏清秋”、“泣向风”，分别写出了战马的雄姿和情感，动人心弦。

宫　词[①]

张　祜

故国三千里[②]　深宫二十年
一声何满子[③]　双泪落君前

——全唐诗卷 511

【注释】

①诗题共二首，这是第一首。②故国：指故乡。③何满子：唐教坊曲名，因歌人何满子临刑哀歌而得名。

【赏析】

这首宫怨诗展示了一幅宫女悲惨生活的图景。首句写离家之远，不能见父母；次句写入宫之久，不能见君王；均暗喻愁苦怨恨之深，为后半首做了铺垫。后两句直写一声悲歌，双泪齐落，把宫女的千愁万恨一齐倾泻出来，使读者如见其人，如闻其声。全诗反映了封建制度对女性严重的摧残。

塞　下

许　浑

夜战桑干北①　秦兵半不归②
朝来有乡信③　犹自寄征衣④

——全唐诗卷 538

【注释】

①桑干：河名，又称芦沟河，即永定河上游，在今河北省北部。北：一作"雪"。②秦兵：代指唐军，亦指秦川（今陕西一带）籍士兵。③乡信：家信。④征衣：军服。唐以前士兵的武器和军服均须自备。唐时实行府兵制，军服由朝廷制发，但军人家属仍有送军服以示关怀者。

【赏析】

这首边塞诗的基调是悲凉的。首句写一次夜战，次句写牺牲的惨重。三句写死者的家信，末句写家信的内容，征衣已经寄出。全诗通过一名死难战士的典型情节，对统治者穷兵黩武给人民造成的灾难进行了无声的谴责。

长安秋望

杜 牧

楼倚霜树外[①] 镜天无一毫[②]
南山与秋色[③] 气势两相高[④]

——全唐诗卷 521

【注释】

①霜树：经霜的树木。②镜天：天空明净如镜。无一毫：无一丝云彩。③南山：终南山。④气势：分指秋色和南山。

【赏析】

这是首歌咏秋高气爽的景色诗。首句点出“望”的立足点，次句写天的高洁，寥廓万里；三、四句用南山衬托秋色，写出秋色的高远。全诗反映了一种积极向上的精神状态。

乐游原[①]

李商隐

向晚意不适[②] 驱车登古原[③]
夕阳无限好[④] 只是近黄昏

——全唐诗卷 539

【注释】

①诗题一作《登乐游原》。乐游原：在今西安市南，当时是著名的游览区。诗中的“古原”即指此处。②向晚：傍晚。意不适：心情不舒畅。③驱车：赶车。④夕阳：寓意个人的沉沦迟暮，象征大唐帝国的奄奄一息。

【赏析】

这首感寓诗是诗人在政治上失望、个人不得志的情况下写的，大约在武宗会昌四年或五年（公元844—845年）。诗的格调低沉，但寓意深刻。前两句点明登古原的原因和经过，后两句即景生情，写出转瞬将逝的夕阳景色，成为千古佳句。全诗既写出了诗人的忧郁、哀伤，也反映了诗人热爱生活、坚持理想的信念。

江村夜归①

项　斯

月落江路黑②　前村人语稀
几家深树里　点火照船归③

——全唐诗卷554

【注释】

①诗题一作《江村夜泊》。②月落：一作“日落”。江路：一作“江村”。③此句一作“一火夜渔归”。

【赏析】

这首纪事诗描绘了一幅江村月夜图。首句“月落”说明已是半夜过后，次句“人语稀”与首句相照应，人们大多已进入梦乡；后两句写渔家深树掩映，渔人点火夜归。诗人不仅赞美了他们的辛勤劳动，也描绘了一种宁静的氛围。

题红叶①

宫人韩氏

流水何太急　深宫尽日闲②

殷勤谢红叶[3]　好去到人间[4]

——全唐诗卷 797

【注释】

①题红叶：将诗题写在红叶上。《全唐诗》载，宣宗朝，卢渥应举时，“偶临御沟，得一红叶，上有绝句，置于巾箱。及出宫人，得韩氏。睹红叶，吁嗟久之，曰，当时偶题，不谓郎君得之”。后遂以红叶题诗比喻良媒。②深宫：皇宫。③殷勤：恳切。谢：告诉。④人间：此处指宫外，普通人居住的地方。

【赏析】

这是首宫怨诗，宫人以切身的感受，反映了自己被幽禁的命运和渴望幸福爱情的苦衷。首句写时光的流逝，次句写青春的消磨，控诉了封建统治者对少女的摧残；三、四句寄托宫女的心愿，饱含美好的希望和无尽的哀思。全诗自然贴切，情感动人。

筑城词[1]

陆龟蒙

莫叹将军逼[2]　将军要却敌[3]
城高功亦高　尔命何足惜[4]

——全唐诗卷 627

【注释】

①诗题共二首，这是第二首。②将军逼：一作“筑城劳”。③却敌：打退敌人。“敌人”指农民起义军。④何足惜：一作“何劳惜”。

【赏析】

这是首政治讽刺诗。首句从民众的怨恨着笔，次句解释筑城原因，三句进行对比，末句发表议论。全诗通过将军逼迫民众筑城这一侧面，深刻揭露了当时社会尖锐的阶级矛盾以及统治阶级镇压农民起义的反动本质。运用反语是这首诗的重要特色。

田　家

聂夷中

父耕原上田[1]　子劚山下荒[2]
六月禾未秀　官家已修仓

——全唐诗卷 636

【注释】

①原：平坦宽广的高地。②劚（zhǔ）：原为一种农具，此处意为开垦，挖掘。

【赏析】

这首揭露讽刺诗是聂夷中留下的名作之一。诗的前两句写一户农民父子的辛勤劳动，后两句写官府修仓，意味着农民的劳动成果将被官府抢掠一空。这种无厌的剥削，诗人并没有道破，而是寓讽刺于叙述之中，也就显得更加冷峭有力。

感　寓

杜荀鹤

大海波涛浅　小人方寸深[1]
海枯终见底　人死不知心[2]

——全唐诗卷 693

【注释】

①方寸：指人的心。②人死：一作“人必”。

【赏析】

这首感寓诗首句写波涛，次句写人心，以波涛之浅（实际并不浅）反衬小人城府之深；三、四句作进一步的阐述，抒发了作者对唐末混乱时期道德沦丧、人心不古的深沉感慨。全诗两用对比，逐层推进。

寄　夫[①]

郭绍兰

我婿去重湖[②]　临窗泣血书[③]
殷勤凭燕翼[④]　寄与薄情夫[⑤]

——全唐诗卷 799

【注释】

①《全唐诗》载，作者丈夫任宗，出外经商数年不归。绍兰作此诗系于燕足。任宗时在荆州（今属湖北），燕停其肩，任见燕足系书，解视之，乃妻所寄，感泣而归。②婿：古时称丈夫为夫婿。重湖：指青草湖与洞庭湖。青草湖又名巴丘湖，在洞庭湖东南部，北有沙洲与洞庭湖相隔，水涨时则相连，故名。诗中借指今湖南、湖北一带。③泣血书：咬破手指，流泪写下血书；也可理解为终日流泪，泪尽继之以血，写下书信。④凭：依靠、指望。⑤薄情夫：无情无义的丈夫。

【赏析】

这是首富于传奇色彩的爱情诗。诗中语气凄婉，情真意切，于怨恨中流露出思念，有感人的力量。

沙上鹭

张文姬

沙头一水禽① 鼓翼扬清音②
只待高风便③ 非无云汉心④

——全唐诗卷 799

【注释】

①沙头：沙洲尽头。②鼓翼：张开翅膀。清音：清脆悦耳的鸣叫声。③高风便：合适的风向，代指机遇。④云汉心：直冲云霄的雄心壮志。

【赏析】

这是首托物咏志诗。诗人描写白鹭展翅高飞，直冲云汉的形象，抒发了自己不甘寂寞、等待时机、搏击长空、一展雄才的抱负。但在封建社会，妇女长期遭受压抑和摧残，聪明才智不能得到发挥，这种抱负也很难实现。这首诗只是从一个侧面批判了封建制度的罪恶，也唱出了妇女渴望冲破牢笼、追求男女平等的心声。

西施滩①

崔道融

宰嚭亡吴国② 西施陷恶名

浣纱春水急[3]　似有不平声

——全唐诗卷 714

【注释】

①西施滩：今浙江诸暨县南有苎（zhù）萝山，下有浣江，江中有浣纱石，相传即西施浣纱处，故名西施滩。西施，姓施，或称先施，别名夷光，亦称西子，春秋时越王勾践献给吴王夫差的美女。后世把她当作美女的代称。又因夫差沉湎酒色，骄奢淫逸，导致国家灭亡，有人认为是勾践施行“美人计”的结果，归罪于西施，西施也就成为“女人祸水”的代名词。事见东汉赵晔《吴越春秋·勾践阴谋外传》。②宰嚭（pǐ）：即伯嚭，吴国太宰，因受贿，使战败被俘的勾践获释回国。勾践回国后，卧薪尝胆，励精图治，十年生聚，十年教训，二十年后，灭掉吴国。事见《史记·越王勾践世家》。③浣纱：洗涤棉纱，此处指西施洗衣的小溪。

【赏析】

这首咏史诗实际是首政治评论诗。首句点明造成吴国灭亡的罪魁祸首是太宰伯嚭，这是问题的实质；次句说明西施是替人承担罪责，一反“女人祸水”的传统看法；三、四句借景抒情，进一步表示对西施的同情和对奸臣的愤恨。

霞

王　周

拂拂生残晖[1]　层层如裂绯[2]
天风剪成片　疑作仙人衣

——全唐诗卷 765

【注释】

①拂拂：形容风轻轻地吹动。残晖：晚霞。②裂绯：裂开的红色衣服。

【赏析】

这是首描写晚霞的景物诗。首句写晚霞的形成，次句写晚霞的形状。三句从“二月春风似剪刀”变化而来。末句用比喻，极言晚霞的瑰丽多姿和无穷变化。

七言绝句

咏　柳[1]

贺知章

碧玉妆成一树高[2]　万条垂下绿丝绦[3]
不知细叶谁裁出　二月春风似剪刀[4]

——全唐诗卷 112

【注释】

①诗题一作《柳枝词》。②碧玉：青绿色的玉；一作人名，为南朝刘宋汝南王小妾的名字。古乐府《碧玉歌》有“碧玉小家女”的句子，后世遂以“小家碧玉”指小户人家出身的美丽少女。此句既以碧玉比喻柳树，又暗含以少女比喻柳树之意。③丝绦（tāo）：丝带。④似：一作“是”。

【赏析】

这是首咏柳名篇。首句写柳树的万般情态，次句写柳枝的婀娜多姿，三句写柳叶的细嫩，同时设问以做铺垫，末句用春风作答画龙点睛。全诗通过咏柳，再现了早春二月的盎然生机。名为咏柳，实为咏春。诗的写法是从整体到部分，逐层深入。诗中连用三个比喻，增强了艺术感染力。

回乡偶书[1]

贺知章

少小离家老大回[2]　乡音无改鬓毛衰[3]
儿童相见不相识[4]　笑问客从何处来[5]

——全唐诗卷 112

【注释】

①诗题共二首，这是第一首。偶书：随意写下。②少小：一作“幼小”。离家：一作“离乡”。老大：年纪很大。天宝初年，作者年逾八十，辞官还乡。③无改：一作“难改”。鬓（bìn）毛：一作“面毛”，指耳边毛发。衰：一作“催”。④儿童：回乡时所见儿童，一说指原少年伙伴。⑤笑问：一作“借问”、“却问”。

【赏析】

这是首叙事诗。首句写回乡，次句写诗人的自我感觉，通过两个对比，反映了诗人对岁月流逝、容颜苍老的无限感慨。后两句是一个戏剧性场面，描写了儿童的天真烂漫、礼貌好客，也流露出诗人重返故乡时的喜悦之情和无限惆怅的复杂心境。

凉州词[①]

王翰

葡萄美酒夜光杯[②]　欲饮琵琶马上催[③]
醉卧沙场君莫笑　古来征战几人回

——全唐诗卷156

【注释】

①诗题一作《凉州曲》，共两首，这是第一首。凉州：州治今甘肃武威市，系边防重镇。凉州词：唐乐府曲名，原为凉州歌曲，唐人多用此调作歌词，描写西北边塞生活。②夜光杯：美玉做成的精致酒杯，典出西汉东方朔《海内十州记·凤麟洲》。③琵琶马上催：是“马上琵琶催出征”的倒文。

【赏析】

这是首脍炙人口的边塞诗。前两句写将士觥筹交错、琵琶伴奏的欢宴场面，讴歌了他们热情爽朗的豪迈情怀；后两句引用劝酒辞，表现了他们无畏生死的英雄气概。

凉州词[①]

王之涣

黄河远上白云间[②]　一片孤城万仞山[③]
羌笛何须怨杨柳[④]　春风不度玉门关[⑤]

——全唐诗卷 253

【注释】

①诗题一作《出塞》、《玉门关听吹笛》，共两首，这是第一首。②黄河远上：一作“黄沙直上”。③仞（rèn）：古代八尺为一仞。④羌笛：管乐器，源出于古羌族。杨柳：北朝乐府《折杨柳枝》曲调。⑤春风：一作“春光”。不度：一作“不过”。玉门关：亦称“玉关”，在今甘肃敦煌市西，当时为凉州最西境。

【赏析】

这是当时传诵一时的边塞诗名篇。前两句运用自对手法，描绘出一幅雄浑苍凉的边塞图景；后两句巧借比喻，反映边塞将士对故乡的思念，表现了诗人对戍卒的深切同情，也暗喻统治者对将士的漠不关心。

从军行

王昌龄

其一

烽火城西百尺楼[①]　黄昏独坐海风秋[②]

更吹羌笛关山月③　无那金闺万里愁④

——全唐诗卷 143

【注释】

①烽火城：保卫烽火台的城。古时边境地带设烽火台，彼此相望，如遇敌情，则白天燃烟，夜间举火，以便报警。楼：战士岗楼。②独坐：一作“独上”。海风：青海湖的风。③羌笛：一作“横笛”。关山月：古乐府名，“伤离别也”。④无那（luò）：无奈。一作“谁解”。金闺：华丽的闺房，代指闺中少妇（贵妇人）。

【赏析】

《从军行》是一组边塞诗，共七首。这首诗首句点明战地，次句交代时间，这是视觉感受；三句写听觉感受，创造出一种悲凉孤寂的气氛；末句则是思乡感情的爆发。而这种思乡又是倒置写法，不直接写征夫思妇，而回写妇思征夫，把征夫和思妇的感情完全交融在一起，不露痕迹，正是其巧妙处。

从军行

王昌龄

其　四

青海长云暗雪山①　孤城遥望玉门关②
黄沙百战穿金甲③　不破楼兰终不还④

【注释】

①青海：青海湖，古名鲜水，又名仙海，亦称卑禾羌海，在今青海西宁市西，唐和吐蕃经常在这一带发生战争。雪山：今甘肃祁连山。②玉门关：一作“雁门关”。此句意为从祁连山麓远眺玉门关。③穿：磨破。④破：一作

"斩"。楼兰：古国名，在今新疆鄯善县，现已为沙漠掩埋，汉昭帝时平定此地。《汉书·傅介子传》载，楼兰王经常拦劫杀害汉使，阻断西域交通，霍光派傅介子前去，用计斩杀了楼兰王。后来，楼兰代指外族敌人，破楼兰代指平定边境地区外族奴隶主集团的侵扰和叛乱。终不还：一作"竟不还"。

【赏析】

这首诗歌颂了边防将士为维护国家统一，决心同敌人血战到底的英雄气概，体现了盛唐诗风。首句点明环境，展示严峻的形势；次句写边城的孤寂无依，暗喻将士岿然不动的雄姿；三句写将士的处境，反映战争的激烈程度和残酷性；末句以将士誓死捍卫边疆的豪言壮语作结。全诗意气高昂，充满报国精神。

从军行

王昌龄

其五

大漠风尘日色昏　红旗半卷出辕门[1]
前军夜战洮河北[2]　已报生擒吐谷浑[3]

【注释】

①辕门：军营大门。古时以战车围绕成营，出入口两车车辕相对如门，故称辕门。②洮（táo）河：黄河支流，在今甘肃西南部。③吐谷浑（tǔ yù hún）：唐时西北少数民族国家之一，此处代指敌军首领。

【赏析】

这首诗写了一次成功的夜袭战，歌颂了将士每战必胜的英雄气概。首句写夜袭的时间，次句写出征场面，三句写前锋的夜战，末句写捷报传来，战果辉煌。全诗有始有终，有声有色，层次分明，令人感奋。

出塞[①]

王昌龄

秦时明月汉时关
万里长征人未还[②]
但使龙城飞将在[③]
不教胡马度阴山[④]

——全唐诗卷143

【注释】

①诗题共两首，这是第一首。②长征人未还：一作“征夫尚未还”。③龙城：一作“茏城”，又称“龙庭”，匈奴祭天、大会诸部处。《汉书·匈奴传》载：“五月，大会龙城。”其地在今蒙古国鄂尔浑河西侧和硕柴达木湖附近。龙城也是古城名，又名和龙城、黄龙城、龙都，故址在今辽宁朝阳市，前燕、后燕、北燕曾在此建都。西汉名将卫青北伐匈奴，曾至龙城。“飞将”指西汉名将李广。《史记·李将军列传》载，李广任右北平太守时，匈奴闻之，号曰“汉之飞将军”，数年不敢侵犯。宋刊本王安石《唐百家诗选》中，“龙城”作“卢城”，即卢龙城，在今河北长城喜峰口附近，唐平州北平郡（汉代右北平郡）所在地。此处“龙城飞将”乃合用卫青、李广事，指扬威敌境之名将，也泛指边关要隘。④度：一作“渡”。阴山：在今内蒙古中部，西起河套，东至大兴安岭，诗中指边防要地。

【赏析】

这首边塞诗被后人称为唐人七绝的压卷

之作，是不朽名篇。首句点明边疆战事时间之久，次句点明将士离家距离之遥，一下把当时的现实同秦汉筑关守边的悠久历史联系起来，气势高远，发人深思。“人未还”不仅是唐代的悲剧，也是秦汉以来世世代代的悲剧。“但使”转折，“不教”延伸，反映了千百年来人们对“龙城飞将”的怀念和保境安民的要求，也影射当时朝廷的昏庸和守将的无能。

长 信 怨[①]

王昌龄

奉帚平明金殿开[②] 且将团扇共徘徊[③]
玉颜不及寒鸦色[④] 犹带昭阳日影来[⑤]

——全唐诗卷 143

【注释】

①诗题一作《宫怨》、《长信宫》、《长信秋词五首》，这是第三首。长信怨：乐府《相和歌词·楚调曲》。长信：汉宫殿名。汉成帝妃班婕妤失宠后，请求到长信宫侍奉太后。②奉帚：拿扫帚打扫宫殿。“奉”有恭敬、遵从意。平明：天刚蒙蒙亮。金殿：金碧辉煌的宫殿。金：一作“秋”。③且：姑且、暂且。将：拿着。团扇：一作“纨扇”，圆形宫扇，亦即秋扇。相传班婕妤曾作《团扇诗》，中有“新裂齐纨素，皎洁如霜雪。裁为合欢扇，团团似明月”句。此处暗喻班婕妤被遗弃的命运。共：与团扇一起。一说与扇、帚一起。共：一作“暂”。徘徊：此处指消磨时光，打发日子。④玉颜：指班婕妤美丽的容颜。班婕妤失宠，不全是因为容颜衰老，而是汉成帝另有新欢。寒鸦：黑鸦。⑤昭阳：汉宫殿名，汉成帝皇后赵飞燕、昭仪赵令德姊妹居处，代指承宠者。一作“朝阳”。日影：指君恩。昭阳宫在东，故寒鸦能带来日影。

【赏析】

这首以班婕妤为题材的宫怨诗是王昌龄的代表作之一，也是唐人宫怨诗的佳作，历来给予很高评价。清人沈德潜《说诗语》卷上载，清人王士祯定此诗与王维的《渭城曲》、李白的《早发白帝城》、王之涣的《凉州词》同为唐人七绝诗的压卷之作。并说“终唐之世，亦无出四章之右者”。诗的首句写奉帚，次句写徘徊，表现出失宠者的孤寂与凄凉；三句用玉颜和黑鸦对比，形成巨大的反差；末句则发出人不如鸦的深沉哀叹。全诗蕴藉深厚，曲折委婉，比喻巧妙，构思奇特，反映出作者对封建帝王腐朽生活的憎恨、对被遗弃者悲惨遭遇的同情以及诗歌创作的优秀才华。

闺　怨

王昌龄

闺中少妇不知愁[①]　春日凝妆上翠楼[②]
忽见陌头杨柳色[③]　悔教夫婿觅封侯[④]

——全唐诗卷 143

【注释】

①不知：一作“不曾”。②凝妆：凝为集中注意力，“凝妆”可解释为精心打扮。凝又是凝结的意思，也可理解为结束梳妆，即打扮完毕。③陌头：路边。④觅封侯：从军求取功名。“悔教”说明诗中少妇应为贵妇人，若百姓则“兄去弟还，道路相继”，不“教”去也得去。

【赏析】

这是首别具一格的闺怨诗。诗人截取少妇生活中的一个横断面加以描写，发人深思。前两句写少妇“不知愁”，并且层层递进，创造愉悦气氛；三句“忽见”转折，触动离愁，末句“悔教”，是强烈感情的迸发。即使丈夫觅得封侯，也不能补偿春日的离恨。刹那间的微妙变化，表现了少妇从欢乐到悲伤，从浪漫主义到面对现实的巨大转折，闺怨尽在不言之中。

芙蓉楼送辛渐[1]

王昌龄

寒雨连江夜入吴[2]　平明送客楚山孤[3]
洛阳亲友如相问　一片冰心在玉壶[4]

——全唐诗卷 143

【注释】

①诗题共两首，这是第一首。芙蓉楼：在今江苏镇江市，为当地名胜。辛渐：生平不详。②吴：泛指江苏南部，此地在春秋战国时属吴国。夜入吴：一作“夜入湖”。③楚山：镇江一带原属楚国，故名。④冰心：冰清玉洁的心，比喻对仕途的厌倦。玉壶：玉制酒壶。南朝刘宋诗人鲍照《白头吟》有“清如玉壶冰”句。此句比喻诗人清白廉洁，不同流合污。

【赏析】

这首送别诗写于开元二十八年（公元740年）作者任江宁（今南京市）丞时，寓意在寄托作者高雅纯洁的品德。首句写景，次句叙事，渲染了离别的暗淡气氛，也烘托出一片开阔意境。三句转写洛阳亲友对自己的询问，末句用比喻作答，表明自己光明磊落的胸襟。

采莲曲[1]

王昌龄

荷叶罗裙一色裁[2]　芙蓉向脸两边开
乱入池中看不见[3]　闻歌始觉有人来

——全唐诗卷 143

【注释】

①诗题共两首，这是第二首。采莲曲：乐府旧题。②罗裙：丝裙，细软有孔。③乱入：混到一起了。

【赏析】

这首人物诗抓住采莲的特点，从侧面描写采莲的场面，表现采莲女的劳动生活。首句写色彩，次句写面容，三句写入湖，末句写歌声，刻画了一群美丽活泼的少女形象。全诗语言明快，描写生动，格调清新，意境优美。

少 年 行[①]

王 维

出身仕汉羽林郎[②]　初随骠骑战渔阳[③]
孰知不向边庭苦[④]　纵死犹闻侠骨香[⑤]

——全唐诗卷 128

【注释】

①诗题共四首，这是第二首。②羽林郎：汉时皇家禁卫军军官。③骠（piào）骑：指西汉骠骑将军霍去病。渔阳：见张仲素五绝《春闺思》注。④苦：一作“死”。⑤侠骨香：意为流芳百世。

【赏析】

这是首边塞诗。诗人以慷慨激昂的情调，抒发了边防将士保卫边疆不惜牺牲的英雄气概。首句交代少年的出身，次句写少年的战绩，三、四句借少年的自问自答，歌颂了他的报国精神，也反映了诗人对少年从军、立功边疆的向往。全诗有叙述，有议论，转承自然，结构紧凑。

九月九日忆山东兄弟[1]

王　维

独在异乡为异客　每逢佳节倍思亲
遥知兄弟登高处　遍插茱萸少一人

——全唐诗卷 128

【注释】

①九月九日：为重阳节，民间习俗要插茱萸（zhū　yú），喝黄酒，登高望远。茱萸：一种植物，有香气，古人认为重阳节插茱萸，可以避灾。山东：秦汉时通称函谷关或华山以东为“山东”，北魏以后也称太行山以东为“山东”，今专指山东省。忆山东兄弟：王维家系蒲州（今山西永济县），在华山之东。而王本人正在京城长安求取功名，故云“忆山东兄弟”。

【赏析】

这是诗人十七岁时的作品，反映了诗人对家乡亲人的思念。首句写客居他乡的凄苦情景，次句直抒思念之情，成为千百年来人们广为传诵的名句；三、四句写诗人的遥想，曲折有致又合乎常情，正是这首诗的新颖之处。

渭　城　曲[1]

王　维

渭城朝雨浥轻尘[2]　客舍青青柳色新
劝君更尽一杯酒[4]　西出阳关无故人[5]

——全唐诗卷 128

【注释】

①诗题一作《送元二使安西》、《赠别》，后因谱入乐章，取首句二字

改为现题。元二：生平不详。安西：指唐安西都护府，治所在今新疆库车县。②渭城：原秦都咸阳故城，在今陕西咸阳市东。汉高祖时改为新城，汉武帝时改为渭城。浥（yì）：湿润。③客舍：旅店。青青柳色新：一作“依依杨柳春”。古人送别时，往往折杨柳相赠，并望早归。隋初无名氏《送别诗》即叙述此情景。诗为：“杨柳青青著地垂，杨花漫漫搅天飞。柳条折尽花飞尽，借问行人归不归？”④更尽：一作“更进”。⑤阳关：在今甘肃敦煌市西南，因在玉关之南，故名。出了两关，即是西域。

【赏析】

这是首非常出名的送别诗，也是唐人绝句中的不朽名篇，当时有人将诗谱成乐曲，称“阳关曲”或“阳关三叠”，流传至今。明诗人李东阳赞誉此诗说：“后之咏别者，千言万语殆不出其意之外。”诗的前两句交代时间、地点，渲染环境气氛，风光如画，气氛浓郁；后两句剪取主人的祝酒词，不仅有依依惜别的情谊，更包含前路珍重的良好祝愿，因而成为千古佳句。

伊州歌①

王　维

清风明月苦相思②　荡子从戎十载余③
征人去日殷勤嘱④　归雁来时数附书⑤

——全唐诗卷 128

【注释】

①诗题一作《李龟年所歌》、《失题》、《杂诗》。伊州：州治今新疆哈密市。伊州歌：从西域流入的歌曲名。②清风：一作“秋风”。明月：一作“朗月”。苦相思：一作“离别居”。③荡子：原为浪荡子弟，诗中借指征妇的丈夫，实为昵称，亦即下句的“征人”。从戎：一作“从军”。④嘱：一作“祝”。⑤数：多的意思。附书：一作“寄书”，即托寄书信。唐代征妇不能

收到丈夫书信，原因很多：或战死，或音信难通，或丈夫变心抛弃妻子。

【赏析】

这是首出名的闺怨诗。诗的首句写思念之深，用良宵美景作为反衬，愈显悲伤，“苦”字用得十分贴切；次句写思念时间之长，同时交代别离原因，语气于怨恨中流露出情思。后两句是对往昔长亭话别的回忆，虽殷勤嘱咐，但音讯杳然，丈夫生死未卜，征妇倍增痛苦。全诗语言平易亲切，却动人心弦，一个苦心等待、盼望夫妻团圆的征妇形象跃然纸上。

峨眉山月歌①

李　白

峨眉山月半轮秋②　影入平羌江水流③
夜发清溪向三峡④　思君不见下渝州⑤

——全唐诗卷 167

【注释】

①峨眉山：在今四川峨眉山市。②半轮秋：半圆形（上弦或下弦）秋月。③平羌：平羌江，即青衣江，在峨眉山东北，源出四川宝兴县北，至乐山市汇入大渡河。④清溪：一作“青溪”，即青溪驿，在峨眉山附近。三峡：四川眉山县至乐山市的岷江上有黎头、背峨、平羌三个峡，也称“三峡”。⑤君：指峨眉山月，一说指友人。渝州：州治今重庆市。

【赏析】

这首景物诗是开元十三年（公元725年）李白青年出川时所写，通过对峨眉山月的赞美，表现了诗人对故乡的依恋和蓬勃的青春朝气。首句写月形，静态；次句写月影，动态；三句写秋夜行船，意气风发；末句抒发对峨眉山月的怀念。诗中连用五个地名，诗境渐次展开，把广阔的空间与较长的时间和谐地统一了起来，反映了作者的出众才情和雄浑笔力，清人王琦赞曰“古今目为绝唱”。

望天门山[①]

李 白

天门中断楚江开[②] 碧水东流至此回[③]
两岸青山相对出 孤帆一片日边来

——全唐诗卷 180

【注释】

①天门山：指今安徽当涂、和县的东西梁山（东梁山又名博望山），两山夹江对峙，形如门户，故名。②楚江：指流经湖北、安徽一段的长江，因其地古属楚，故名。③至：一作“直”。此：一作“北”。

【赏析】

这首景物诗写的是诗人舟行江上顺流而下望见的景色，一说系从金陵返宣城途中溯江而上望见的景色。首句写江水冲开天门奔腾而去的气势，次句写两山夹水形成波涛回旋的奇观；三句化静为动，赋予青山以“迎客”的感情；末句写孤帆乘风破浪靠近天门的情景。全诗意境开阔，层次清晰，形象生动，饱含诗人的激情。

望庐山瀑布[①]

李 白

日照香炉生紫烟[②] 遥看瀑布挂前川[③]
飞流直下三千尺[④] 疑是银河落九天[⑤]

——全唐诗卷 180

【注释】

①诗题一作《望庐山瀑布水》、《望庐山瀑布泉》、《望庐山香炉峰瀑布》，共两首，这是第二首。②香炉：庐山北峰称香炉峰。③前川：一作"长川"。前两句一作"庐山上与星斗连，日照香炉生紫烟"。④尺：一作"丈"。⑤九天：九重天，天的最高处。落九天：从九天落下。

【赏析】

这首景物诗是诗人的传神之作，通过对庐山瀑布的描绘，歌颂了祖国的壮丽山河，也展现了诗人开阔的胸怀和昂扬的气概。首句写峰，渲染背景；次句写瀑，化动为静，赞美大自然的鬼斧神工；三、四句用夸张和比喻，描绘瀑布的丰富多彩和雄伟壮观，想象奇特而又引人入胜。

清平调词[①]

李　白

云想衣裳花想容[②]　春风拂槛露华浓[③]
若非群玉山头见[④]　会向瑶台月下逢

——全唐诗卷 164

【注释】

①清平调：唐代大曲曲调名，用来填词歌唱。唐明皇时，一日官苑中牡丹盛开，明皇同杨贵妃在沉香亭赏花，命李白作此诗，李白立草成章，写成三首，这是第一首。②想：想象、像、似。③槛（jiàn）：栏杆。露：露水，此处指牡丹。华：华丽的光泽。④群玉山：同下句的"瑶台"都是神仙西王母和仙女居住的地方，典出晋·郭璞（pú）注《山海经·西山经》和前秦·王嘉撰《拾遗记》卷十。

【赏析】

这首人物诗是颂扬杨贵妃的美丽，但没有正面描绘，用的是虚写手法。首句写彩云名花，勾勒姿容；次句写春风雨露，独得恩宠；三、四句用瑶台做比喻，极言其貌若天仙。通篇烘云托月，不露痕迹，而杨贵妃的美丽、娇宠和高贵却跃然纸上。

春夜洛城闻笛①

李 白

谁家玉笛暗飞声②　散入春风满洛城
此夜曲中闻折柳③　何人不起故园情

——全唐诗卷 184

【注释】

①诗题一作《春夜洛阳城》。②玉笛：玉、石雕刻的笛子；制作精细、装饰华丽的笛子；古人称竹子为绿玉，故竹笛也可称玉笛。③折柳：曲调名，内容为叙离愁别绪。

【赏析】

这是首怀乡诗，写于开元二十三年（公元735年）客居洛阳时。诗的首句写笛声乍起，次句写笛声飘散，三句写笛声内容，末句写笛声客观效果，勾起所有人的怀乡之情。诗中用词准确、传伸，层层递进，意境优美动人。

黄鹤楼闻笛①

李 白

一为迁客去长沙②　西望长安不见家
黄鹤楼中吹玉笛　江城五月落梅花③

——全唐诗卷 182

【注释】

①诗题一作《题北谢碑》、《听黄鹤楼吹笛》、《与史郎中钦听黄鹤楼上吹笛》。史郎中：生平不详。黄鹤楼：旧址在今湖北武汉市武昌蛇山黄鹄矶头上，与岳阳楼、滕王阁并称为江南三大名楼。北宋乐史编著《太平寰宇记》卷112载："昔费（yī）登仙，每乘黄鹤于此憩（qì）驾，故号为黄鹤楼。"相传始建于三国吴黄武二年（公元223年）。后多次被毁，现已重建。②迁客：被贬边远地区的官员。③江城：即湖北武昌。落梅花：即《梅花落》，曲调名。

【赏析】

这首感寓诗是李白流放时所写，同样闻笛，与上首诗心境迥然不同。首句用贾谊遭贬自比，表现了对君王的怨恨；次句用"不见家"表示对妻子的眷念和政治上的绝望。三、四句虽然写的是笛声，但诗人感受的是梅花飘落，与江城五月风光形成对比，抒发了胸中的郁闷和惆怅。上首诗是先写笛声，后抒情怀；此诗是先抒情怀，后写笛声。

客中作①

李白

兰陵美酒郁金香②　玉碗盛来琥珀光③
但使主人能醉客　不知何处是他乡

——全唐诗卷181

【注释】

①诗题一作《客中行》。②兰陵：古县名，故地在今山东苍山县西南兰陵镇。又《宋书·州郡志》载，南徐州兰陵郡有兰陵县，为侨置郡县，故地在今江苏武进县西北。此处何指不详。郁金香：一种芳草。③琥珀：树脂化石，呈黄色或赤褐色，晶莹透亮。

【赏析】

这首人物诗表现了诗人重友情、嗜（shì）美酒、爱游历的个性，虽寓客中，却无愁苦之感。首句写酒香，次句写酒杯，透出一种迷人的感情色彩，而成为千古佳句。三、四两句，充分表现了诗人豪放不羁（jī）、随遇而安的个性，充满了乐观、昂扬的情调。

游洞庭[①]

李　白

南湖秋水夜无烟[②]　耐可乘流直上天[③]
且就洞庭赊月色[④]　将船买酒白云边

——全唐诗卷 179

【注释】

①诗题原作《陪族叔刑部侍郎晔及中书贾舍人至游洞庭五首》，这是第二首。晔（yè）：李白族叔，原任刑部侍郎，肃宗乾元二年（公元759年）贬官岭南。至：贾至，原任中书舍人，同时贬官岳州。②南湖：洞庭湖，我国著名淡水湖，在今湖南省。③耐可：怎么能够。④且就：一作“且向”、“且问”。

【赏析】

这首诗是李白用豁达大度来安慰遭贬的族叔和友人，体现了李白诗歌的浪漫主义精神。首句写景，点明季节，未写月而月已出；次句展开想象，使人忘怀尘世个人得失；后两句写泛舟湖上的饮酒之乐，“赊”字使自然人格化，“白云边”则更将人间情趣移到天上，想象丰富，情韵悠悠。

送孟浩然之广陵①

李　白

故人西辞黄鹤楼②　烟花三月下扬州③
孤帆远影碧空尽④　惟见长江天际流

——全唐诗卷 174

【注释】

①诗题一作《黄鹤楼送孟浩然之广陵》、《送孟君之广陵》。广陵：唐时郡名，天宝、至德时改扬州治。②故人：老朋友。西辞：孟系往东去，故说西辞。③烟花：繁花盛开如烟。④碧空：一作“碧山”“绿山”。

【赏析】

这首赠别诗是诗人早期作品。首句写送别地点，次句点明时间及目的地，流露出赞叹和羡慕之情；三句写船影从近至远、从大到小逐渐消逝的情景，末句表明凝望之久，反映了诗人对孟浩然的深厚情谊。

赠汪伦①

李　白

李白乘舟将欲行　忽闻岸上踏歌声②
桃花潭水深千尺③　不及汪伦送我情

——全唐诗卷 171

【注释】

①汪伦：泾川（今安徽泾县）豪士，慕李白之名，多次相邀。天宝十四年（公元755年），李白从贵池（今属安徽）前往做客，离开时，写此诗相赠。②踏歌：以脚踏地为节拍，边走边唱。③桃花潭：即桃花渡，在泾县西南。

【赏析】

这首赠别诗表现了诗人与汪伦的深厚情谊。前两句叙事，看似平淡，而汪伦对李白的尊重和惜别已隐约可见；后两句就眼前景物用夸张和比兴手法，把这种友情推向高潮而成为千古名句。

寄王昌龄①

李　白

杨花落尽子规啼②
闻道龙标过五溪③
我寄愁心与明月④
随君直到夜郎西⑤

——全唐诗卷 172

【注释】

①诗题原为《闻王昌龄左迁龙标尉，遥有此寄》。左迁：古人贵右贱左，左迁即降职贬官。龙标：今湖南黔阳县。②杨花落尽：一作“扬州花落”。子规：杜鹃鸟，鸣声凄切动人。③五溪：湘黔交界处的辰溪、酉溪、巫溪、武溪、沅溪，唐时为荒僻边远的不毛之地。④与：交给、托付。⑤随君：一作“随风”。夜郎：汉代有夜郎国，在今贵州桐梓西。唐代有三个地方名夜郎，其中两个在贵州，一个在湖南沅陵。此处当指湖南沅陵夜郎，即王昌龄至贬所途中。

【赏析】

这首寄友诗，感情相当沉重。诗人的好友王昌龄因傲岸不羁而左迁龙标，李白很是担忧。首句选取两种富有特征的景物，描绘出南国的暮春景象，烘托出一种哀伤悲怆的气氛；次句直点王昌龄贬所，暗喻王的不幸；三句借明月托出诗人一片深情，末句表示对友人不尽的担忧和怀念。

哭晁卿衡[1]

李　白

日本晁卿辞帝都　　征帆一片绕蓬壶[2]
明月不归沉碧海　　白云愁色满苍梧[3]

——全唐诗卷 184

【注释】

①晁(cháo)卿衡：日本人，原名阿倍仲麻吕，开元五年(公元717年)入唐，在中国留居了五十年，并改姓名为晁衡。晁精通汉文，并在唐朝做官，与王维、李白等人交好，为中日文化交流做出了贡献。天宝十二年(公元753年)，晁以唐使者身份随日本遣唐使回国，途中遇大风，讹传溺死海中，李白写此诗以示哀悼。此次海难，晁未溺死，后辗转回到长安，继续仕唐，卒于代宗大历五年(公元770年)。②绕：一作“过”。③愁色：一作“秋色”。苍梧：山名，在今江苏北部东海中。

【赏析】

这首哀挽诗反映了作者对晁衡的高度评价和深切悼念，记录了中日两国人民之间的深厚友谊。诗题用“哭”字，使全诗笼罩着一层哀婉的气氛。首句写晁衡的离别，次句想象晁衡海上航行情景；三句写晁衡遇难，同时借用明月比喻其高贵的品德，“沉碧海”表示痛惜；末句用拟人手法表达诗人的哀愁。全诗语言优美，表达含蓄，内容丰富，情感真挚。

早发白帝城[①]

李 白

朝辞白帝彩云间[②] 千里江陵一日还[③]
两岸猿声啼不住[④] 轻舟已过万重山[⑤]

——全唐诗卷 181

【注释】

①诗题一作《白帝下江陵》。白帝城：旧址在今重庆市奉节县外临江的山头上，上有永安宫，系刘备托孤处，为东汉公孙述所建。②朝（zhāo）：早晨。彩云间：白帝城在江陵上游，落差较大，江行回望，朝霞映衬，如彩云中，故云。一说"彩云"即巫山云。③江陵：县名，今属湖北，距白帝城一千二百里。④啼不住：一作"啼不尽"。北魏郦道元《水经注·江水注》载，自三峡七百里中，有时朝发白帝，暮至江陵，其间千二百里，虽乘奔御风，不以疾也。每至晴初霜旦，林寒涧肃，常有高猿长啸，属行凄异，空谷传响，哀转久绝。故渔者歌曰："巴东三峡巫峡长，猿鸣三声泪沾裳。"⑤轻舟已过：一作"须臾过却"。

【赏析】

李白的这首纪行诗同王昌龄的《出塞》、王维的《渭城曲》并称为唐人七绝中的"三绝句"，写得非常有气势。肃宗乾元二年（公元759年）李白在流放途中遇赦，惊喜交加，即放舟东下江陵，故诗题一作《下江陵》。前两句写出发和到达地点，"彩云间"极言白帝之高，"千里"极言行程之远，"一日还"极言行舟之速，时间和空间和谐地统一了起来。后两句写行舟感受，猿声、山影均衬托了诗人轻松愉快、希冀大展宏图的心情。全诗写景、抒情达到了融洽无间的地步。

塞上听吹笛[①]

高　适

雪净胡天牧马还[②]　月明羌笛戍楼间
借问梅花何处落[③]　风吹一夜满关山[④]

——全唐诗卷 214

【注释】

①诗题一作《塞上闻笛》、《和王七玉门关听吹笛》（王七即王之涣，王诗即《凉州词》）。高诗一作：胡人吹笛戍楼间，楼上萧条海月闲。借问落梅凡几曲？从风一夜满关山。《全唐诗》卷472又题此诗作者为宋济。②牧马还：边防战士牧马夜归，也可解释为胡马北还，边烽暂息。③梅花何处落：即何处落梅花，见李白七绝《黄鹤楼闻笛》注。④关山：边关和群山。

【赏析】

这是首别具风格的边塞诗。前两句写战士牧马归来，明月高照，笛声悠扬，一幅和平、宁静景象；后两句围绕笛音展开想象，笛声飘散似梅花纷落，战士听笛如醉如痴。全诗虚实交错，构成美妙高远的意境。

别　董　大[①]

高　适

千里黄云白日曛[②]　北风吹雁雪纷纷
莫愁前路无知己　　天下谁人不识君

——全唐诗卷 214

【注释】

①诗题共两首，这是第一首。董大：盛唐著名音乐家董庭兰，交游甚广。

②千里：一作“十里”。黄云：大雪前，天空云彩呈黄色。曛（xūn）：太阳落山时的余光。

【赏析】

这首送别诗写于天宝六年（公元747年）冬诗人与董会于睢（suī）阳（今河南商丘市）时，诗的主旨是借送别之机，对友人加以劝慰。前两句写送别环境，黄云、白日、风沙、惊雁、白雪，使人觉得前路艰难；后两句转折，以董名闻天下，知己者众，即使世路崎岖也不会孤立无援进行安慰。全诗情绪昂扬，胸襟开阔，颇有鼓舞作用。

塞下曲①

常建

玉帛朝回望帝乡② 乌孙归去不称王③
天涯静处无征战 兵气销为日月光④

——全唐诗卷144

【注释】

①诗题共四首，这是第一首。②玉帛：玉和丝织品，古代诸侯朝会时所带礼品，此处作为和平的象征。朝（cháo）回：朝见唐天子后回国。③乌孙：汉代西域国名，在今新疆伊犁河流域，此处指边境少数民族政权。④兵气：战争烟云。销为：一作“消为”。

【赏析】

这首边塞诗歌颂了少数民族政权首领罢兵息战的态度。首句写他们对长安怀有深情，次句写他们归顺朝廷、取消王号的打算；三、四句描述未来的和平景象，反映了作者希望各民族和睦相处的良好愿望。

赠花卿①

杜 甫

锦城丝管日纷纷② 半入江风半入云③

此曲只应天上有④ 人间能得几回闻

——全唐诗卷 226

【注释】

①卿：原指封建社会高级官吏，如公卿大夫。后也指古人交往之间的相互尊称。花卿：花敬定，成都尹崔光远牙将。肃宗上元二年（公元761年），花在平定段子章叛乱后，自恃立有战功，大肆抢掠，放纵享乐，杜甫很不满，借诗讽刺。②锦城：即锦官城，指成都。成都以产蜀锦闻名，三国蜀汉时曾设织锦官管理，故名锦官城，简称锦城。日：一作"晓"。③入江风：指乐曲声悠远。入云：指乐曲声高亢。④天上：指朝廷。古代演奏音乐分等级，诸侯不能演奏天子音乐。有：一作"去"。

【赏析】

这首讽刺诗写于上元二年在成都时。诗的前两句写乐曲之美，是实写；后两语巧用双关语言，是虚写，对花敬定不关心民间疾苦，一味享乐，并僭用天子音乐进行了含蓄而又婉转的讽刺。后两句现在也可用作赞美音乐的高品位和乐曲的精妙无比。

漫兴九首

杜 甫

其 五

肠断春江欲尽头① 杖藜徐步立芳洲②

颠狂柳絮随风舞[3]　轻薄桃花逐水流

——全唐诗卷 227

【注释】

①肠断：南朝刘宋刘义庆《世说新语·黜免》载，东晋桓公入蜀，至三峡中，部伍中有得猿子者，其母缘岸哀号，行百余里不去，遂跳上船，至即便绝。剖视其腹中，肠皆寸寸断。后人因以形容痛苦之极。晋·干宝《搜神记·猿子猿母》亦有类似记载。春江：一作"江春"。尽头：一作"白头"。不妥。②杖藜（lí）：拄着藜杖。藜：草名，茎非常坚硬，老茎可做拐杖。③随风舞：一作"随风去"。

【赏析】

这是首借景抒情的著名绝句，写于上元二年在成都时。诗人忧国忧民，心情痛苦，而柳絮和桃花却不管这些，只是趁风乱舞，随波逐流。在这里，柳絮和桃花都人格化了，隐含着诗人对黑暗现实的深刻不满，后两句诗也成了势利小人的代名词。

江畔独步寻花[1]

杜　甫

黄四娘家花满蹊[2]　千朵万朵压枝低
留连戏蝶时时舞　自在娇莺恰恰啼[3]

——全唐诗卷 227

【注释】

①诗题共七首，这是第六首。②黄四娘：唐代尊称妇女为娘子，后来指妻子。蹊（xī）：小路。③恰恰：唐代方言，即时时。

【赏析】

这首景物诗写于上元二年在成都时。首句点明黄四娘家中鲜花之多，次句写花的长势之妙，这是静景；三、四句写彩蝶飞舞，黄莺唱歌，既是对鲜花的赞赏，也是被鲜花所吸引，这是动景。花鸟组成了一幅春光烂漫的景象，表达了诗人欢乐的情怀。

戏为六绝句

杜 甫

其 二

王杨卢骆当时体① 轻薄为文哂未休②
尔曹身与名俱灭③ 不废江河万古流④

——全唐诗卷 227

【注释】

①王杨卢骆：指初唐四杰，即王勃、杨炯、卢照邻、骆宾王。②轻薄：鄙视，瞧不起。哂（shěn）：讥笑。据仇兆鳌注引《玉泉子》一书谓，杨炯（jiǒng）好用古人姓名，时人讥为“点鬼簿”。骆宾王好用数字作对，时人讥为“算博士”。即是一例。③尔曹：指那些哂笑王杨卢骆的轻薄之辈。④不废：不废弃。万古流：指初唐四杰的诗文传之久远。

【赏析】

这组论诗绝句写于肃宗宝应元年（公元762年）在梓州（今四川三台县）时，前三首评论作家，后三首论诗主旨，反映了杜甫的一些文学观点。这首诗针对当时论争的焦点，给初唐四杰很高的评价，指出他们在文学史上的地位如江河万古是不可抹杀的，这是对好古非今的严肃批评。

绝句四首

杜 甫

其 三

两个黄鹂鸣翠柳　一行白鹭上青天①
窗含西岭千秋雪②　门泊东吴万里船③

——全唐诗卷 228

【注释】

①一行(háng)：一列。②西岭：指岷山，在今四川西北部。原注有“西山白雪，四时不消”。③东吴：指江浙一带。万里船：指船只行程万里。成都跨锦江有万里桥。三国时蜀汉费祎出使东吴，诸葛亮于此饯行，费称“万里之行始于此”。

【赏析】

这首景物诗写于代宗广德二年（公元764年）复回成都时，千百年来广为流传，历来给予很高评价。诗中写了四种景物，色彩鲜艳，生机盎然，动静结合，相映成趣，反映了诗人欢快激越的精神面貌。全诗使用对仗，极为工整，是诗人“语不惊人死不休”的典范之作。

江南逢李龟年①

杜 甫

岐王宅里寻常见②　崔九堂前几度闻③
正是江南好风景④　落花时节又逢君⑤

——全唐诗卷 232

【注释】

①江南：原指长江中下游以南地区，后也指江、湘一带为江南。李龟年：唐开元年间著名音乐家，当时流落江南。②岐王：明皇九弟李范。③崔九：殿中监崔涤（dí），明皇宠臣。④正是：一作“正值”。风景：一作“风日”。⑤落花时节：暮春三月。又逢：杜甫十四五岁时曾在洛阳听过李龟年的演唱，故曰“又逢”。

【赏析】

这首悲愤诗是杜甫最后一首绝句，写于代宗大历五年（公元770年）在潭州（今湖南长沙市）时。江南逢李龟年，触发了诗人胸中积郁的沧桑之感。诗的前两句是美好的回忆，后两句则是冷酷的现实。他们的命运已经同唐帝国一样由盛转衰，不可逆转，诗人不由发出江山依旧、时代全非的感叹。这首诗包含的内容，可以说是一部历史的回忆录。

逢入京使[1]

岑　参

故园东望路漫漫[2]　双袖龙钟泪不干[3]
马上相逢无纸笔　凭君传语报平安

——全唐诗卷201

【注释】

①天宝八年（公元749年），诗人赴西域任高仙芝幕府书记，路遇相识返京，就写了这首诗。②故园：指长安家园。东望：因诗人西去，故说东望。路漫漫：语出屈原《离骚》“路漫漫其修远兮，吾将上下而求索。”此句实为“东望故园路漫漫”的倒装。③龙钟：原为竹名，老年人如竹叶摇曳，不自禁持。此处为形容眼泪淋漓。

【赏析】

这是首思乡诗。首句写遥望，长路漫漫，尘烟蔽天；次句写思念，泪如泉涌，极言悲痛；三、四句别开生面，传报平安，一副匆匆神态。全诗语言流畅而表达曲折。

春　梦[①]

岑　参

洞房昨夜春风起[②]　故人尚隔湘江水[③]
枕上片时春梦中　行尽江南数千里

——全唐诗卷 201

【注释】

①诗题一作《春夜怀人》、《春梦所思》。②洞房：原指新婚住所，此处代指卧室。“洞房”一作“洞庭”。③尚隔：一作“远隔”。此句一作“遥忆美人隔江水”。“美人”既指女人，又指男人，也指品德美好的人。“故人”亦如此。

【赏析】

这是首写梦很成功的绝句。前两句写梦前之思，因相距甚远，无由会面，所以产生思念；后两句写思后之梦，用时间的速度和空间的广度来表达思念。有人认为这是借女子口吻写怀念丈夫，也有人认为是写男子对友人的思念。

碛中作[①]

岑　参

走马西来欲到天　辞家见月两回圆

今夜未知何处宿　　平沙莽莽绝人烟[2]

——全唐诗卷201

【注释】

①碛(qì):沙漠。②平沙莽莽:一作“平沙万里”。绝人烟:唐人杜佑《通典》卷192载,焉耆(yān qí,唐安西四镇之一,今属新疆)“东去交河城(今新疆吐鲁番西雅尔和图城)九百里,西去龟兹(qīu cí,今新疆库车县)九百里,皆沙碛”,故曰“绝人烟”。又李华《吊古战场文》:“浩浩乎,平沙无垠,夐不见人。”

【赏析】

这首边塞诗描写了沙漠长途行军的状况，歌颂了边塞将士不畏艰苦的精神风貌。首句从空间着笔，写行军的紧张；次句从时间入手，写行军时间之长和离家之远；三句设问，末句作答，既勾勒了荒凉大沙漠的朦胧景象，也透露出将士的壮志豪情。

送刘判官[1]

岑　参

火山五月行人少[2]　看君马去疾如鸟[3]
都护行营太白西[4]　角声一动胡天晓

——全唐诗卷201

【注释】

①诗题原作《武威送刘判官赴碛西行军》。刘判官,名单。②火山:又称“火焰山”,在今新疆吐鲁番市,气候酷热难当。行人少:一作“人行少”。③马去:一作“马上”。④都护:官名,即安西节度使高仙芝。天宝十年(公元751年)五月,西北边境石国太子引大食(古阿拉伯帝国)入侵唐朝,高将兵三十万出师抵抗。太白:星座名。《史记·天官书》载,太白星天象预示敌

人败亡。此句一为说明行程之远，二为祝捷之意。

【赏析】

这首送别诗颇为别致。首句点明送行的季节和友人去向，衬托路途之艰险；次句写友人疾飞行状，赞颂其一往无前的气概；三句写目的地，暗喻唐军的威武；末句写诗人的祝捷，显示将士回旋天地的凌云壮志，思想境界得到升华。

送李判官①

岑 参

西原驿路挂城头② 客散江亭雨未收③
君去试看汾水上④ 白云犹似汉时秋⑤

——全唐诗卷201

【注释】

①诗题原作《虢州后亭送李判官使赴晋绛得秋字》。虢(guó)州：今河南灵宝县南。岑参时任虢州长史。李判官：生平不详。晋绛(jiàng)：晋州(今山西临汾市)和绛州(今山西新绛县)。得秋字：古人聚会作诗，每人拈一字为韵脚。②西原：虢州城外，在今灵宝县西南。驿路挂城头：因其地势高峻，故远处驿路高出城墙。③收：一作“休”。④汾(fén)水：一作“汶水”。⑤白云句：见苏颋(tǐng)五绝《汾上惊秋》注。

【赏析】

这首送别诗含意较深。前两句描写送客场景，只是一般应酬，侧重点在后两句。诗人借用典故，表达出对安史之乱后，衰落的唐帝国还能否像汉武帝时代那样威震四方的担忧。流露出诗人对国家命运的无限关切。

春行即兴[①]

李　华

宜阳城下草萋萋[②]　涧水东流复向西[③]
芳树无人花自落　春山一路鸟空啼

——全唐诗卷153

【注释】

①诗题一作《春行寄兴》。②宜阳：今属河南，唐代在此建有行宫连昌宫。萋萋（qī）：茂密的样子。③涧（jiàn）水：源出河南渑池县白石山，流经宜阳入洛河。

【赏析】

这首景物诗以乐写哀，以闹衬寂，反映了社会的荒凉景象和作者的失意情绪。四句诗各写一景：草、水、花、鸟，简直就是四幅图画，景色逼真，但都隐含一种凄凉之感，这是安史之乱造成山河破碎、人烟寂寥的写照。

早　梅[①]

张　谓

一树寒梅白玉条　迥临村路傍溪桥[②]
不知近水花先发[③]　疑是经冬雪未消[④]

——全唐诗卷197

【注释】

①《全唐诗》卷270一作戎昱诗。②迥（jiǒng）：远。村路：一作“林村”。③不知：一作“应缘”。④经冬：一作“经春”。消：一作“销”。

【赏析】

这首景物诗紧扣一个“早”字，赞美了梅花的坚强性格。首句写梅花凌寒独放的风姿，次句写独放的环境，三句点明早开的原因，末句写诗人的错觉，照应首句，突出梅花开放之早。全诗形神兼备，虚实结合，转折交错，首尾照应，历来受到人们的赞赏。

桃花溪①

张　旭

隐隐飞桥隔野烟②　石矶西畔问渔船③
桃花尽日随流水④　洞在清溪何处边⑤

——全唐诗卷117

【注释】

①桃花溪：亦即清溪，在今湖南桃源县西南，源出桃花山，北流入沅江。诗题一作《桃花谷》、《桃花矶》。②隐隐：《桃花源记》中有：“仿佛若有光”的句子。③石矶（jī）：露出水面的石头。渔船：暗寓《桃花源记》中的主人。④桃花：《桃花源记》中有“忽逢桃花林，夹岸数百步，中无杂树，芳草鲜美，落英缤纷”句。⑤洞：指桃源洞，即桃花源入口。

【赏析】

这首山水诗借用东晋陶渊明《桃花源记》的典故，描绘了桃花溪两岸的优美景色，流露了对世外桃源生活的向往，在安史之乱后的士人中有一定的代表性。诗的首句境界幽深，引人入胜；次句人物入诗，心驰神往；三句联想桃源仙境，美不胜收；末句提出问题，令人产生遐想。全诗动词用得准确传神，联想自然。

月　夜[1]

刘方平

更深月色半人家[2]　北斗阑干南斗斜[3]
今夜偏知春气暖　虫声新透绿窗纱

——全唐诗卷 251

【注释】

①诗题一作《夜月》。②更（gēng）：古时夜晚计时单位，一夜分五个更次。③北斗：同后面的“南斗”，都是星座名称。阑（lán）干：横斜的样子。

【赏析】

这首景色诗首句写月色，次句写星斗，说明已是深夜；三、四句写春气和虫声，透出春天的气息和一片生机。全诗充满对春天月夜的赞美。“偏知”、“新透”、“绿”等字眼，表明诗人工笔的细腻。

枫桥夜泊[1]

张　继

月落乌啼霜满天[2]　江枫渔火对愁眠[3]
姑苏城外寒山寺[4]　夜半钟声到客船[5]

——全唐诗卷 242

【注释】

①诗题一作《夜泊枫江》、《夜泊松江》。枫桥：在今江苏苏州市（古称姑苏）城西阊门外。②霜满天：古人以为霜是从天上降下来的。③江枫：江边枫树，一作“江村”。渔火：渔船灯火，一作“渔父”。④寒山寺：在枫桥西一里，初建于南朝梁代，因唐初诗僧寒山曾住于此而得名。⑤夜半钟声：唐

时寺院有半夜敲钟以报时间的习俗，名无常钟、定夜钟。一作“半夜钟声”。

【赏析】

这首景色诗是久负盛名的唐人绝句，犹如立在枫桥侧畔的一座诗的丰碑，流传广泛，影响深远，历来为诗家所推崇，苏州寒山寺名闻遐迩，亦得力于此诗的艺术宣传效果。全诗写了八种景物（月、乌、霜、江枫、渔火、寺、钟声、船），远近明暗，层次井然，构成一幅绝妙的画图，也渗透着诗人的主观色彩，即由羁旅之思联想到安史之乱造成的残破局面，因而“愁”是这首诗的灵魂。这首诗的构思也很巧妙，通篇是倒叙，前两句是写拂晓，后两句是写午夜，“夜半钟声”引起并加重愁思，表现了一种特殊的意境。也有人认为，全诗就是写午夜景色，“午夜钟声”则是这一景色的特殊代表。

寒　食①

韩翃（hóng）

春城无处不飞花②
寒食东风御柳斜③
日暮汉宫传蜡烛④
轻烟散入五侯家⑤

——全唐诗卷 245

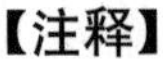

【注释】

①诗题一作《寒食日即事》。寒食：节日名，在清明前一日或二日。相传春秋时晋文公负其功臣介之推，介愤而隐于绵山。文公悔悟，烧山逼令出仕，之推抱树焚死。人民同情介之推的遭遇，相约于其忌日禁火冷食，以为悼念。事见《左传·僖公二十四年》和《后汉书·周举传》。②春城：春天的京城。“春城无处”一作“春风何处”。飞花：一作“开花”。③御柳：皇帝宫苑里的杨柳。④日暮：一作“一夜”。汉宫：代指唐宫。传蜡烛：据说汉时寒食禁火，天晚时，朝廷特赐侯家蜡烛，挨家传赐。⑤轻烟：一作“青烟”、“新烟”。蜡烛质量愈高，其烟愈少，故曰轻烟。五侯：《后汉书·单超传》载，汉桓帝一天封五名宦官为侯，世称“五侯”，此处代指宦官。一说东汉顺帝时，皇后兄梁冀为大将军，他的儿子和四个叔父都封侯，世称“梁氏五侯”。如此则指外戚。

【赏析】

这是首政治讽刺诗。前两句写景，“飞”、“斜”二字既写出杨柳飞舞飘扬之姿，也暗喻宦官得意轻薄之态；后两句表面上歌颂皇恩浩荡，实际上流露了对太监掌权、朝政腐败的忧虑和不满。

归　雁[①]

钱　起

潇湘何事等闲回[②]　水碧沙明两岸苔[③]
二十五弦弹夜月[④]　不胜清怨却飞来[⑤]

——全唐诗卷 239

【注释】

①归雁：此处指北飞的雁。雁是候鸟，秋天南飞，春天北飞。作者当时在京城长安，故称“归雁”。②潇湘：湘水在湖南零陵会合潇水称“潇湘”，此处代指南方。等闲：随便。③苔：苔藓植物，雁喜食。④二十五弦：古乐器

瑟有二十五弦。《史记·封禅书》、《史记·孝武帝本纪》载，泰帝使素女鼓五十弦瑟，悲，帝禁不止，故破其瑟为二十五弦。弹夜月：即月夜鼓瑟。相传舜南巡死于苍梧，两个妃子娥皇、女英赶至南方，死于湘江。韩愈《黄陵庙碑》谓屈原《九歌》中的湘君、湘夫人即指她们。湘夫人每于月夜鼓瑟，其声清怨。⑤不胜（shēng）：禁不住，忍受不了。

【赏析】

这是首咏雁名篇。首句发问，引出全诗；次句是发问的深化，南方景色如画，食物充足，仍留不住归雁；三、四句代雁作答，是因为忍受不了二十五弦的清怨之声。全诗运用丰富的想象和优美的神话，塑造了通晓音乐而又富于情感的大雁形象，委婉地表达了作者的哀怨和乡思。

军城早秋

严　武

昨夜秋风入汉关① 朔云边月满西山②
更催飞将追骄虏③ 莫遣沙场匹马还④

——全唐诗卷261

【注释】

①秋风：一作“西风”，代指敌军。汉关：指唐军驻守的关塞。②边月：一作“边雪”。西山：指岷山。③飞将：原指汉飞将军李广，此处是借用。骄虏：骄横的敌人。④莫遣：遣为返、还，此处指莫让敌军逃跑。

【赏析】

代宗广德二年（公元764年）秋天，剑南节度使严武率兵西征，击败入侵的吐蕃兵七万余人，收复当狗城（今四川理县东南）和盐川（今甘肃漳县西），而后写了这首军旅诗。诗的首句写敌军乘着夜色进犯，次句写紧张恶劣的战场环境，三句写主帅运筹帷幄，调兵遣将，末句既是严肃的军令，也充满必胜的信念。全诗结构紧凑，语气坚决，体现了唐军主帅高度的警惕性和责任感以及克敌制胜的非凡军事才能。

兰溪棹歌[①]

戴叔伦

凉月如眉挂柳湾　越中山色镜中看[②]
兰溪三日桃花雨[③]　半夜鲤鱼来上滩

——全唐诗卷 274

【注释】

①兰溪：今浙江兰溪市西南。棹（zhào）歌：古代船歌。②越中：今浙江省，春秋时属越国。③三日：农历三月初三上巳日。《后汉书·礼仪制·上》载，是日官民皆于水中洗濯，士女倾城玩赏。桃花雨：即春雨。

【赏析】

这首景物诗首句写月，次句写山，用“眉”、“镜”作喻，显得飘逸迷人，这是静景；三句写雨，末句写鱼，透出春天的无限生机。全诗词句明丽，比喻贴切，诗意清新隽永，韵味无穷。

滁州西涧[①]

韦应物

独怜幽草涧边生[②]　上有黄鹂深树鸣[③]
春潮带雨晚来急[④]　野渡无人舟自横

——全唐诗卷 193

【注释】

①诗题一作《西涧》。滁(chú)州：今属安徽。西涧：俗名上马河，在滁州城西。②幽草：一作“芳草”。涧边生：一作“涧边行”。③深树：一作“深处”、“绕树”。④春潮：又称桃花汛，指春天河水上涨。

【赏析】

这首景物诗历来为人们所传诵，它描绘了一幅荒凉渡口傍晚的优美景色。四句诗分写了草、鸟、雨、舟四景，静中有动，动静结合，突出了野渡的荒凉、寂寞以及行人待渡的怅惘情绪。诗中用词精确，反映了诗人观察的细致入微及对这种孤寂、清冷的自然美的追求。

夜上受降城闻笛[①]

李　益

回乐烽前沙似雪[②]　受降城外月如霜[③]
不知何处吹芦管[④]　一夜征人尽望乡[⑤]

——全唐诗卷283

【注释】

①受降城：据《旧唐书·张仁愿传》和《中国历史大事年表》载，中宗景龙二年(公元708年)，朔方军总管张仁愿筑有东、西、中三个受降城，均在内蒙古。中受降城在包头市西，东受降城在托克托县南、黄河以北大黑河东岸，西受降城在杭锦后旗乌加河北岸。东、西受降城离中受降城各四百余里，置烽火台一千八百处。诗中受降城在何处，历来说法不一，大多认为此处指西受降城。②回乐烽：受降城郊的烽火台。烽：一作“峰”。③城外：一作“城上”、“城下”。④芦管：一作“芦笛”，即胡笳，北方民族乐器。此处是用典。《晋书·刘琨传》载，刘被胡骑所围，无计可施，乃乘月登楼清啸，中夜奏胡笳，引起胡人思乡之念，天明，胡骑弃围而去。《晋书·刘畴(chóu)传》也有类似记载。⑤征人：出征将士。

【赏析】

李益所处的时代，唐王朝国势日衰，北方藩镇割据严重，士兵厌战情绪日增，盛唐时代守土卫边的豪气已逐渐丧失，这首边塞诗正是这种情况的写照。诗的首句写沙，次句写月，都是边塞的典型环境；而雪、霜的比喻则令人望而生畏，勾起征人的乡思。三句的笛声更加重了这种思念，末句一“尽”字说明无一例外，抒发了边塞将士久戍思归的情绪。清人沈德潜对这首诗评价极高，称之为“绝唱”。

春夜闻笛

李　益

寒山吹笛唤春归[1]　迁客相逢泪满衣[2]
洞庭一夜无穷雁　不待天明尽北飞[3]

——全唐诗卷 283

【注释】

①寒山：在今江苏徐州市东南。②迁客：见李白七绝《黄鹤楼闻笛》注。相逢：一作“相看”。泪满衣：一作“泪落衣”。③尽北飞：一作“向北飞”。

【赏析】

这是诗人谪迁江淮时的思归之作。首句“寒”字写出环境的凄凉和心情的寂寞，次句“泪满衣”把这种痛苦推进了一层；三、四句写大雁北飞，比喻人不如雁，虽在春天而得不到春的温暖，饱含不尽的怨恨和惆怅。

征人怨①

柳中庸

岁岁金河复玉关② 朝朝马策与刀环③
三春白雪归青冢④ 万里黄河绕黑山⑤

——全唐诗卷 257

【注释】

①诗题一作《征怨》。②金河：即伊克土耳根河，又名黑河，在今内蒙古呼和浩特市，唐时在此置金河县。③马策：马鞭。刀环：有环的刀，迎风有响声。④青冢（zhǒng）：王昭君墓，在今呼和浩特市南郊。《太平寰宇记》卷38载，其上草色常青，故曰青冢。⑤黑山：又名杀虎山，在呼和浩特市一带。

【赏析】

这是首被后人高度评价的边塞诗。全诗通过对边塞将士一年到头无休无止的奔波跋涉、单调而又艰苦的军旅生活的描写，表现了士卒的怨恨，也反映了唐帝国由盛而衰、一蹶不振的历史。诗句两两成对、句中自对、色彩艳丽、适度夸张是其最大特点。

观祈雨①

李约

桑条无叶土生烟 箫管迎龙水庙前②
朱门几处耽歌舞③ 犹恐春阴咽管弦④

——全唐诗卷 309

【注释】

①祈雨：旧时一种迷信活动，求龙王降雨。②箫管：泛指管弦乐器。疑

为箫鼓，泛指管乐和鼓乐。水庙：龙王庙。③朱门：红漆大门，指富豪权贵人家。耽：沉溺、入迷。一作“看”。④咽（yè）：因天阴而使乐器受潮发音不响亮。

【赏析】

这首揭露讽刺诗首句写春旱的严重状况，意味着农民已面临绝境；次句写祈雨的隆重场面，反映了农民迫切盼望下雨的焦急心情；三、四句写豪门贵族轻歌曼舞、寻欢作乐而唯恐下雨的荒淫生活，与农民形成强烈对照。全诗揭露了封建社会尖锐的阶级矛盾，反映了作者对劳动人民的同情和对统治阶级的憎恨。

登科后[1]

孟郊

昔日龌龊不足夸[2]　今朝放荡思无涯[3]
春风得意马蹄疾[4]　一日看尽长安花[5]

——全唐诗卷 374

【注释】

①诗题一作《登第》、《及第》。②龌龊（wò chuò）：不得志时的苦闷心情。夸：一作“嗟”（jiē）。③放荡：一作“旷荡”，自由自在，不受拘束。此句一作“今日坦然未可涯”。④春风：一作“青春”。⑤看尽：一作“看遍”。唐时新中进士，策马游街，以示荣耀。此两句即写游街状况。

【赏析】

这首抒怀诗是作者四十六岁中进士后心情激动时所作。前两句写今昔对比，心情由苦闷不堪变为无比舒畅，后两句更用夸张手法，极言兴奋之至、忘乎所以的情状，写得非常传神，成语“春风得意”即出于此。全诗语言流畅，格调清新明快，令人感奋。

咏绣障①

胡令能

日暮堂前花蕊娇② 争拈小笔上床描③
绣成安向春园里④ 引得黄莺下柳条

——全唐诗卷 727

【注释】

①诗题一作《绣障》、《观郑州崔郎中诸妓绣样》。绣障：绣花屏风。②花蕊：花心，泛指花卉。③床：绣花架。④安向：一作“挂向”。

【赏析】

这是首叙事兼抒情的诗。前两句写绣花姑娘绣花情景，时间、地点、图案均作了介绍，“争拈”说明绣花姑娘的热情；后两句是对绣花成品的赞颂，达到与鲜花乱真的程度，极言其巧夺天工的精湛技艺。

长门怨①

刘 皂

宫殿沉沉月欲分② 昭阳更漏不堪闻③
珊瑚枕上千行泪④ 不是思君是恨君⑤

——全唐诗卷 472

【注释】

①诗题共三首，这是第二首。《全唐诗》卷94一作齐澣（huàn）诗，又卷483一作李绅诗，首句“月”作“晓”。长门怨：乐府《相和歌辞·楚调曲》，一名《阿娇怨》。长门：汉宫殿名，汉武帝陈皇后（小名阿娇）失宠后曾居于此，实为冷宫。相传陈皇后为了重新获得汉武帝的恩宠，曾请司马相如作《长

门赋》。此赋实为后人伪作。②欲：一作"色"。分：下落、下沉。③昭阳：见王昌龄七绝《长信怨》注。更：更鼓。到更时敲竹梆或击鼓报时。漏：古代一种滴水计时仪器，用铜制作，称铜壶滴漏。也有镶玉石的，称玉漏。滴水时有响声。④珊瑚枕：用珊瑚制作的精美枕头。⑤思君：对君王往昔恩惠的思念，也包含对君王重新宠爱自己的希望。此句一作"半是思君半恨君"。

【赏析】

这首宫怨诗冲破了传统的思君与自怨的俗套，别有新意。首句写月将西沉，天欲破晓，诗中主人公又是一夜未眠；次句写昭阳殿的更声，与主人公凄凉心情形成强烈对照；三句用夸张手法写主人公终日以泪洗面的极度痛苦，珊瑚玉枕亦不能减轻心灵的悲哀；末句由否定"思君"到肯定"是恨君"，表现了主人公的绝望而将批判锋芒直指封建最高统治者，揭露了封建帝王喜新厌旧、荒淫无耻的行径，一语中的，思想境界得到升华。

城东早春

杨巨源

诗家清景在新春①　绿柳才黄半未匀
若待上林花似锦②　出门俱是看花人

——全唐诗卷 333

【注释】

①清景：一作"新景"。②上林：上林苑，帝王宫苑，此处代指长安。

【赏析】

这首景物诗，不仅景色清新，且有一定含意。首句破题，次句描绘早春绿柳的绰约风姿，三、四句表面写早春繁花似锦，游人如织，实际暗喻对人才要及早发现和扶持，不要等到他们已经成才、功成名就再去选拔和任用。

少年行[①]

令狐楚

弓背霞明剑照霜　秋风走马出咸阳
未收天子河湟地[②]　不拟回头望故乡

——全唐诗卷334

【注释】

①诗题一作《年少行》，共四首，这是第三首。②河湟：黄河与湟（huáng）水（源于青海，至甘肃汇入黄河），泛指甘肃河西一带。安史之乱后，此地逐渐为吐蕃占领，直到宣宗大中三年（公元849年），才得以收复。

【赏析】

这首边塞诗是诗人早期作品，有盛唐诗风。首句写戎装佩剑，次句写飞马出征，三、四句写誓言，充满一往无前的英雄气概。全诗格调高昂，热情洋溢，语言明快，音韵和谐。

秋　思

张　籍

洛阳城里见秋风　欲作家书意万重[①]
复恐匆匆说不尽[②]　行人临发又开封[③]

——全唐诗卷386

【注释】

①家书：一作“归书”。意万重：心中千言万语，不知从何说起。②复恐：一作“忽恐”。③临发：临动身。开封：拆开家信封口，修改、补写内容。

【赏析】

这首诗截取生活中的一个片断，即写家书和寄家书的思想活动和行动细节，表现了诗人强烈的乡思而引起人们的共鸣。首句“见秋风”引出乡思和写家书，次句是全诗的中心，也是诗人特定心理活动的生动写照；三、四句以富于戏剧化的情景刻画了人物动作，也反映了诗人复杂的心情。全诗语言通俗、流畅、自然生动，内容具有典型性，成为脍炙人口的佳作。

初春小雨[①]

韩　愈

天街小雨润如酥[②]　草色遥看近却无
最是一年春好处　绝胜烟柳满皇都[③]

——全唐诗卷 344

【注释】

①诗题一作《早春呈水部张十八员外》，共两首，这是第一首。张即张籍，曾任水部郎中。②天街：长安大街。酥：松脆的样子。③绝胜：最好。烟柳：一作“花柳”。柳条初青时，远看如烟雾状，称柳树含烟。

【赏析】

这首景色诗逼真地写出了早春微雨的优美景色。首句写雨，次句写雨后之草，三句引申一步，末句作结。“润、酥、遥看、最是、绝胜、烟柳”等字眼，把景色写得新鲜别致、充满生机，反映了诗人的细心观察和雕字琢句之功。

次潼关先寄张阁老①

韩　愈

荆山已去华山来②　日照潼关四扇开③
刺史莫辞迎候远④　相公新破蔡州回⑤

——全唐诗卷 344

【注释】

①诗题一作《次潼关先寄张十二阁老使君》。次：此处指军队抵达或驻扎。潼关：关名，在今陕西潼关县东。先寄：用快马传送。张十二：即张贾，排行十二，时任华州（今陕西华县）刺史，因其曾任门下省给事中，故尊称其为阁老。又汉代尊称州刺史为使君，唐时沿用此称呼。②荆山：在今河南灵宝县。已去：一作“行尽”。华山：又名太华山，在今陕西华阴市南。③日照：一作“日出”。四扇：一作“四面”，代指城门。④莫辞：一作“莫嫌”。迎候：迎接、恭候。远：华州距潼关一百二十里。⑤相公：指宰相裴度。新：一作“亲”。破蔡州：宪宗元和十二年（公元817年），裴度亲率大军讨伐叛乱的吴元济，大将李愬（sù）雪夜下蔡州（今河南汝南县），擒吴氏父子，淮西悉平。韩愈时任行军司马。

【赏析】

这首军旅诗写于裴度大军班师回朝抵达潼关时，可看做一首平叛凯歌。诗的首句用拟人手法，写出青山扑面而来欢呼胜利的景象，也渲染了行军途中轻松愉快的气氛；次句写潼关喜迎王师的情景，寓意“元和中兴”时代的到来；三句点题，通知张刺史准备劳军，语虽直率，却很亲切；末句是对裴度的赞扬，也暗寓此次胜利对铲除分裂割据势力、维护国家统一的重大意义。全诗气魄宏大，格调高昂，自豪之情跃然纸上。

筹边楼①

薛　涛

平临云鸟八窗秋②　壮压西川十四州③
诸将莫贪羌族马④　最高层处见边头⑤

——全唐诗卷803

【注释】

①筹边楼：在成都西郊，文宗太和四年（公元830年）李德裕任剑南西川节度使后所建，不仅可览胜，且用以筹划军事，稳定边陲。②八窗秋：登楼四望，秋高气爽。③十四州：张蓬舟先生引卢求《唐成都记》序载，上元二年（公元761年）始分东、西川，广德二年（公元764年）复合为一，大历二年（公元767年）又分为两川，至今不改。西川领州十四，县七十一，户百万，故此处应为"十四州"。多数版本为"四十州"，则指剑南道辖府一，都护府一，州三十八，县一百八十九。举成数为四十。④羌族：代指吐蕃。贪羌族马：意为一些将军贪婪掠夺，引发与吐蕃的战争。⑤最高层：楼的最高层。边头：战争烽火。此句意为成都受到战争威胁。

【赏析】

李德裕在成都任内，收复过被吐蕃占领的维州（今四川理县东北）城，地方安定。李离任后，边境纠纷又起，后任官吏抵御无力。薛涛虽年逾六十，仍感慨时事，写下这首感寓诗。诗的前两句写筹边楼的高耸与气势，隐含对李德裕的赞扬；后两句抒发沉痛的感叹，对将吏的贪婪和无能进行了严厉的谴责。全诗有描写，有叙述，有议论，反映了诗人忧国忧民的思想感情。

玄都观桃花[①]

刘禹锡

紫陌红尘拂面来[②]
无人不道看花回[③]
玄都观里桃千树
尽是刘郎去后栽[④]

——全唐诗卷 365

【注释】

①诗题原作《元和十年自朗州承召至京戏赠看花诸君子》。玄都观：道教庙宇，在京城长安。②紫陌：长安街道。红尘：街道红色灰尘。③看花：比喻为趋炎附势、攀高结贵。④刘郎：作者自指。去后：一作“别后”。

【赏析】

刘禹锡自参加王叔文集团革新失败后，被贬朗州（今湖南常德市）司马，十年后于宪宗元和十年（公元815年）奉召回京。其间，朝廷在排斥革新人士的同时，扶植了许多新贵。这首诗表面上看是写桃花盛开，游人如织，实际是对新权贵的讽刺。为此，他又被贬到更加遥远的地方。

石头城[①]

刘禹锡

山围故国周遭在　潮打空城寂寞回[②]
淮水东边旧时月[③]　夜深还过女墙来[④]

——全唐诗卷 365

【注释】

①石头城：故地在今南京市汉中门外清凉山一带，战国时是楚国的金陵城，秦始皇改名秣（mò）陵，三国时孙权改名建业，并筑石头城，西晋时先改名建邺，后又改建康。②潮：长江江水。“潮”一作“雨”。空城：石头城原为六朝国都，隋平陈后改置蒋州，唐初为扬州州治，高祖武德九年（公元626年）废弃，至作者写此诗时已成为空城。③淮水：南京秦淮河，又名龙藏浦，发源于江苏溧（lì）水县，流经金陵入长江。相传为秦始皇南巡时开凿，以疏淮水，故名。此处在六朝时非常繁华。④女墙：城墙上的城垛。

【赏析】

这首怀古诗寄寓了诗人对历史兴亡的无限沉思。首句写寂静的山，次句写凉意的潮；三、四句写朦胧的月，映衬出故国的寂寞荒凉，也暗喻唐帝国的繁华已经一去不复返了。

乌衣巷[①]

刘禹锡

朱雀桥边野草花[②]　乌衣巷口夕阳斜
旧时王谢堂前燕[③]　飞入寻常百姓家[④]

——全唐诗卷 365

【注释】

①乌衣巷：旧时金陵一条街巷，在今南京市秦淮河夫子庙文德桥南。三国孙吴时都城卫戍部队驻此，官兵身着黑色军服，被称乌衣营，驻地称乌衣巷。②朱雀桥：一名“朱雀舫”，秦淮河上桥名，因正对朱雀门而得名。花：作动词用，意为开花。③旧时：一作“旧来”。王谢：东晋宰相王导、谢安等豪门贵族子弟，当时多聚居于此，被称作“乌衣诸郎”。④寻常：古代八尺为寻，倍寻为常，数目不大，指“普通、一般”。此句有两解，一为王谢望族的高楼大厦已化作残垣断壁，燕子不得不到寻常人家另筑新巢；一为王谢后代已降为普通百姓即寻常人家。

【赏析】

这是刘禹锡的怀古名篇。前两句写乌衣巷当时的衰败景象，后两句写燕巢的变迁，极巧妙地通过燕子把达官贵人和普通百姓联系起来进行比较。指出显赫一时的王谢后代也逃脱不了“诸侯之泽，五世而斩”的命运，揭示了旧事物必然灭亡的规律，显示了诗人独到的艺术匠心和丰富的想象力。

秋　词[①]

刘禹锡

自古逢秋悲寂寥[②]　我言秋日胜春朝[③]
晴空一鹤排云上[④]　便引诗情到碧霄[⑤]

——全唐诗卷 365

【注释】

①诗题共二首，这是第一首。②寂寥：寂寞空虚。③春朝（zhāo）：春天。④晴空：一作“横空”。排云：凌云，冲破云层。《诗经·小雅·鹤鸣》有“鹤鸣于九皋（gāo），声闻于天”句。⑤碧霄：青天。

【赏析】

这首景色诗是诗人被贬朗州时所写。诗中一反过去文人悲秋的传统，通过对白鹤凌云展翅、顽强奋斗的描写，赞颂了秋天的生气，表达了诗人不愿与世俗同流合污的高尚情操。

竹 枝 词[①]

刘禹锡

杨柳青青江水平　　闻郎江上唱歌声[②]
东边日出西边雨　　道是无晴却有晴[③]

——全唐诗卷 365

【注释】

①竹枝词：唐代巴蜀一带的民歌。刘禹锡的《竹枝词》共两组，一组二首，一组九首。这是二首中的第一首。②唱歌：一作“踏歌”。③晴：双关语，与“情”谐音。却：一作“还”。

【赏析】

这是首借女子口吻写的爱情诗。首句写景，次句闻歌，三、四句巧用谐音，表达了少女的娇嗔和恋情。

浪 淘 沙[①]

刘禹锡

其　一

九曲黄河万里沙　　浪淘风簸自天涯[②]

如今直上银河去　同到牵牛织女家③

——全唐诗卷 365

【注释】

①浪淘沙：唐代教坊曲名，诗题共九首。②风簸（bò）自天涯：自天上来。古人以为黄河源头来自天上银河。③牵牛织女：为两星座名，位于银河两侧。古人将其神化为牛郎织女故事。梁代吴均撰《续齐谐记》载，牛郎、织女因触怒天帝，被分隔在银河两岸，每年七月初七（即七夕）相会一次。

【赏析】

这首抒情诗前两句描写黄河的雄伟气势，奔腾万里，波涛汹涌；后两句运用浪漫主义手法，巧借神话故事，直上银河，表现了诗人的豪迈气概。

浪淘沙

刘禹锡

其　六

日照澄洲江雾开①　淘金女伴满江隈②
美人首饰侯王印③　尽是沙中浪底来

【注释】

①澄洲：清澈的江水和水中沙洲。据李鄂荣先生研究，“澄洲”应为“澄州”，唐代州府名，今广西上林县，唐时产金银，曾向朝廷进贡，故有淘金场面描写。②淘金：一作“淘沙”。隈（wēi）：江边弯曲的地方。③美人：此处指贵妇人。侯王：一作“王侯”。

【赏析】

这首抒情诗表达了诗人同情劳动人民的思想感情。前两句描写妇女淘金场面，揭示了劳动的艰辛；后两句点明达官贵人的荣华富贵正是劳动人民的血汗所铸造。在当时，有这种认识是难能可贵的。

望洞庭[①]

刘禹锡

湖光秋月两相和[②]　潭面无风镜未磨[③]
遥望洞庭山水翠[④]　白银盘里一青螺[⑤]

——全唐诗卷 365

【注释】

①诗题一作《月望洞庭》。②秋月：一作“秋色”。和：互相衬托，协调一致。③潭面：水面。无风：一作“无波”。未：一作“似”。④山水翠：一作“山水色”、“山翠小”。⑤白银：一作“白云”。青螺：指洞庭湖中君山。

【赏析】

这首景物诗是刘禹锡山水诗的典范之作。首句写光、月，是全景；次句写水面，是近景；三句写湖中君山，是远景；末句用比喻，描写洞庭湖的柔美和皎洁。全诗比喻巧妙，想象丰富，构思独特，韵味无穷，给人以美的享受。

竹枝词[①]

白居易

瞿塘峡口水烟低[②]　白帝城头月向西[③]
唱到竹枝声咽处　寒猿暗鸟一时啼[④]

——全唐诗卷 441

【注释】

①诗题共四首，这是第一首。②瞿塘峡：见李益五绝《江南曲》注。水烟：一作“冷烟”。③白帝城：见杜甫五绝《八阵图》注。④寒猿：猿声清而哀，故称“哀猿”或“寒猿”。暗：幽深不见天日，此处指愁苦。暗鸟：一作“晴鸟”。

【赏析】

这首人物诗是作者于宪宗元和十四年（公元819年）调任忠州（今重庆市忠县）刺史后写的，在一定程度上反映了人民的疾苦。诗的前两句写水、月，隐含凄凉；后两句写演唱者声泪俱下，感动寒猿暗鸟，其悲愤之情，不言自喻。

暮江吟

白居易

一道残阳铺水中　半江瑟瑟半江红[①]
可怜九月初三夜[②]　露似真珠月似弓[③]

——全唐诗卷442

【注释】

①瑟瑟：一种碧色宝石，此处形容半边江水碧绿。②可怜：一作“谁怜”。③真珠：珍珠。

【赏析】

这首景物诗是作者于穆宗长庆二年（公元822年）秋赴任杭州（今属浙江）刺史途中所写。诗中描绘了两幅相关的风景画：一是残阳照江，一是秋月映草，色彩绚丽，景色宁静。全诗比喻贴切、新颖，刻画入微。

离　思[1]

元稹（zhěn）

曾经沧海难为水[2]　除却巫山不是云[3]
取次花丛懒回顾[4]　半缘修道半缘君[5]

——全唐诗卷 422

【注释】

①诗题共五首，这是第四首。②曾经：这两句是从《孟子·尽心·上》“观于海者难为水，游于圣人之门者难为言”变化而来。③巫山：位于重庆市境内巫峡两边。宋玉《高唐赋序》说，巫山有神女，“日为朝云，暮为行雨，朝朝暮暮，阳台之下”，后人因以巫山代指云海，以巫山云代指神女。④取次：任意、随便。花丛：指歌伎。此句意为随便什么样的女子都懒得回头去看。⑤修道：修身养性，研修佛道。君：指元稹亡妻韦丛。

【赏析】

这首悼亡诗出名的是前两句，因其含意深刻、富有哲理而成为千古佳句。原诗喻指自爱上亡妻以后，不再为别的女子动心，显示出爱情的坚贞；后多用作见多识广以后，对平常事物不以为奇。全诗托物比兴，寄寓诗人对亡妻深沉、执著的爱，甚至因亡妻之死而感觉人生无趣，以修道来求得精神上的解脱。

登崖州城作[1]

李德裕

独上高楼望帝京　鸟飞犹是半年程
青山似欲留人住[2]　百匝千遭绕郡城[3]

——全唐诗卷 475

【注释】

①崖州：今海南琼山县东南。②似欲留人住：一作“也恐人归去”。③此句寓意四面环伺、重重包围的敌对政治势力。

【赏析】

李德裕是晚唐杰出的政治家，在武宗朝任宰相的六年中，外攘回纥（hé），内平泽潞，扭转了长期以来唐王朝衰弱的局面。武宗死后，政局发生变化，李德裕作为李党的首领，遭牛党打击，一贬再贬，直至被贬为崖州司户参军。这首悲愤诗即写于崖州。诗的首句写对长安的怀念，次句极言距离的遥远。这种怀念除乡思外，还包含有东山再起的希望，以图匡时济世。后两句则是对前两句的否定，青山环绕意为落入罗网，生还无望，心情反而平静下来。全诗没有直接抒发愤恨情绪，但内容悲凉，格调深沉。诗人后来终于没有回到长安，死在崖州。

南园诗①

李贺

其五

男儿何不带吴钩②　收取关山五十州③
请君暂上凌烟阁④　若个书生万户侯⑤

——全唐诗卷 390

【注释】

①南园：是李贺在家乡读书的地方。这组诗共十二首。②吴钩：古时吴地（今江苏南部）一种兵器，为头部稍弯曲的刀。带吴钩：指从军，一作“横刀”。③五十州：指当时藩镇割据势力所控制的黄河南北大片土地，朝廷法令所不能制。④请君：一作“诸君”。

凌烟阁：唐皇宫殿阁名。唐人刘肃《大唐新语·褒赐篇》载，太宗贞观十七年（公元643年），图画开国功臣长孙无忌、杜如晦、魏徵等二十四人于凌烟阁，阁在当时长安。太宗自己作赞，褚（chǔ）遂良题阁，阎立本画。⑤若个：哪个。万户侯：汉代制度，列侯食邑，大者万户，小者五六百户。此处指很高的爵位。

【赏析】

安史之乱后，唐帝国如江河日下，藩镇割据，民不聊生。诗人忧念国家大事，渴望投笔从戎，为恢复国家统一而建功立业，这首抒怀诗表达的就是这种感情。前两句是说男子汉应有的志向，表明诗人的豪迈气概和昂扬斗志；后两句设问，是对上两句的反衬，寓意诗人不得志的感慨。

南园诗

李　贺

其　六

寻章摘句老雕虫①　晓月当帘挂玉弓②
不见年年辽海上③　文章何处哭秋风④

——全唐诗卷 390

【注释】

①雕虫：典出西汉扬雄《法言·吾子篇》，“童子雕虫篆刻”，“壮夫不为也”，比喻吟诗作赋没有什么用处。②玉弓：指月。此句意为勤于写作，通宵达旦。③辽海：指辽东半岛，唐时经常与高丽在此发生战争。④哭秋风：悲秋的意思，见苏颋（tǐng）五绝《汾上惊秋》注。

【赏析】

李贺抱负远大而现实无情，一生怀才不遇，自感读书无用。这首抒怀诗的首句描述艰苦的书生生活，次句写景，暗寓刻苦奋发之状；三、四句写藩镇割据、战乱频仍，造成知识分子读书无用，发泄了满腔悲愤。

题都城南庄①

崔 护

去年今日此门中② 人面桃花相映红③
人面不知何处去④ 桃花依旧笑春风

——全唐诗卷 505

【注释】

①都城南庄：首都长安南部某村庄。诗题一作《城南诗》。②去年：一作"昔年"。③人面：指少女。④不知何处去：一作"只今何处在"。

【赏析】

在这首富有传奇性的爱情诗歌中，作者叙述了一年前的往事，描绘了少女艳若桃花的形象，抒发了作者的爱慕之情，具有感人的艺术效果。唐人孟棨（qǐ）据此创作了笔记小说《崔护》，欧阳予倩于1920年又改编成了《人面桃花》的戏剧，更加深了这首诗的浪漫色彩。

赠去婢①

崔 郊

公子王孙逐后尘② 绿珠垂泪滴罗巾③
侯门一入深如海 从此萧郎是路人④

——全唐诗卷 505

【注释】

①诗题一作《赠婢》。②逐后尘：指跟在少女后面追逐、调戏。③绿珠：《晋书·石崇传》载，西晋大官僚、富豪石崇有妓曰绿珠，美而艳，善吹笛。孙秀使人求之，崇竟不许。秀怒，遂矫诏收崇。崇正宴于楼上，谓绿珠曰："我今为尔得罪。"绿珠泣曰："当效死于官前。"因自投于楼下而死。滴：一作"满"。罗巾：丝手帕。④萧郎：原指南朝梁武帝萧衍，典出《梁书·武帝纪·上》，后泛指美好的男子或女子爱恋的男子。

【赏析】

这首爱情诗突破了个人悲欢离合的局限，揭露了封建社会因门第悬殊而造成爱情悲剧的社会原因。前两句巧用典故，说明贵族子弟的无耻追逐，给女子带来深沉的痛苦；后两句含蓄地表达诗人的哀怨，"侯门似海"也因此成为形容权势之家的成语。

宿武关[1]

李涉

远别秦城万里游[2]　乱山高下入商州[3]
关门不锁寒溪水　一夜潺湲送客愁[4]

——全唐诗卷477

【注释】

①诗题一作《再宿武关》、《从秦城回再题武关》，是第二次罢官过武关所作。武关：又称南关，属商州，在今陕西商县。②秦城：指京城长安。③乱山：指商山，素有"九曲十八绕"之称。入：一作"出"。④潺湲(chán yuán)：一作"潺潺"，河水缓缓流动的样子。

【赏析】

这首诗抒发的是诗人去国离乡的愁苦情绪。首句暗喻罢官流放，次句借景抒发内心的烦闷；三、四句写夜宿，表现了彻夜难眠的情景。诗句曲折细腻，感人肺腑。

偶 书

刘 叉

日出扶桑一丈高[1] 人间万事细如毛
野夫怒见不平处[2] 磨损胸中万古刀[3]

——全唐诗卷 395

【注释】

①扶桑：神话传说中的树名，典出《山海经·海外东经》，代指日出之地。②野夫：没有官职不受拘束的人，即村野民夫，此处为作者自指。不平处：一作“不平事”。③磨损：一作“磨尽”。

【赏析】

这首诗反映了作者不与封建统治者合作的抗争精神。首句托物起兴，次句说明因统治者的腐败引起社会各种矛盾，三句控诉当时不合理的社会现实，末句表明自己的态度，要起来斗争。全诗慷慨激昂，语句铿锵有力。

题金陵渡[1]

张 祜

金陵津渡小山楼[2] 一宿行人自可愁
潮落夜江斜月里 两三星火是瓜州[3]

——全唐诗卷 511

【注释】

①诗题一作《金陵渡》。金陵渡：在今江苏镇江市附近，唐时此处也称金陵。②津：渡口。③瓜州：扬州市南长江北岸渡口，与金陵渡相对。

【赏析】

这首诗描写渡口夜景，有一种伤感情绪。首句写地点，次句写行人，三句写近景，末句写远景。尤其是后两句，将长江夜色化入诗中，别有一番情趣，成为名句。

闺意献张水部[①]

朱庆余

洞房昨夜停红烛[②]　待晓堂前拜舅姑[③]
妆罢低声问夫婿[④]　画眉深浅入时无[⑤]

——全唐诗卷 515

【注释】

①诗题一作《近试上张水部》。②停：安置、放置。③舅姑：旧时媳妇对公婆的称呼。④夫婿：丈夫。⑤画眉：描画眉毛。汉、唐时妇女有画眉习俗，以显示美色，有时丈夫也为妻子画眉。入时无：是否合乎时尚。

【赏析】

这首叙事诗的特点是全诗都是比喻。唐代应举士人有向名人行卷的风气，以求其推荐和宣传自己，提高知名度。朱诗投赠对象是水部郎中张籍，诗写的是闺房情事。首句写成婚；次句写等待拜见公婆，这是当时习俗；三、四句写打扮、化妆后等待时羞怯和紧张的心情，“入时无”是全诗的落脚点。诗中描写细腻，新婚少妇形象生动，是一首好的“闺意”诗。但诗的本意并不在此。诗人是把自己比作新娘，把张籍比作夫婿，把主考官比作舅姑，把自己的诗文比作新娘的画眉，征询张的意见，看是否有录取的希望。通篇都是比兴，写得委婉含蓄。

过华清宫[1]

杜　牧

长安回望绣成堆[2]　山顶千门次第开[3]
一骑红尘妃子笑[4]　无人知是荔枝来[5]

——全唐诗卷 521

【注释】

①诗题一作《骊山感旧》，共三首，这是第一首。华清宫：宋人王溥（pǔ）撰《唐会要》载“开元十一年十月五日，置温泉宫于骊山。至天宝六载十月三日，改温泉宫为华清宫”。此处是唐明皇、杨贵妃游乐的地方。②绣成堆：骊山两侧有东绣岭、西绣岭，山上树木花卉繁多，远望如锦绣一般。③千门：形容山顶宫殿壮丽，门户众多。④妃子笑：《新唐书·杨贵妃传》载，“妃嗜荔枝，必欲生致。乃置骑传送，走数千里，味未变，已至京师”，致使“人马僵毙，相望于道”。⑤知是：一作“知道”。

【赏析】

《过华清宫》绝句三首，既是咏史诗，也是含意深刻的政治讽刺诗。历代借华清宫咏史的诗篇不可计数，但以这三首最为脍炙人口。这首诗选用驿卒送荔枝一事，批判了唐明皇、杨贵妃骄奢淫逸的生活。前两句描绘华清宫景色美不胜收，暗喻唐明皇滥用民力；后两句写荔枝将至，贵妃微笑，揭露了其腐化和荒淫的生活。

江南春[①]

杜　牧

千里莺啼绿映红[②]　水村山郭酒旗风[③]
南朝四百八十寺[④]　多少楼台烟雨中

——全唐诗卷 522

【注释】

①诗题一作《江南春绝句》。②千里：明人杨慎改作“十里”，不妥。③山郭：郭原指外城。《孟子·公孙丑·下》“三里之城，七里之郭”。此处指城外山庄。酒旗：酒店用布做的标识。南朝：东晋后的宋、齐、梁、陈均建都建康（今南京市），史称“南朝”；黄河流域的北魏、东魏、西魏、北齐、北周，史称“北朝”；合称“南北朝”。南北朝统治者多信奉佛教，梁武帝尤甚，修建了大量寺院。《南史·郭祖深传》载，“都下佛寺，五百余所”。诗中“四百八十”只是个约数。

【赏析】

这首景物诗描绘了一幅江南水乡春景图，又暗含讽喻。前两句艺术地概括了江南丰富多彩的迷人景色，后两句则是对南朝兴亡的感叹。全诗色彩鲜明，虚实结合，吊古伤今，含而不露。

赤　壁[①]

杜　牧

折戟沉沙铁未销[②]　自将磨洗认前朝[③]
东风不与周郎便[④]　铜雀春深锁二乔[⑤]

——全唐诗卷 523

【注释】

①诗题一作《赤壁怀古》。赤壁：在今湖北蒲圻市（已更名为赤壁市）西北赤壁镇，面临长江，对岸为洪湖乌林。据《三国志》载，东汉建安十三年（公元208年），孙权、刘备联军在此以火攻大破曹操，奠定鼎足三分之势，是为赤壁之战。杜牧作此诗时，官黄州（今属湖北）刺史。黄州城外江边有赤鼻矶，并非赤壁之战所在地。后来北宋著名文学家苏轼（东坡）贬谪黄州任团练副使期间写有前、后《赤壁赋》，更使人产生误会。现在，为了区别起见，人们习惯于称蒲圻赤壁为“周郎赤壁”或“武赤壁”，称黄州赤壁为“东坡赤壁”或“文赤壁”。②折戟沉沙：折断的戟沉埋沙底，比喻曹操的惨重失败。未销：一作“半消”。③将：拿起。自将磨洗：一作“细磨苍苔”。认前朝：一作“验前朝”，辨认是前朝遗物。④东风：赤壁之战时，孙、刘联军利用东风，火烧北岸曹军船只，取得胜利。周郎：见李端五绝《鸣筝》注。⑤铜雀：台名，故址在今河北临漳县，为曹操所建，作为晚年享乐场所。上有高达一丈五尺的铜雀，故名。二乔：东吴乔公两个女儿，分别为孙策（孙权之兄）、周瑜妻。锁二乔：掳获二乔，藏于铜雀台。此处“二乔”已是国家政治实体的象征，“锁二乔”意味着东吴战败后所蒙受的屈辱。

【赏析】

这是首咏史名篇。前两句借古战场遗物联想到著名的赤壁之战，后两句发表议论，强调了“东风”这一客观条件，委婉地表达了自己欲成大业而不能的抑郁心情。全诗因小见大，由近及远，想象丰富，议论自然。

泊秦淮[①]

杜牧

烟笼寒水月笼沙[②]　夜泊秦淮近酒家[③]
商女不知亡国恨[④]　隔江犹唱后庭花[⑤]

——全唐诗卷 523

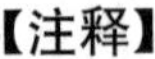

【注释】

①诗题一作《秦淮》、《秦淮夜泊》、《闻歌》。秦淮：秦淮河，见刘禹锡七绝《石头城》注。②烟：水上雾气。③近：一作“寄”。④商女：酒家歌伎。⑤后庭花：典出《陈书·后主张贵妃传》魏徵史论，指南朝陈后主所作淫词艳曲《玉树后庭花》，后称此为亡国之音。

【赏析】

这首诗堪称绝唱，写景固是其一大特色，更主要是发出了荒淫误国的警告。诗的首句写景，烟、水、月、沙被两个“笼”字融合在一起，展现出一幅幽静淡雅的画面；次句叙事，承上启下，网络全篇；三、四句看似指责商女，实则痛斥了最高统治者的腐化堕落、醉生梦死，流露了诗人的满腔悲愤。

题乌江亭[1]

杜　牧

胜败兵家事不期[2]　包羞忍耻是男儿[3]
江东子弟多才俊[4]　卷土重来未可知[5]

——全唐诗卷 523

【注释】

①乌江亭：故址在今安徽和县乌江浦，相传项羽兵败在此自杀。②兵家：一作“由来”。事不期：一作“事可期”。期：达到预期目的。③包羞：指行为不当而承受耻辱。男儿：男子汉大丈夫，能忍辱负重。④江东：指芜湖至南京间长江以南一带，是项羽率八千子弟起兵的地方。才俊：一作“豪俊”。⑤卷土重来：形容遭受挫折和失败后重新组织力量再干，现多用于贬义。

【赏析】

这是首咏史诗。项羽兵败自杀，历来被视为悲壮的英雄。杜牧却一反传统观点，为项羽自杀感到惋惜，认为如果项羽卷土重来，或许还有希望。诗的立意虽然值得商榷，但胜败乃兵家之常事的观点以及末句所反映的百折不挠的精神还是可取的。另外，作为咏史诗，抒情立论，振振有词，也给人一种豪迈的感觉。

金谷园①

杜 牧

繁华事散逐香尘②
流水无情草自春③
日暮东风怨啼鸟
落花犹似坠楼人④

——全唐诗卷 525

【注释】

①金谷园：石崇别墅，在洛阳附近，繁华至极，唐时已荒废。②逐香尘：《拾遗记》卷九载，崇“屑沉水之香如尘末，布象床上，使所爱者践之。无迹者，赐以真珠”。③流水：指流经金谷园的金水。④坠楼人：一作“堕楼人”，指绿珠，见崔郊七绝《赠去婢》注。

【赏析】

这首怀古诗首句写金谷园的繁华、石崇的豪富、绿珠的殉情都如香尘飘散，一去不返；次句写流水无情，草木依旧，毫不理会人间沧桑；三句写鸟鸣悲切；末句联想到绿珠玉殒香消，可悲可叹。全诗句句写景，景中寓情，流露了诗人的无限感慨。

寄扬州韩绰判官[①]

杜　牧

青山隐隐水迢迢[②]　秋尽江南草木凋[③]
二十四桥明月夜[④]　玉人何处教吹箫[⑤]

——全唐诗卷 523

【注释】

①诗题一作《寄人》。韩绰：生平不详。杜牧除此诗外，另有一首《哭韩绰》，可见二人交情之深。②水迢迢：一作“水遥遥”。③草木凋：一作“草未凋”。④二十四桥：说法不一。北宋沈括《梦溪笔谈·补笔录》卷三认为，扬州在唐时最为繁华，旧城南北有二十四座桥；清李斗《扬州画舫录》卷十五说，二十四桥即大明寺附近吴家砖桥，一名红药桥，在熙春台后，因古时二十四美人吹箫于此，故名；较一致的看法是，二十四桥系虚数，泛指扬州桥多。⑤玉人：本指美人，此处当指韩绰。

【赏析】

这首诗是前人诗词中写扬州的名篇，历来为人们所传诵。前两句写江南秋色，风光如画，“隐隐”和“迢迢”一对叠字，既是写景，也暗喻诗人怀念江南、怀念友人的深情；后两句突出写二十四桥，把神话传说和现实融为一体，引发读者的无限联想。

山　行

杜　牧

远上寒山石径斜[①]　白云生处有人家[②]

停车坐爱枫林晚[3]　霜叶红于二月花

——全唐诗卷524

【注释】

①寒山：深秋时的山。②生处：一作“深处”。③坐：因为，由于。

【赏析】

这首纪行诗描绘的是一幅山林秋色图。首句写山路，“远”写路的绵长，“斜”写路的曲折；次句写山顶，白云缭绕，掩映房舍；三句写枫林火红艳丽，这是由远到近，“停车坐爱”说明诗人惊喜之情难以抑制，长沙岳麓山“爱晚亭”即取此句诗意；末句是全诗的诗魂，诗人透过霜叶看到了秋天那种热烈的、生机勃勃的景象。全诗体现了诗人豪爽向上的精神状态和优秀的艺术才能，后两句更成为久吟不衰的千古佳句。

秋　夕[1]

杜　牧

银烛秋光冷画屏[2]　轻罗小扇扑流萤[3]
天阶夜色凉如水[4]　卧看牵牛织女星[5]

——全唐诗卷524

【注释】

①诗题一作《七夕》。②银烛：晶莹洁白的蜡烛，一作“红烛”。③轻罗小扇：薄丝织品制成的小团扇，象征宫女被遗弃的命运。④天阶：一作“天街”、“遥阶”，即玉阶，指宫门外石阶。⑤卧看：一作“坐看”。牵牛织女星：见刘禹锡七绝《浪淘沙》注。

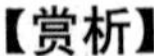

【赏析】

这首宫怨诗的意境同李白《玉阶怨》有相似之处，通过描写宫女生活的一个侧面，表现了她们的幽怨之情，一说是写贵妇人的孤独。诗的前两句写宫女的凄清与无聊，后两句写宫女的情思；一、三句写景，是时间的变化；二、四句写动作，是宫女心境的变化。全诗无一愁字，而言外愁绪无限。

清　明①

杜　牧

清明时节雨纷纷　　路上行人欲断魂②
借问酒家何处有　　牧童遥指杏花村③

——千家诗七言卷上

【注释】

①清明：节气名，公历每年四月四日或五日。此诗最早见于南宋谢枋得编《千家诗》，《全唐诗》、《万首唐人绝句》、《樊川文集》都没有收录，明人谢榛认为是杜牧所作，后人也大都认同。②断魂：形神交瘁，精疲力竭。③杏花村：开满杏花的村庄，在今山西汾阳县，所产“杏花村酒”即以此命名。也有的认为在今安徽贵池，杜牧曾任池州刺史，诗当作于此时。

【赏析】

这首节令诗通俗流畅、易懂易记，成为家喻户晓的名篇。诗的首句写环境，次句写行人，三句写问路，末句写指路，描绘了一幅江南春雨图，抒发了旅人的情怀。全诗起承转合，脉络分明，末句既是顶点，又留有余味。

金缕衣[①]

杜秋娘

劝君莫惜金缕衣　劝君惜取少年时[②]
花开堪折直须折[③]　莫待无花空折枝

——全唐诗卷 520

【注释】

①金缕衣：一作《金缕词》，曲调名，此处亦作华丽贵重之物。此诗选自杜牧《杜秋娘诗》。杜牧在诗序中说杜秋娘是金陵人，原为节度使李锜（qí）妾，善唱《金缕衣》，曾入宫，有宠于宪宗。穆宗立，为皇子保姆。皇子被废，秋娘回乡，穷老无依。故旧时以杜秋娘泛指年老色衰的妇女。此诗又见卷785。②惜取：一作“须惜”。③花开：一作“有花”。直须：就必须。

【赏析】

这首咏物诗并非教人及时行乐，实是教人爱惜少年时的大好光阴。前两句均为“劝君”，但内容相反，而诗意贯通；后两句用比喻，从正面说到反面，仍在劝导人们爱惜时间。这首诗的特点在于两次构成反复和咏叹，不仅无重复之感，而且朗朗上口，读来荡气回肠。

瑶瑟怨[①]

温庭筠

冰簟银床梦不成[②]　碧天如水夜云轻
雁声远过潇湘去[③]　十二楼中月自明[④]

——全唐诗卷 579

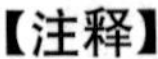

【注释】

①瑶瑟：玉石镶嵌的精致古乐器。②冰簟(diàn)：凉竹席。③雁声：由雁声联想到古乐曲《归雁操》的意境。远过：一作“还向”。潇湘：指湖南省。古有雁飞不过衡阳的说法。王勃《滕王阁序》“雁阵惊寒，声断衡阳之浦”。去：一作“浦”。④十二楼：《汉书·郊祀志》载，方士有言黄帝时为五城十二楼，以候神人。此处泛指高楼。

【赏析】

这首诗写的是女子别离的悲怨。首句“梦不成”是所感，次句秋夜云天、清冷寂寞是所见，三句秋雁南飞引起联想是所闻，末句高楼、明月、感情空虚是所想。诗中虽无愁苦字样，但九种景物（簟、床、梦、天、水、云、声、楼、月）构成的特有氛围，却处处充满愁苦，尽在不言中。

伤温德彝[①]

温庭筠

昔年戎虏犯榆关[②]　一败龙城匹马还[③]
侯印不闻封李广[④]　他人丘垄似天山[⑤]

——全唐诗卷 579

【注释】

①诗题一作《伤边将》。温德彝(yí)：生平不详。“伤”：有悲愤、哀悼意。②戎虏：敌军。榆关：榆林塞，在今陕西。③败：一作“破”。匹马还：敌军只剩一骑逃回去。④李广：西汉名将，战功卓著，但终生未封侯。⑤他人：一作“别人”。丘垄：此处指坟墓。

【赏析】

这是首揭露讽刺诗。前两句叙事，写出温德彝的赫赫战功，三句用典，末句对比，对最高统治者赏罚不明、压抑功臣进行了讽刺，抒发了胸中的怨恨。

陇西行[1]

陈　陶

誓扫匈奴不顾身　五千貂锦丧胡尘[2]
可怜无定河边骨[3]　犹是春闺梦里人

——全唐诗卷746

【注释】

①陇西行：乐府旧题，共四首，这是第二首。②貂锦：汉时御林军一种服装，此处代指将士。③无定河：黄河支流，在今陕西，因挟带大量泥沙，深浅无定，故名。

【赏析】

这首边塞诗反映了作者对死难将士及其家属的同情，批判了统治者穷兵黩武给人民带来的痛苦和灾难。诗的首句写将士的忠勇，次句写牺牲的惨烈，三句指出死难将士已成一堆白骨，末句描写死者家属还在盼望他们早日归来。语意沉重，感慨颇深。“犹是”二字有画龙点睛之妙。

夜雨寄北[1]

李商隐

君问归期未有期　巴山夜雨涨秋池[2]
何当共剪西窗烛[3]　却话巴山夜雨时

——全唐诗卷539

【注释】

①诗题一作《夜雨寄内》，内即妻子。作者当时在东川，所以称“寄北”。②巴山：也称大巴山、巴岭，绵延于川陕边境，此处泛指巴蜀。夜雨：四川盆地，因气候关系，多夜间下雨。③何当：何时才能。

【赏析】

这首爱情诗表现了诗人对妻子的怀念和盼望团聚的心情。首句自问自答，次句写景，也是诗人的处境和感受。后两句写对归期的盼望和团聚的欢悦。全诗明白如话，而又曲折深沉，充满缠绵悱恻的情致。诗中两次出现“巴山夜雨”，却无雕砌之感。

霜　月

李商隐

初闻征雁已无蝉[①]　百尺楼台水接天[②]
青女素娥俱耐冷[③]　月中霜里斗婵娟[④]

——全唐诗卷 539

【注释】

①征雁：大雁春到北方，秋到南方，不惧远行，故称征雁。此处指南飞的雁。无蝉：雁南飞时，已听不见蝉鸣。②楼台：一作“楼南”、“楼高”。水接天：水天一色。不是实写水，是形容月、霜和夜空如水一样明亮。③青女：主管霜雪的女神。《淮南子·天文训》，“青女乃出，以降霜雪”。素娥：即嫦娥。④斗(dòu)：比赛的意思。婵娟：美好，古代多用来形容女子，也指月亮。

【赏析】

这首诗写的是秋霜夜景，创造了一种优美的意境。首句写征雁，表明已是深秋，雁南飞勾起人们的无限遐想；次句写楼台，突出秋夜特色；后两句借助丰富想象，写两位神女争妍竞秀、勇斗霜雪，不仅表现了自然之美，也反映了诗人对美好生活的追求。

瑶　池

李商隐

瑶池阿母绮窗开[1]　黄竹歌声动地哀[2]
八骏日行三万里[3]　穆王何事不重来

——全唐诗卷 539

【注释】

①瑶池：神话中昆仑山池名，为西王母所居仙境。阿母：西王母。绮（qǐ）：美丽、鲜艳。②黄竹：周穆王求仙不成，返回途中所唱《黄竹歌》，歌声甚哀。③八骏：为周穆王驾车的八匹骏马。以上典故均出自晋郭璞注《穆天子传》。

【赏析】

这首诗用周穆王的传说，对最高统治者迷信神仙之术、祈求长生不死进行了讽刺。首句写西王母准备再次迎接周穆王，次句写周穆王没来，却传来哀怨的《黄竹歌》声；后两句写王母发问，希望落空。全诗不加议论，仅以叙事和抒情的手法，委婉地表达了诗人的尖刻讽刺。

嫦　娥[1]

李商隐

云母屏风烛影深[2]　长河渐落晓星沉[3]
嫦娥应悔偷灵药　碧海青天夜夜心

——全唐诗卷 540

【注释】

①嫦娥：月宫仙女。《淮南子·览冥训》载，她本为后羿妻，因偷吃后羿从西王母处带回的不死药，就奔向了月宫。②云母屏风：用美丽的云母石做成的屏风。③长河：即天河、银河。晓星沉：拂晓时，星星逐渐沉没、消失。

【赏析】

这首人物诗富有浪漫色彩，名为写嫦娥的孤独，实则抒发诗人自己的感受。首句写室内，次句写室外，描绘出一种孤寂清冷的环境，暗示主人公的彻夜难眠。后两句想象嫦娥独处的情景，“应悔”二字既是对嫦娥心理的揣测，也是主人公寂寞心灵的独白。高步瀛《唐宋诗举要》卷八引清人纪晓岚语曰：“此悼亡之诗，非咏嫦娥。”诗的前两句写丈夫因妻子去世而彻夜难眠的孤寂之感；后两句既是写妻子（用嫦娥做比喻）的独处，也是写死者对生者的牵挂。感情曲折细致，更加凄楚动人。

贾生①

李商隐

宣室求贤访逐臣② 贾生才调更无伦③
可怜夜半虚前席④ 不问苍生问鬼神⑤

——全唐诗卷 540

【注释】

①贾生：即贾谊，见孟浩然五绝《访袁拾遗不遇》注。②宣室：西汉未央宫前殿。逐臣：被贬（即放逐）在外的官吏，此处指贾谊。③才调（diào）：才华。无伦：无与伦比。④夜半；一作“半夜”。虚前席：古人席地跪坐。汉文帝听得出神，不自觉地在座席上移膝靠近对方。⑤苍生：老百姓。问鬼神：汉文帝召见贾谊是在刚举行祭祀后，因鬼神之事而问之，并不问老百姓生活疾苦。事见《汉书·贾谊传》。

【赏析】

这是首怀古诗，也是首政论诗，诗人借贾谊的遭遇寄托了自己怀才不遇的感慨。首句写召见，暗示汉文帝求贤心切，这是欲抑先扬；次句赞颂贾谊的才华无与伦比，是可以为国出力的，按理这次召见会有好结果；三句转承，写汉文帝谛听的姿势，似乎诚心诚意；末句点出问话内容，揭露汉文帝求贤的虚伪性，一语中的。全诗起承转合，跌宕有致，讽刺犀利，寓意深刻。

引水行①

李群玉

一条寒玉走秋泉② 引出深萝洞口烟③
十里暗流声不断④ 行人头上过潺湲⑤

——全唐诗卷 570

【注释】

①引水：用中空贯通的竹筒连接而成的简易引水渡槽，将泉水从山洞或岩洞中引出作饮用水或灌溉田地，多见于江南或西南地区丘陵地带。②寒玉：指竹筒。新竹翠绿色，中有流水，故以寒玉比喻。走：奔跑，形容水流速度快。③萝：藤萝，多攀附于岩洞石壁间。烟：洞口水雾如烟。④暗流：渡槽中流动的泉水。⑤此句是指竹筒引水时，有的地方用支架撑起来，人行其下，泉水在行人头上流过。

【赏析】

这首纪事诗描写了山区人民用竹筒渡槽引水的情景，赞颂了劳动人民的勤劳和智慧。诗的首句用寒玉做比喻，令人产生美感并引出全诗；次句写源头，呈现出梦幻般的色彩；三句写渡槽蜿蜒曲折，水声叮咚；末句写渡槽凌空跨越，景物新奇。全诗比喻形象，语言清丽，洋溢着喜悦和赞叹之情。

江楼感旧[①]

赵嘏（gǔ）

独上江楼思渺然[②]　月光如水水如天
同来望月人何在[③]　风景依稀似去年[④]

——全唐诗卷550

【注释】

①诗题一作《江楼旧感》、《江楼有感》、《江楼感怀》、《江楼书怀》。②渺然：一作“悄然”，指心灵空虚、怅惘，若有所失。③望月：一作“玩月”。④依稀：好像。

【赏析】

这是首怀友诗。首句叙事兼抒发寂寞的心情；次句写景，月水云天交相辉映，显得幽美恬静；三句发问，流露今昔不同的情怀；末句怀旧，隐含无限思念之情。全诗淡雅洗练，情意绵长。

新　沙[①]

陆龟蒙

渤澥声中涨小堤[②]　官家知后海鸥知[③]
蓬莱有路教人到　应亦年年税紫芝[④]

——全唐诗卷629

【注释】

①新沙：海中新淤积而成的沙洲，即首句中的小堤。②渤澥（bó xiè）：渤海的古称。声中：海涛声中。③官家：官府。④应亦：一作“亦应”。税：征税。紫芝：紫色的灵芝草。

【赏析】

这是首政治讽刺诗，反映了封建社会赋税剥削这一尖锐的社会矛盾。首句写海边沙洲的形成，这是不易觉察的大自然的变化过程；次句写官府对其征收赋税的打算，说明其触觉之敏锐和贪婪之极；后两句是假设和推想，蓬莱有路，应亦纳税，揭露统治阶级的搜刮无孔不入。全诗对比强烈，极度夸张，看似荒唐，却富于幽默。

汴河怀古[①]

皮日休

尽道隋亡为此河[②]
至今千里赖通波[③]
若无水殿龙舟事[④]
共禹论功不较多[⑤]

——全唐诗卷 615

【注释】

①诗题共二首，这是第二首。汴(biàn)河：一称“汴水”、“汴渠”。隋炀帝大业元年(公元605年)至十二年(公元616年)，发河南、淮北诸郡民众，开通了名为通济渠的大运河，中间自荥(yíng)阳至开封一段即古汴水。金元后全流为黄河所夺，汴水一名即废弃不用。②尽道：说。③通波：通航。④水殿龙舟：《隋书·炀帝纪》载，大运河开通后，隋炀帝三次乘船游幸江都。每次出游，随从人员多达一二十万人，船队绵延

二百余里。龙舟上建楼台殿阁，极尽奢华。⑤禹：即夏禹，古代传说中的治水英雄，后成为夏代的开创者。

【赏析】

这首怀古诗从表面看似乎是为隋炀帝歌功颂德，实际上是尖刻的批评与讽刺。首句一反传统观点，提出与众不同的看法；次句从时间之长和地域之广写运河的客观效果；三句提出假设，这是全诗的关键；末句推理，得出“共禹论功”的结论。但因假设不成立，结论自不消说。隋炀帝开通大运河的主观动机就是为了“水殿龙舟事”，这是导致他亡国杀身的直接原因。全诗欲抑先扬，因而具有极强的讽刺性和现实针对性。

题菊花

黄　巢

飒飒西风满院栽　蕊寒香冷蝶难来
他年我若为青帝①　报与桃花一处开②

——全唐诗卷733

【注释】

①青帝：东方主管春天的神。《尚书纬·刑德放》载，“春为东帝，又为青帝。”②报：告诉，此处含有命令的口气。

【赏析】

这是首托物咏志诗。首句写菊花开放的季节，“满院栽”一反孤高绝俗之感，象征劳苦大众；次句“蝶难来”为菊花生不逢时鸣不平；后两句发挥想象，让菊花在春天与桃花并开，反映了作者推翻旧政权、改天换地的决心和信心。

不第后赋菊[①]

黄　巢

待到秋来九月八[②]　我花开后百花杀[③]
冲天香阵透长安[④]　满城尽带黄金甲[⑤]

——全唐诗卷733

【注释】

①诗题一作《菊花》、《赋菊》。不第：落第或落榜，未被录取。②九月八：九月九重阳节前一天，旧俗，重阳节赏菊花。③百花杀：百花凋零。④透：遍及。⑤黄金甲：指黄色菊花花瓣像铠甲。

【赏析】

这首咏物诗借赞美菊花反映了作者的非凡抱负。首句是期待和向往农民起义的那一天，次句是比喻封建统治土崩瓦解，后两句是想象起义胜利后的辉煌前景。全诗意境宏大，语言形象，比喻奇特，充满战斗豪情和乐观主义精神。

己亥岁[①]

曹　松

泽国江山入战图[②]　生民何计乐樵苏[③]
凭君莫话封侯事　一将功成万骨枯[④]

——全唐诗卷717

【注释】

①己亥岁：为僖宗乾符六年（公元879年），诗题共二首，这是第一首。作者在诗题下自注“僖宗广明元年”（公元880年），当是写作时间。②泽国：

江浙一带，因地多水泽，故名。③樵苏：一作“樵渔”，指打柴、打草、打鱼。乐樵苏：意为安居乐业。④功成：一作“成功”。

【赏析】

这首诗对淮南节度使高骈（pián）镇压黄巢起义进行了揭露和讽刺。首句写战火蔓延，次句写生灵涂炭，三句转写别意，末句点染全篇主题，成为一篇之警策和千古佳句。

西　施[1]

罗　隐

家国兴亡自有时[2]　吴人何苦怨西施[3]
西施若解倾吴国[4]　越国亡来又是谁

——全唐诗卷 656

【注释】

①西施：见崔道融五绝《西施滩》注。②时：指运数，即各种复杂原因。③怨：一作“进”。④解：解数、办法。倾：使其倾倒、倒台。

【赏析】

这是首怀古诗，也是政论诗。首句指出国家的兴亡有着复杂的社会原因，次句说明吴国灭亡不能怪罪西施，这是立论；后两句运用推理，继续为西施辩解，但作者没有正面论证，而是以反诘语提出质疑。全诗选材别致，语言犀利，逻辑性强，具有无可辩驳的说服力和感染力，表明作者强烈反对将国家兴亡嫁祸于女人的态度。

蜂

罗　隐

不论平地与山尖　　无限风光尽被占
采得百花成蜜后　　不知辛苦为谁甜[①]

——全唐诗卷 662

【注释】

①不知：一作“为谁”。

【赏析】

这首咏物诗选用动物故事，运用夹叙夹议手法，抒发了作者对剥削阶级的愤恨和对劳动人民的同情。前两句叙事，赞扬了蜜蜂的辛勤劳动；后两句议论，比喻劳动者的成果被别人所占有，隐含作者对世道不公的愤慨。

台　城[①]

韦　庄

江雨霏霏江草齐[②]　　六朝如梦鸟空啼[③]
无情最是台城柳　　依旧烟笼十里堤

——全唐诗卷 697

【注释】

①台城：原为三国吴国后苑城，东晋成帝时改建，为东晋、南朝台省和宫殿所在地。侯景之乱，梁武帝饿死于此。故址在今南京市鸡鸣寺后。②霏霏（fēi）：细雨纷纷。③六朝：东吴、东晋及南朝的宋、齐、梁、陈相继建都于建康（今南京），史称“六朝”，南京成为“六朝古都”。

【赏析】

这是首怀古诗。台城是六朝皇宫所在地，也是政治、经济、文化中心。诗的首句写台城雨雾春色，渲染梦幻般的氛围；次句写鸟啼，暗寓物换星移，人世沧桑；后两句通过柳树含烟的描写，流露了浓重的伤感情绪，暗喻唐帝国不可逆转的衰败，这也是晚唐文人的一种普遍心理。

河 湟 旧 卒[①]

张 乔

少年随将讨河湟　　白首清时返故乡[②]
十万汉军零落尽[③]　独吹边曲向残阳[④]

——全唐诗卷 639

【注释】

①河湟（huáng）：见令狐楚七绝《少年行》注。②白首清时：一作“头白时清”。指太平盛世。③汉军：代指唐军。④向残阳：面对残阳。一是表明已经日暮；二是残阳在西，河湟也在西，“向残阳”意为面向边庭怀念战友；三是寓意旧卒已到垂暮之年，孤独无依。

【赏析】

唐王朝与吐蕃所进行的陇右、河西之战，长达百年，给人民造成巨大的痛苦。这首边塞诗通过“十万汉军”的幸存者河湟旧卒的遭遇，反映那个动乱的时代。诗的前两句描写从军、戍边时间之长，三句写伤亡的惨重，末句是对死难战友的怀念。全诗明白如话，但寓意深沉，含蓄有致。与古诗《十五从军征》比较，主题相近而表现手法不同。

上高侍郎[①]

高蟾（chán）

天上碧桃和露种[②]　日边红杏倚云栽[③]
芙蓉生在秋江上　不向东风怨未开[④]

——全唐诗卷 668

【注释】

①诗题一作《落第》、《下第后上高侍郎》、《下第后献高侍郎》、《下第后上永崇高侍郎》。永崇：长安街坊名。高侍郎：高骈，曾任淮南节度使，藩镇割据者之一。②天上：比喻朝廷。碧桃：仙桃。③日：指长安。④不向：一作“莫向”。东风：一作“春风”。

【赏析】

这首感寓诗反映了作者下第后的不平和愤慨。前两句表面是歌颂新进士平步青云的非凡气象，一登龙门即身价百倍；后两句是比喻自己孤高的品格，只是缺乏机遇，生不逢时。两相对比，桃杏的妖艳自然赶不上“出淤泥而不染”的荷花的高尚。全诗比喻贴切，不卑不亢，体现出作者的才华和自信。

焚书坑[①]

章碣（jié）

竹帛烟消帝业虚[②]　关河空锁祖龙居[③]
坑灰未冷山东乱[④]　刘项原来不读书[⑤]

——全唐诗卷 659

【注释】

①焚书坑：相传为秦始皇焚书之处。旧址一在今陕西渭南市西南，地名“灰堆”；一在西安市三桥镇西，俗称“灰里铺”。《史记·秦始皇本纪》载，秦始皇三十四年（公元前213年），根据丞相李斯建议，“非秦纪皆烧之。非博士官所职，天下敢有藏《诗》、《书》、百家语者，悉诣守、尉杂烧之。有敢偶语《诗》、《书》者弃市，以古非今者族，吏见知不举者与同罪”。次年，坑死方士、儒生卢生、侯生等四百六十余人于咸阳。是谓焚书坑儒。②竹帛（bó）：指书籍。古代书籍是刻在竹片或写在绢帛上的。所谓“焚书”，就是烧竹片和绢帛。烟消：一作“烟销”。帝业虚：指秦政权灭亡。③关河：函谷关和黄河。祖龙居：秦始皇的京城。④山东：此处指太行山以东六国地方。山东乱：秦始皇死后第二年（公元前209年），即爆发陈胜、吴广农民大起义，离焚书坑儒仅四年。⑤刘项：刘邦和项羽。原来：一作“元来”。

【赏析】

这是首咏史诗。首句写焚书坑儒后，帝业也跟着垮台了，既是对比，也是极强的讽刺；次句说关河险固也保卫不了秦国的宫殿，秦帝国终于土崩瓦解；三句极言农民起义到来之快，远远出乎秦始皇的意外；末句发表议论，指出亡秦的人并不是知识分子。全诗构思新颖，写法别致，夹叙夹议，怨而不怒，对秦始皇焚书坑儒的愚民政策进行了辛辣的嘲讽。

再经胡城县[1]

杜荀鹤

去岁曾经此县城[2]　县民无口不冤声
今来县宰加朱绂[3]　便是生灵血染成

——全唐诗卷693

【注释】

①胡城：古胡国，秦置汝阴县，梁改胡城县，隋复改汝阴县，唐不变。

其故地在今安徽阜阳市西北。又唐代有湖城县，即今河南灵宝县。诗题疑为《再经胡城》或《再经湖城县》之误。②曾经：曾经经过。③县宰：县令、县官。朱绂（fú）：红色官服，一说为系官印的红色丝绳。加朱绂：唐制，四、五品官穿朱绂，此处指升官晋爵。

【赏析】

这是首现实主义作品。诗人对唐朝末年官吏的压迫和政治的腐败进行了深刻的揭露和无情的讽刺。诗的前两句写“县民”，反映了社会的极端黑暗；后两句写“县宰”，指出其朱绂是“生灵血染成”，真如石破天惊，揭露了封建社会的反动本质，表现了诗人非凡的勇气和现实主义精神。

春　晴①

王　驾

雨前初见花间蕊②　雨后全无叶底花③
蜂蝶纷纷过墙去④　却疑春色在邻家⑤

——全唐诗卷 690

【注释】

①诗题一作《雨晴》、《晴景》。②初见：一作“未见”。③此句一作“雨后兼无叶里花”。④蜂蝶：一作“蛱蝶”。纷纷：一作“飞来”。⑤却疑：一作“应疑”。

【赏析】

这是首景物诗。前两句通过“雨前”和“雨后”的对比，流露了作者因花落春残而生的惋惜之情；后两句由花写到蜂蝶，小园更加冷落，惜春之情愈加强烈。“却疑春色在邻家”表现了诗人对春天的无限向往，真乃神奇之笔。

社　日[①]

王　驾

鹅湖山下稻粱肥[②]　豚栅鸡栖半掩扉[③]
桑柘影斜春社散[④]　家家扶得醉人归

——全唐诗卷 690

【注释】

①社日：古时农村春秋两季祭祀土神（即社神）的日子。在春分和秋分前后，祈求减少自然灾害。社日开展娱乐活动，集体欢宴。《全唐诗》卷600一作张演诗，题为《社日村居》；卷885又作张诗。②鹅湖山：在今江西铅山县境内，相传晋人在山里湖中养过鹅，故名。③豚栅（tún zhà）：指猪栏和鸡窝。鸡栖：一作“鸡埘（shí）”。半：一作“对”。扉（fēi）：门扇。④柘（zhè）：野生植物，形状像桑树，叶子可以喂蚕。

【赏析】

这首纪事诗写农村社日的喜庆气氛，表现了农村丰收年景的和平生活和农民淳朴的性格。全诗不正面描写社日，而从侧面着笔。首句写丰收在望，次句写鸡鸭成群，农民都参加社日去了；后两句写春社散后，大醉归来，喜悦之情跃然纸上。

寄　夫[①]

陈玉兰

夫戍边关妾在吴[②]　西风吹妾妾忧夫
一行书信千行泪　寒到君边衣到无

——全唐诗卷 799

【注释】

①《全唐诗》卷690载诗题一作《古意》，作者为王驾。②边关：一作“萧关”。今江苏南部一带，春秋和三国时属吴国。

【赏析】

这首诗抒发了一个女子怀念戍边丈夫的心情。首句写思夫，次句写忧夫，三句写修书，末句写关怀。全诗语言明白、流畅，将女子情感活动刻画得细致入微。对比、夸张和运用复字是这首诗的成功之处。

述国亡诗[①]

花蕊夫人

君王城上竖降旗[②]　妾在深宫那得知
十四万人齐解甲[③]　更无一个是男儿[④]

——全唐诗卷798

【注释】

①诗题一作《述亡国诗》、《奉召作》、《口占答宋太祖》。作者花蕊夫人徐氏（一作费氏），蜀州青城（今四川灌县）人，得幸于后蜀主孟昶(chǎng)，拜贵妃，别号花蕊夫人。曾仿王建作宫词百首，为时人称许。孟蜀亡国后，被掳入宋。宋太祖久闻其诗名，召她陈诗，徐氏当场诵了这首诗。②竖：一作“树”。③十四万人：一作“二十万人”。④更无：一作“宁无”。

【赏析】

这首悲愤诗泼辣而不失委婉，不卑不亢，为后世所称道。首句述亡国之事，次句为自己申辩，表现了亡国之痛；三句是指斥，末句为怒骂，流露了激愤之情，对孟昶的闻风丧胆、不战而降进行了无情的鞭挞。

五言律诗

野 望

王 绩

东皋薄暮望① 徙倚欲何依②
树树皆秋色③ 山山唯落晖④
牧人驱犊返⑤ 猎马带禽归
相顾无相识 长歌怀采薇⑥

——全唐诗卷 37

【注释】

①东皋(gāo)：唐时绛(jiàng)州龙门(今山西河津县)的一个地方，作者在此隐居，自号“东皋子”。薄：临近。②徙(xǐ)倚：徘徊的样子。③秋色：一作“春色”。④落晖：落日。⑤牧人：一作“牧童”。犊(dú)：小牛，此处指牛群。⑥采薇：《史记·伯夷列传》载，商末孤竹君有二子伯夷、叔齐，因让王位投奔到周。后反对武王伐纣，逃避到首阳山(今山西永济县南)采薇而食。商亡，二人耻食周粟，不食而死。《诗经·召南·草虫》有“陟(zhì)彼南山，言采其薇。未见君子，我心伤悲”的句子。薇：羊齿类草本植物，嫩叶可食。

【赏析】

这首景色诗在文学史上有较高的地位，是唐诗中最早摆脱齐梁浮艳气息的近体诗。沈德潜《唐诗别裁集》卷十称“五言律前此失严者多，应以此章为首”。诗中描写的是山野秋色，反映出诗人隐居时闲适的情绪和彷徨苦闷的心情。首联写百无聊赖的孤寂之感；颔联写远景，突出一个“静”字；颈联写近景，突出一个“动”字；尾联抒情，表明诗人追随古代隐士的态度。全诗远近景结合，动静态交错，色调明朗，语言朴实，充满牧歌式的田园情调。

在狱咏蝉①

骆宾王

西陆蝉声唱② 南冠客思侵③
那堪玄鬓影④ 来对白头吟⑤
露重飞难进⑥ 风多响易沉⑦
无人信高洁 谁为表予心⑧

——全唐诗卷78

【注释】

①诗题一作《咏蝉》。高宗仪凤三年（公元678年）冬，诗人因遭诬陷下狱，次年秋在狱中写成此诗。②西陆：指秋天。《隋书·天文志》载，“日循黄道东行……行西陆谓之秋”。③南冠：楚冠，原指楚囚，后泛指囚犯。典出《左传·成公九年》。此处为诗人自指。思（sì）侵：一作“思深”，指囚居愁思日益增加。④那：一作“不”。玄鬓影：西晋崔豹《古今注·杂注第七》载，为三国魏文帝宫人莫琼树首创的一种发型，“乃制蝉鬓，缥缈如蝉”。故玄鬓影代指蝉。⑤白头吟：乐府曲名。东晋葛洪《西京杂记》卷三载，西汉时，司马相如“将聘茂陵人女为妾，卓文君作《白头吟》以自绝，相如乃止”。此两句意义双关，明写蝉对着自己的白头哀吟，暗寓朝廷辜负自己一片赤诚爱国之心。⑥露重飞难进：露水太重，蝉起飞困难，更不能前进。露重：一作“雾重”。⑦风多响易沉：风声杂乱，蝉声被淹没。⑧表：表白、解释。予：一作“余”，第一人称代词。心：心迹，代指冤情。此句实为“谁为予表心”的倒装。

【赏析】

这首咏物诗在古人写自己不如意的作品中属上乘之作。首联由蝉鸣想到自己的狱中生活及对家园的怀念；颔联用比兴手法，委婉曲折地表达自己凄恻的感情；颈联明为写蝉，实则写自己处境艰难，世道险阻，衔冤难申；尾联表明自己清白无辜，无人理解。全诗状物抒情，层层深入，态度不卑不亢，失望而不消极。

早春游望①

杜审言

独有宦游人②　偏惊物候新③
云霞出海曙④　梅柳渡江春⑤
淑气催黄鸟⑥　晴光转绿蘋⑦
忽闻歌古调⑧　归思欲沾巾

——全唐诗卷 62

【注释】

①诗题原作《和晋陵陆丞早春游望》。《全唐诗》卷195一作韦应物诗。晋陵：今江苏武进县。陆丞：当时晋陵县丞。②宦游人：宦海（官场）浮游的人，亦即在外做官的人。③物候：生物的周期性变化与气候的关系。④海曙：海边晓色。⑤梅柳渡江春：梅柳间的春色，从江南悄悄地来到了江北。⑥淑气：春天暖和的气候。黄鸟：黄莺。⑦转：一作“照”。转绿蘋（píng）：使浮蘋转绿。蘋：多年生水草。也称“田字草”。⑧古调：指陆丞原诗。

【赏析】

这首景色诗大约写于武后永昌元年（公元689年），当时作者在江阴（今属江苏）做官。诗的意境清新，构思精巧。首联发出感慨，由异乡心情转到景物；颔联写朝阳和梅柳，“出”、“渡”二字写出朝阳和春风的动态；颈联写春气和春光，“催”字是拟人写法，“转”字描绘出水草变绿的过程；尾联赞美陆丞的诗具有古风，抒发自己的思乡之情。全诗从远到近，从上到下，从视觉到听觉，从声响到色彩，描绘出一幅生机盎然的江南早春图。

正月十五夜[①]

苏味道

火树银花合[②]　星桥铁锁开[③]
暗尘随马去[④]　明月逐人来[⑤]
游伎皆秾李[⑥]　行歌尽落梅[⑦]
金吾不禁夜[⑧]　玉漏莫相催[⑨]

——全唐诗卷 65

【注释】

①诗题一作《上元》、《观灯》。《大唐新语·文章类》载，“神龙之际，京城正月望日盛饰灯影之会，金吾弛禁，特许夜行。”“文士皆赋诗一章，以纪其事。作者数百人，惟中书侍郎苏味道，吏部员外郭利贞、殿中侍御史崔液三人为绝唱”。②火树银花：悬挂在树上的花灯。合：四周皆是，连成一片。③星桥铁锁：秦代李冰开蜀江，建七座桥，以应天上七星，每桥装一金锁。铁锁开：比喻京城开禁。④暗尘：暗中飞扬的尘土。⑤逐人来：追随人流而来。⑥游伎（jì）：歌女、舞女。一作“游骑（jì）”。秾（nóng）李：《诗经·召南》“何彼秾矣，华如桃李”。此处指观灯歌伎打扮得艳若桃李。⑦落梅：曲调名。⑧金吾：原指仪仗队或武器，此处指禁卫军。不禁夜：指取消宵禁。唐时，京城长安每天晚上都要戒严，对私自夜行者处以重罚。一年只有三天例外，即正月十四、十五、十六。⑨玉漏：见刘皂七绝《长门怨》注。莫相催（cāi）：一作“莫频催”。此句意为时间莫要走快了。

【赏析】

这首景色诗是诗人在正月十五夜诗歌比赛中的夺魁之作，也是深受后人推崇的佳作。诗中描写了长安市民元宵之夜的欢乐景象。首联写灯火辉煌，成语“火树银花”即由此而来；颔联写人流如潮，明暗相间，纵横交错；颈联写夜游之乐，突出歌伎艳若桃李；尾联写人们对良辰美景的无限留恋。全诗色彩明艳，用词准确，反映了诗人非凡的艺术才能。

送杜少府之任蜀川[①]

王　勃

城阙辅三秦[②]　风烟望五津[③]
与君离别意　同是宦游人[④]
海内存知己　天涯若比邻[⑤]
无为在歧路[⑥]　儿女共沾巾[⑦]

——全唐诗卷 56

【注释】

①杜少府：生平不详。少府：官名。唐时称县令为明府，称县尉为少府。之任蜀川：到蜀川赴任。蜀川：代指蜀地。诗题一作《送杜少府之任蜀州》。蜀州：今四川崇庆县。据《旧唐书·地理志》载，武后垂拱二年（公元686年），析益州置蜀州，领晋源、青城、唐安、新津四县，其时王勃已死十年，故"之任蜀州"不妥，疑为传抄错误。②城阙（què）：城郭宫殿，代指长安。三秦：《史记·项羽本纪》载，项羽灭秦后，把秦地分为雍、塞、翟三个王国，封给秦朝的三个降将，故称秦地为"三秦"。此句实为"三秦辅城阙"的倒装。辅三秦：一作"俯西秦"。③风烟：风尘烟雾。五津：指四川境内岷江的白华津、万里津、江首津、涉头津、江南津五个渡口，诗中借指杜少府要去的地方。此句实为"望五津风烟"的倒装。④同：一作"俱"。⑤比（bì）邻：紧靠相邻。周制五家相连曰"比"，五比曰"邻"。又曹植《赠白马王彪》诗有"丈夫志四海，万里犹比邻"句。⑥无：通毋，不要。歧路：岔路口，借指分手的地方。⑦儿女：指情感脆弱的男女青年。

【赏析】

这首送别诗是历来传诵的名篇，尤其是颈联，至今仍被广泛引用。首联写京城的雄浑景象，同时点明送别地和目的地；颔联写惜别之情，但不伤感；颈联写双方友谊深厚，显示出诗人的豪爽气概而成为千古名句；尾联一扫儿女情长的悲酸之态，充满鼓舞对方的英雄之气。全诗豪迈奔放，令人耳目一新。

从 军 行

杨 炯

烽火照西京[①] 心中自不平
牙璋辞凤阙[②] 铁骑绕龙城[③]
雪暗凋旗画[④] 风多杂鼓声
宁为百夫长[⑤] 胜作一书生

——全唐诗卷 50

【注释】

①西京：唐时置凤翔（今属陕西）府，称西京，设节度使，辖长安以西地区，此处指长安。②牙璋：兵符，此处代指主将。阙：古代宫殿、祠庙和陵墓前的高大建筑物，通常左右各一，建成高台，台上筑起楼观，称为阙（què）。凤阙：汉武帝所建建章宫，其东为凤阙，高二十丈。此处代指长安唐皇宫。③铁骑：精锐的骑兵。龙城：见王昌龄七绝《出塞》注。④凋旗画：使军旗彩画失去鲜艳色彩。⑤百夫长：下级军官，带领百人。

【赏析】

这是首唐人边塞诗的精品，充满浓烈的战斗气氛和报国精神。首联写敌军进犯，军情紧迫；颔联写雄师出征，直捣敌巢；颈联写军旅艰苦和战斗激烈；尾联表明诗人投笔从戎、报效国家的强烈愿望。全诗结构严谨，跳跃性强，对仗工整，音韵和谐，呈现出优美的艺术特色。

题大庾岭北驿[①]

宋之问

阳月南飞雁[②] 传闻至此回[③]
我行殊未已[④] 何日复归来

江静潮初落　　林昏瘴不开⑤
明朝望乡处　　应见陇头梅⑥

——全唐诗卷 52

【注释】

①大庾岭：五岭之一，在今江西大余（庾）县南。②阳月：农历十月。③至此回：一作"到此回"，雁飞到这里打转。见温庭筠七绝《瑶瑟怨》注。④未已：没有止境，没有结束，意为还必须往南走。⑤瘴：南方山林间湿热致病的毒气，即山岚瘴气。⑥陇头梅：一作"岭头梅"。陇通垄，即高地。陇头梅指大庾岭梅花，大庾岭亦称梅岭。此处是用典，借以表达对故乡亲人的怀念。《历代诗评注读本》载南朝刘宋诗人范晔《赠陆凯》诗：折梅逢驿使，寄与陇头人。江南无所有，聊寄一枝春。

【赏析】

这是诗人谪贬钦州（今属广西）途经大庾岭时所作，表现了诗人内心的痛苦和怀乡之情。前两联通过人雁对比，发出人不如雁的感叹；颈联写景，借以抒发孤寂和悲苦的心情；尾联用典，写得凄楚动人。全诗因情写景，又以景衬情，情景交融，动人心弦。

杂　诗①

沈佺（quán）期

闻道黄龙戍②　　频年不解兵③
可怜闺里月　　长在汉家营④
少妇今春意　　良人昨夜情⑤
谁能将旗鼓⑥　　一为取龙城⑦

——全唐诗卷 96

【注释】

①诗题共三首，这是第三首。②黄龙：今辽宁开原县北，唐时即有兵戍守。黄龙戍：一作“黄花塞”。③频年：连年。解兵：撤兵或休战。④这两句意为可叹照亮闺中之月，应是夫妻团圆之月，现在却长照汉家军营，夫妻不能团聚。长在：一作“长照”、“偏照”。⑤良人：古时妻子对丈夫的称谓。《孟子·离娄·下》：“齐人有一妻一妾而处室者，其良人出，则必餍（yàn）酒肉而后反。”⑥旗鼓：代指军队。⑦龙城：见王昌龄七绝《出塞》注。

【赏析】

这首闺怨诗是沈佺期传世名作之一。首联叙事，交代背景；颔联抒情，借月咏怀；颈联分述两地，加以补充；尾联表明共同愿望，早日结束战事，夫妻团聚。全诗思想积极，抒情含蓄有致。

送魏大从军①

陈子昂

匈奴犹未灭② 魏绛复从戎③
怅别三河道④ 言追六郡雄⑤
雁山横代北⑥ 狐塞接云中⑦
勿使燕然上⑧ 惟留汉将功⑨

——全唐诗卷 84

【注释】

①魏大：生平不详。②典出《史记·卫将军骠骑列传》。西汉名将霍去病曾说："匈奴未灭，无以家为也。"③典出《左传·襄公四年》。借用春秋时晋国魏绛和戎故事，变"和戎"为"从戎"。④三河：古称河东、河内、河南为"三河"，代指黄河流域中段平原地区，典出《史记·货殖列传》。此处代指长安送别地点。⑤六郡：指金城、陇西、天水、安定、北地、上郡，均为边防重镇。六郡雄：六郡英雄。《汉书·赵充国传》载，赵为"六郡良家子"，从贰师将军击匈奴，官至后将军。⑥雁山：雁门山，又名雁门塞，在今山西代县西北。古以两山对峙，雁度其间得名。代北：山西代州以北。⑦狐塞：一作"飞塞"，即飞狐塞，又称飞狐口，在今河北涞源县北，唐时为边防要塞。云中：即云州，州治今山西大同市。⑧燕然：见李贺五绝《马诗》注。⑨此句一作"独有汉臣功"。《后汉书·窦宪传》载，汉和帝永元元年（公元89年）六月，窦宪大破北匈奴于稽落山，出塞三千余里，登燕山，刻石勒功，令班固作铭以纪其事。

【赏析】

这首赠别诗一反儿女情长格调，激励出征者立功沙场，抒发了诗人的报国豪情。首联活用典故，说明魏大从军的必要性；颔联写送别，虽有怅惘，却极雄壮；颈联写魏大所要去的地方位置重要，关系边防巩固；尾联希望友人名扬塞外，与古代爱国者一比高低。全诗感情奔放，英气逼人，自然流畅，一气呵成。

望月怀远

张九龄

海上生明月　天涯共此时①
情人怨遥夜②　竟夕起相思③
灭烛怜光满④　披衣觉露滋⑤

不堪盈手赠⑥　还寝梦佳期⑦

——全唐诗卷48

【注释】

①共此时：一作“共照时”。②情人：一作“愁人”。遥夜：长夜。③竟夕：整夜。④灭烛：一作“背烛”。梁简文帝《夜夜曲》：“愁人夜独长，灭烛卧兰房。只恐多情月，旋来照妾床。”⑤滋：生、多。⑥盈手：满手、捧。西晋陆机《拟明月何皎皎》：“照之有余辉，揽之不盈手。”⑦还寝：回卧室。

【赏析】

这首爱情诗以情景交融、细致入微而脍炙人口。首联由景入情，成为千古佳句；颔联写情人双方的怀念，情动于衷；颈联写灭烛和披衣两个动作，从室内写到室外，围绕望月展开，是全篇的中心；尾联又从室外写到室内，托出不尽情思。全诗构思巧妙，韵味深厚。

次北固山下①

王　湾

客路青山下②　行舟绿水前③
潮平两岸阔④　风正一帆悬
海日生残夜　江春入旧年⑤
乡书何处达⑥　归雁洛阳边⑦

——全唐诗卷115

【注释】

①次：此处指泊船。北固山：在今江苏镇江市北，三面临江，其势险固，因以为名，与金山、焦山合称“京口三山”。②客路：旅客行经的路线。青山下：一作“青山外”。③绿水：指长江。④潮平：江水上涨。两岸阔：一作“两岸失”。⑤江春入旧年：农历腊月立春，故云。旧年：一作“暮年”。⑥乡书：

家信。⑦归雁：指雁足传书故事。《汉书·苏武传》载，苏武陷匈奴十九年。汉昭帝时，匈奴与汉和亲。汉使索还苏武，匈奴诡言苏武已死。汉使诈言汉帝射雁，于雁足得苏武书，言苏武等在某泽中。匈奴才承认："武等实在。"苏武因此得以回国。此处借指乡思。

【赏析】

这是首历来传诵的名篇。全诗以"客路"为线索，描绘冬末春初沿途江天景色，抒发思乡之情。首联写青山绿水，明丽清澈；颔联写长江景色，气势豪迈；颈联写腊尽春回时的朝阳和春气，是全诗的警句，明人胡应麟称之为"形容景物，妙绝千古"；尾联流露乡思，自然而委婉。全诗层次分明，对仗工整，意境深远，景色优美。

临洞庭湖上张丞相①

孟浩然

八月湖水平② 涵虚混太清③
气蒸云梦泽④ 波撼岳阳城⑤
欲济无舟楫⑥ 端居耻圣明⑦
坐观垂钓者⑧ 徒有羡鱼情⑨

——全唐诗卷 160

【注释】

①诗题一作《临洞庭》、《临洞庭上张丞相》、《望洞庭湖赠张丞相》。张丞相：张九龄。②湖水平：湖水涨得与岸齐平。③涵虚：指空阔明亮的湖水。混：混合。太清：指天空。④云梦泽：云、梦为古代两个巨大的湖泊、沼泽，在今湖北省、湖南省境内。云泽在江北，梦泽在江南。后来云泽淤积成了陆地，梦泽变成了洞庭湖。⑤波撼：一作"波动"。岳阳城：今湖南岳阳市。⑥济：渡到对岸。舟楫：楫是桨，舟楫泛指船只。此句意为想做官，但无人推荐。⑦端居：闲居、安居。耻圣明：有愧于圣明天子。耻：一作"念"。⑧坐

观：一作“徒怜”。垂钓者：一作“垂钓叟”，指当朝执政的人，即张丞相。此句典出《史记·齐太公世家》和《史记·范雎（jū）列传》。姜子牙，本名吕尚，曾在磻（pán）溪（今陕西宝鸡市东南，溪水注入渭河）垂钓，得遇西伯侯姬昌，拜为丞相。后辅佐姬昌磻子姬发（周武王）兴兵伐商，建立周朝，以功封齐侯，称“尚父”，又称“姜太公”。⑨徒有：一作“空有”。羡鱼情：羡慕那些钓到鱼的人，即已得一官半职的人。此处借用《淮南子·说林训》“临河而羡鱼，不如归家织网”的意思。

【赏析】

这是首歌咏洞庭湖的名篇。前两联写洞庭湖波澜壮阔的气势，见雄浑而兼潇洒；颔联与杜甫“吴楚东南坼，乾坤日夜浮”同为咏洞庭湖的名句；后两联委婉地表达希望张九龄推荐自己而能为朝廷出力、一展宏图的心愿。诗中景色雄浑，比兴恰当，语言含蓄而不失身份。

与诸子登岘山①

孟浩然

人事有代谢② 往来成古今
江山留胜迹 我辈复登临
水落鱼梁浅③ 天寒梦泽深④
羊公碑尚在⑤ 读罢泪沾巾

——全唐诗卷160

【注释】

①子：对友人的称呼。岘（xiàn）山：一名岘首山，在襄阳（今湖北襄樊市）南。②代谢：新陈交替。③鱼梁：洲名，在襄阳附近汉水中。④梦泽：代指云梦泽。⑤羊公碑：《晋书·羊祜（hù）传》载，西晋羊祜都督荆州诸军事，镇守襄阳，有惠政。死后，襄阳百姓为之建庙立碑。望其碑者，莫不流涕，晋将杜预因名堕泪碑。尚：一作“字”。

【赏析】

这首感寓诗情绪复杂而风格含蓄。首联怀古，引出作者心事；颔联承上启下，反映伤感情绪；颈联写登山所见，成为写严冬水落名句；尾联流露作者矛盾的心情，求仕不成，隐居不甘，对比羊祜，为自己的沉沦不遇而无比痛心。

过故人庄[①]

孟浩然

故人具鸡黍[②]　邀我至田家
绿树村边合　青山郭外斜[③]
开轩面场圃[④]　把酒话桑麻[⑤]
待到重阳日[⑥]　还来就菊花[⑦]

——全唐诗卷 160

【注释】

①过：拜访、探望。故人：老朋友。庄：庄园、田庄。②鸡黍：指丰盛饭菜。黍(shǔ)为黄米，古人认为是最好的一种粮食。《论语·微子》载，荷蓧(diào)丈人"止子路宿，杀鸡为黍而食之"。③郭：见杜牧七绝《江南春》注。④轩：窗户、门。开轩：一作"开筵"。场圃：打谷场和菜园。⑤话桑麻：泛指闲谈农事。⑥重阳日：农历九月初九为重阳节，古人有登高赏菊的习俗。参见王维七绝《九月九日忆山东兄弟》注。⑦就菊花：就近观赏菊花。

【赏析】

这首诗描写了农村安逸闲适的生活以及与朋友真挚的感情，是孟浩然田园诗的代表作。首联写朋友的邀请及盛情款待，表明主人的诚意；颔联写环境，勾勒出一幅田园风光图，动词用得准确、传神；颈联写畅饮，话题不离农事；尾联相约重阳再来，表明主客之间的随和。全诗通体清妙，描写细腻，语言质朴，生活气息浓厚。

观　猎①

王　维

风劲角弓鸣②　将军猎渭城③
草枯鹰眼疾　雪净马蹄轻
忽过新丰市④　还归细柳营⑤
回看射雕处⑥　千里暮云平

——全唐诗卷 126

【注释】

①诗题一作《猎骑》。②风劲：一作“风动”。角弓：以角饰弓，拉动时有声，故曰“鸣”。③渭城：见王维七绝《渭城曲》注。④新丰市：在今陕西临潼县东北新丰镇，为汉高祖刘邦所建。市：一作“戍”。⑤细柳营：汉文帝时名将周亚夫驻军处，在长安西，此处泛指军营。⑥射雕处：一作“落雕处”、“落雁处”、“失雁处”。雕是比鹰还凶猛强健的飞禽，又名鹫（jiù）。《北史·斛（hú）律光传》载，北齐大将斛律光武艺精通。校猎时，见一大鸟，云表飞飏（yáng），光引弓射之，正中其颈。此鸟形如车轮，旋转而下，至地，大雕也。世宗取而观之，深壮异焉。丞相属邢子高，见而叹曰：“此射雕手也。”此处借指将军。

【赏析】

这首纪事诗是盛唐佳作，沈德潜称其“章法、句法、字法均臻绝顶”。诗的前两联写出猎，突兀而起，先声夺人，将军武艺精湛，意气风发；后两联写猎归，驰骋迅速，轻松愉快。全诗充满壮志豪情，语言形象生动，饶有余味。

使至塞上[①]

王 维

单车欲问边[②] 属国过居延[③]
征蓬出汉塞[④] 归雁入胡天
大漠孤烟直[⑤] 长河落日圆
萧关逢候骑[⑥] 都护在燕然[⑦]

——全唐诗卷 126

【注释】

①使：出使。②单车：指轻车简从。问边：慰问边塞将士。③属国过居延：是“过居延属国”的倒文。汉时，凡已归附的少数民族，不改其原习俗而属于汉，称“属国”。居延：后汉凉州有张掖、居延属国，唐时河西都督府有居延州，在今内蒙古额济纳旗北境居延海（即苏古诺尔，一名索果诺尔）附近。此两句一作“衔命辞天阙，单车欲问边”。④征蓬：一作“征鸿”，系作者自指。⑤孤烟直：古时烽火台白天燃烟，晚上举火。在燃烧物中掺和狼粪，烟高且直，聚而不散。⑥萧关：在今宁夏固原县东南。候骑：侦察骑兵。一作“候吏”。⑦都护：官名。汉宣帝时置西域都护府，唐置安东安西、安南、安北、单于、北庭六大都护，镇守边塞，为边防最高统帅。此句喻意都护威震边疆。

【赏析】

这首诗是开元二十五年（公元737年）作者任监察御史赴河西节度府凉州宣慰途中作，成为边塞诗名篇。首联叙事，暗喻唐帝国疆域辽阔，国力强盛；颔联用比喻，透露诗人的报国之志和出使的骄傲；颈联描写塞外风光，被称为“千古壮观”的名句；尾联叙事，语气雄豪。全诗平中出奇，浑然一体，边塞景色，美不胜收。

终南山①

王 维

太乙近天都② 连山接海隅③
白云回望合④ 青霭入看无⑤
分野中峰变⑥ 阴晴众壑殊⑦
欲投人处宿 隔水问樵夫⑧

——全唐诗卷126

【注释】

①终南山：见祖咏五绝《终南望余雪》注。诗题一作《终山行》、《终南山行》。②天都：天帝居处。有的解释为京城长安，似与诗意不合。李白《夜宿山寺》、北宋寇准《咏华山诗》均歌咏山之高峻，与王诗意境相似。李诗为：危楼高百尺，手可摘星辰。不敢高声语，恐惊天上人。寇诗为：只有天在上，更无山与齐。举头红日近，回首白云低。③连山：一作"连天"。接：一作"到"。海隅（yú）：海边。此句夸说终南山脉绵延之广。实则终南山东迄河南陕县，离海甚远。④回望合：回头一望，茫茫云海连成一片。⑤青霭：与青天一色的高空烟雾。⑥分野：古代天文学名词。古人把天上星宿位置与地上相应区域联系起来，划为星的某一分野。王勃《滕王阁序》："星分翼轸，地接衡庐。"此句意为终南山地域宽广，各个山峰已属不同的分野。⑦壑（hè）：山谷、山沟。此句意为各个山谷、山沟阴晴不一。⑧隔水：一作"隔浦"。

【赏析】

这首诗与后面的《汉江临眺》同为王维山水诗的代表作，一写名山，一写大川，堪称双璧。诗的首联用夸张的笔法，虚写终南山的高峻与山脉的宽广；颔联和颈联分承首联，通过白云、雾霭、中峰、众壑作进一步的描绘，这是实写；尾联转写人物活动，反映作者对终南山的热爱。全诗气魄宏大，用词传神，虚实结合，分承有序。沈德潜评说此“四十字中，无所不包，手笔不在杜陵下”。

汉江临眺[1]

王　维

楚塞三湘接[2]　荆门九派通[3]
江流天地外　山色有无中
郡邑浮前浦[4]　波澜动远空
襄阳好风日[5]　留醉与山翁[6]

——全唐诗卷 126

【注释】

①汉江：见宋之问五绝《渡汉江》注。临眺：一作“临泛”。②楚塞：泛指战国时楚国四境，北临汉水，东通九江，南接三湘，西至荆门，而汉水贯其中。三湘：湖南的湘潭、湘阴、湘乡合称“三湘”。又《湖南通志·长沙府》载，湘江的三条支流，潇水至永州会湘江称“潇湘”，蒸水至衡阳会湘江称“蒸湘”，沅水至沅江会湘江称“沅湘”，是谓“三湘”此处泛指湖南。③荆门：山名，在今湖北枝城市（宜都县）长江南岸，与北岸虎牙山相对，地势险要。九派：派为支流。“九派”原指江西九江以北的一段长江，此处江水有九个支流。《尚书·禹贡》“九江孔殷”及郭璞《江赋》“流九派乎浔阳”均指此处。④浮前浦：浮在前边水面上。⑤好风日：一作“好风月”、“风日好”。⑥山翁：一作“山公”。《晋书·山简传》载，山曾任征南将军，镇守襄阳，有政绩，好饮酒。

【赏析】

这是首著名的景物诗。赞颂了汉江流域的雄浑景色，反映了诗人豁达的胸怀。首联写流域的辽阔，颔联写江水的奔流，颈联写江水的浩荡，尾联表示诗人的流连忘返。全诗描写从远到近，从大到小，语言精彩，千锤百炼，尤其是中间四句被后来许多诗人袭用。

山居秋暝[①]

王　维

空山新雨后　天气晚来秋
明月松间照　清泉石上流
竹喧归浣女[②]　莲动下渔舟[③]
随意春芳歇　王孙自可留[④]

——全唐诗卷 126

【注释】

①暝(míng)：日落、黄昏。②竹喧：竹林中的女子喧笑声，也指竹叶被风吹动的声音。归浣女：洗衣的女人回来了。③莲动：水面莲叶摇动。下：顺流而下。④这两句典出《楚辞·招隐士》(一作“淮南小山”)：“王孙游兮不归，春草生兮萋萋”和“王孙兮归来，山中兮不可以久留”句，王维反其意而用之，意为春草要凋谢就任凭它去吧，秋色也不错，王孙自可以留住山中，欣赏这自然景色，不必回去。

【赏析】

这首景物诗写的是秋天傍晚农村的幽静景色，体现了诗人悠闲的生活情趣和对理想境界的追求。诗的首联写空寂的环境，清淡自然；颔联写明月、清泉，静中见动；颈联写浣女和渔人，动中见静；尾联借用典故，表明自得其乐。全诗语言清朗明净，景色如画。

赠裴秀才迪①

王　维

寒山转苍翠　　秋水日潺湲②
倚仗柴门外　　临风听暮蝉
渡头余落日　　墟里上孤烟③
复值接舆醉④　狂歌五柳前⑤

——全唐诗卷 126

【注释】

①诗题原作《辋川闲居赠裴秀才迪》。裴秀才迪：裴迪，关中人，天宝后为蜀州刺史，后与王维同居终南山，以诗唱和。②潺湲：见李涉七绝《宿武关》注。③墟（xū）里：村庄。孤烟：炊烟。④值：当、碰上。接舆：春秋时楚国隐士。《论语·微子》有“楚狂接舆歌而过孔子”的话。此处借指裴迪。⑤五柳：陶渊明《五柳先生传》“宅边有五柳树，因以为号焉”。此处是作者自比。

【赏析】

这是首充满诗情画意的人物诗，历来颇为人们推崇。诗的首联和颈联写景，描绘辋川的深秋暮色，寒山、秋水、落日、孤烟交织成一幅宁静的画面，令人赏心悦目；颔联和尾联写人，刻画诗人和裴迪两个隐士无拘无束、怡然自乐的形象。自然景色和人物神情交替出现，达到“物我一体、情景交融的艺术境界”（赵庚培语，《唐诗鉴赏辞典》），表现了诗人的闲居情趣和对友人的深厚情谊。

赠孟浩然

李　白

吾爱孟夫子①　风流天下闻②

红颜弃轩冕[3]　白首卧松云[4]
醉月频中圣[5]　迷花不事君[6]
高山安可仰[7]　徒此揖清芬[8]

——全唐诗卷 168

【注释】

①夫子：古代对男子的敬称。《孟子·梁惠王·上》"愿夫子辅吾志"。②风流：品格清高。《晋书·王献之传》"高迈不羁，虽闲居终日，容止不怠，风流为一时之冠"。③红颜：此处指少年时代。轩冕：轩为车子，冕为王侯官帽。轩冕代指官爵。④卧松云：指隐居山林。⑤醉月：醉于月下。中圣：中（zhòng）酒，即醉酒。如中风、中暑，因平仄原因，此处读（zhēng）。⑥迷花：意谓留恋山水、花草。事君：伴随君王。⑦高山：《诗经·小雅·车辖》"高山仰止"，用高山比喻品德高尚的人，此处指孟浩然。⑧徒此：唯有在此。揖：拱手为礼。

【赏析】

这首人物诗写于开元二十二年（公元734年）作者在安陆（今属湖北）居住从长安回襄阳时。首联直接赞美孟浩然的风雅高洁；颔联描绘孟的一生，从少年到老年，弃官不仕，隐居林泉；颈联描绘孟隐居生活的一个侧面；尾联抒情，借用典故再次盛赞孟的品格。诗的风格自然飘逸，语言如行云流水，舒卷自如。

塞下曲[1]

李　白

其　一

五月天山雪[2]　无花只有寒[3]
笛中闻折柳[4]　春色未曾看[5]

晓战随金鼓[6]　宵眠抱玉鞍[7]
愿将腰下剑　直为斩楼兰[8]

——全唐诗卷164

【注释】

①诗题共六首。②天山：此处指新疆的天山。雪：山中积雪。③花：雪花。④折柳：乐府《横吹曲》有《折杨柳枝歌辞》："上马不捉鞭，反拗（ǎo）杨柳枝；下马吹长笛，愁杀行客儿。"⑤此句意为在笛声中听到了春天的气息，实际上没有看到。⑥金鼓：古代军队中的器具，鸣鼓则进，鸣金则退。⑦玉鞍：宝玉装饰的马鞍。⑧楼兰：见王昌龄七绝《从军行》（四）注。

【赏析】

这首边塞诗描写了边塞的艰苦军旅生活，赞颂了将士不畏艰苦的报国精神。首联写边塞特色，五月积雪不化，寒气逼人；颔联写见不到真正的春天景色，进一步突出环境的艰苦；颈联概写艰苦的战斗生活，却无伤感情绪；尾联表露将士心迹，消灭敌人，保卫国土。全诗充满战斗豪情，是盛唐诗歌的代表作。

塞下曲

李　白

其　三

骏马似风飙[1]　鸣鞭出渭桥[2]
弯弓辞汉月[3]　插羽破天骄[4]
阵解星芒尽[5]　营空海雾消[6]
功成画麟阁[7]　独有霍嫖姚[8]

【注释】

①风飙：即飙风，指狂风、暴风。②鸣鞭：鞭子挥动时有响声。渭桥：

渭河上的中渭桥，汉唐军出征时，均从此经过。③汉月：代指汉唐皇宫。④插羽：在箭上装饰羽毛。天骄：天之骄子，见张仲素五绝《王昭君》注。⑤阵解：敌阵已经瓦解。星芒尽：预兆战争的星象，光芒已经隐退。⑥营空：敌军败退，只留下空营。海雾：代指战争阴云。⑦麟阁：麒麟阁，汉代阁名，萧何造，在未央宫内。汉宣帝曾图画霍光等十一功臣象于阁上，以表扬其功绩。⑧霍骠（piào）姚：即霍去病，西汉名将，曾任骠姚校尉。霍前后六次出击匈奴，解除了西汉初年匈奴对汉王朝的威胁。

【赏析】

这是首出色的边塞诗。首联写将士出征，英姿飒飒，豪气冲天；颔联写将士气魄，告别朝廷，直捣敌巢；颈联写敌军败退，战争阴云已经消散；尾联写将士凯旋，接受赏赐。全诗意气风发，斗志昂扬，充满豪迈的英雄气概和报国精神以及必胜的信念。诗句音韵和谐，节奏鲜明，铿锵有力，激动人心。特别是颔联更是千古名句。也有人认为，尾联对朝廷的赏罚不公表示了怨恨。

渡荆门送别①

李　白

渡远荆门外②　来从楚国游③
山随平野尽　江入大荒流④
月下飞天镜⑤　云生结海楼⑥
仍怜故乡水⑦　万里送行舟

——全唐诗卷 174

【注释】

①荆门：见王维五律《汉江临眺》注。送别：意谓江水送自己离别蜀中。②渡远：一作“远渡”。③从：就、靠近、走向。楚国：荆门古为楚蜀咽喉，荆门山以下即属楚国。④大荒：广阔无边的原野。长江过荆门山即进入

一望无际的江汉平原。⑤飞天镜：像飞过天空的镜子。⑥结海楼：结成海市蜃（shèn）楼。海市蜃楼也称蜃景，由于大气中光线的折射作用，可以看见空中有城市楼台或山林，此处是形容江上云起后的变幻状态。⑦怜：一作“连”。故乡水：诗人为蜀人，江水自蜀地流来，故云。

【赏析】

这首山水诗是诗人二十五岁出川壮游乘船过荆门时所作，诗中描绘了长江的壮丽景色，展示了诗人开阔的胸怀。首联叙事点题，总揽全诗；颔联描写山势与江水，气势雄伟而高远；颈联写明月与白云，展示了长江经三峡进入平原后的特有景色，成为脍炙人口的佳句；尾联写对故乡的留恋和深厚感情；“万里”与首句“远”字相照应。全诗格调清新，想象奇特，语言形象，感情丰富，有高度的艺术感染力。

送友人

李白

青山横北郭① 白水绕东城
此地一为别② 孤蓬万里征③
浮云游子意④ 落日故人情⑤
挥手自兹去⑥ 萧萧班马鸣⑦

——全唐诗卷 177

【注释】

①郭：见杜牧七绝《江南春》注。②一：助词，加强语气。③孤蓬：指远去的友人。④此句意为游子像浮云一样来去无定。⑤故人：此处指送别的人。⑥自兹：自从。⑦萧萧：马鸣声。班马：离群的马。

【赏析】

这是首送别诗。首联写送别环境，表达惜别之情；颔联和颈联写诗人的内心活动，表示对友人的挂念和依恋；尾联写分手情景，气氛深沉而豪迈。全诗对仗工整，格律严谨，是典型的五言律诗。

送友人入蜀

李　白

见说蚕丛路① 崎岖不易行
山从人面起② 云傍马头生③
芳树笼秦栈④ 春流绕蜀城⑤
升沉应已定⑥ 不必问君平⑦

——全唐诗卷 177

【注释】

①见说：听说。蚕丛：传说中古蜀国帝王名。蚕丛路：代指蜀地。②此句意为山崖峭壁如迎面而来，从脸侧迭起。③此句意为云气依傍着马头升起翻腾。④此句意为山岩上的林木、枝叶笼罩着栈道。栈道：又名“阁道”、“复阁”、“栈阁”，今川、陕、甘、滇诸省境内峭岩陡壁上凿孔架桥连阁而成的一种道路，战国时即已修建。《战国策·秦策》“栈道千里，通于蜀汉”。因系自秦入蜀之道，故曰秦栈。⑤春流：指郫江、岷江（锦江）二水流经成都，一说为泛指。⑥升沉：指官场升降迁转。⑦君平：《汉书·王贡两龚鲍传》载，西汉严谨字君平，隐居不仕。

【赏析】

这首送别诗紧扣“入蜀”二字，写出作者对友人的关切。首联通过传说中的蜀帝蚕丛引出蜀地，点明蜀道的崎岖难行，引起友人的注意和小心；颔联紧承次句，写蜀道的狭窄、险峻、高危，成为描写栈道的千古名句；颈联写蜀中瑰丽风光，给友人以安慰；尾联运用蜀中典故，告诫友人不要把名利看得太重。全诗词语奇险，格律工整；含意委婉，用典自然。

登谢朓北楼[1]

李　白

江城如画里[2]　山晚望晴空[3]
两水夹明镜[4]　双桥落彩虹[5]
人烟寒橘柚[6]　秋色老梧桐[7]
谁念北楼上　临风怀谢公[8]

——全唐诗卷 180

【注释】

①诗题原作《秋登宣城谢朓北楼》。宣城：今安徽宣州市。谢朓（tiǎo）：南齐诗人，曾任宣城太守。北楼：在宣城城外陵阳山上，谢朓所建。②江城：指宣城，城临水阳江。③山晚：一作“山晓”。④两水：指绕城而流的宛溪、句溪二水。⑤双桥：指溪上凤凰、济川二桥。⑥此句意为炊烟散入橘柚林中，微带寒意。⑦此句意为秋色染上梧桐，使梧桐更显苍老。⑧谢公：指谢朓。

【赏析】

这首景物诗写于天宝十三年（公元754年）秋天，描绘了宣城秋天傍晚清辉明丽的景色，抒发了诗人对谢朓的悼念。首联开门见山，总摄全篇；颔联写水、桥，照应“江城如画”，气势不凡，成为千古名句；颈联写炊烟和秋色，照应“山晚晴空”，既有丰富的自然画面，又有诗人对深秋的感受；尾联写悼念，隐含诗人政治上失意的复杂情绪。

听蜀僧濬弹琴[1]

李　白

蜀僧抱绿绮[2]　西下峨眉峰[3]

为我一挥手[4]　如听万壑松[5]
客心洗流水[6]　余响入霜钟[7]
不觉碧山暮　秋云暗几重

——全唐诗卷 183

【注释】

①蜀僧濬：来自蜀地的僧人，法名濬（jùn）。一说为李白《赠宣州灵源寺仲濬公》诗中的仲濬。②绿绮：古琴名。晋傅玄《琴赋序》载，“齐桓公有鸣琴曰号钟，楚庄王有鸣琴曰绕梁，中世司马相如有绿绮，蔡邕（yōng）有焦尾，皆名器也。”后用以为琴的代称。③峨眉峰：即峨眉山峰，见李白七绝《峨眉山月歌》注。④挥手：弹琴动作。晋嵇康《琴赋》“伯牙挥手，钟期听声”。⑤松：松涛声。琴谱有风入松、石上流泉二调名。⑥流水：高山流水识知音。东周列御寇《列子·汤问篇》载，春秋时楚国俞伯牙善鼓琴，钟子期善听。伯牙鼓琴，志在登高山，子期曰“善哉！峨峨兮若泰山。”志在流水，子期曰“善哉！洋洋兮若江河。”伯牙所念，钟子期必得之，二人遂为莫逆之交。此句意为蜀僧琴音为诗人所理解并洗去客居他乡的愁思。⑦霜钟：《山海经·中山经》载丰山“有九钟焉，是知霜鸣”。郭璞注“霜降则钟鸣，故言知也”。此句意为琴的余音与傍晚寺院钟声融合在一起，亦比喻诗人与蜀僧情趣一致。

【赏析】

这是首描写音乐的佳作。首联写蜀僧、绿绮和峨眉峰，使诗人倍感亲切，引起无限乡思；颔联正面写弹奏和琴音，用“万壑松”做比喻，显得宏伟有力；颈联写琴音客观效果，既是丰富的想象，也是诗人的主观感受；尾联是对上联的补充，与“霜钟”相呼应，又起到余音绕梁的作用。全诗起承转合，舒卷自如，用典自然，恰到好处。

题破山寺后禅院[1]

常　建

清晨入古寺　　初日照高林[2]
曲径通幽处[3]　禅房花木深[4]
山光悦鸟性[5]　潭影空人心[6]
万籁此俱寂[7]　惟闻钟磬音[8]

——全唐诗卷 144

【注释】

①诗题一作《破山寺后禅院》。破山寺：又名兴福寺，在今江苏常熟市虞山北麓，虞山即破山。传说有龙在此山中破山而出，故名。禅院：僧侣居住的院子。②初日：朝阳。③曲径：弯曲的小路，一作“一径”、“竹径”。④禅房：一称“寮房”，僧侣卧室。草木深：在草木丛中。⑤悦鸟性：使野鸟欢悦自得。⑥空人心：使人俗念俱消，心灵洁净。⑦万籁（lài）：各种声响。俱寂：一作“皆寂”、“都寂”。⑧惟闻：一作“但余”。磬（qìng）：和尚诵经时敲打用的铜、铁铸成的钵状乐器以及佛寺中敲击以集合僧众的云板形鸣器。

【赏析】

这是首著名的景物诗。首联写古寺最初景象，突出清晨和初日；颔联写寺内幽深景象，颈联写寺外空寂景象；尾联通过对比，更增加人的寂静感觉。全诗层层递进，描绘了一种静谧的氛围，表现了一种幽静的情趣。

穆陵关北逢人归渔阳[1]

刘长卿

逢君穆陵路　　匹马向桑干[2]

楚国苍山古[3]　幽州白日寒[4]
城池百战后　耆旧几家残[5]
处处蓬蒿遍　归人掩泪看

——全唐诗卷 147

【注释】

①穆陵关：故址在今山东临朐县东南大岘山上，称“齐南天险”。又“穆”作“木”，故址在今湖北麻城市北，接河南省界。诗中穆陵关当指后者。渔阳：见张仲素五绝《春闺思》注。②桑干：见许浑五绝《塞下曲》注。③苍山古：当时楚地未遭受战乱，故山川依旧。④幽州：泛指今河北北部一带，为安禄山发动叛乱处，战乱尤烈。寒：指战乱造成的荒凉惨淡景象。⑤耆（qí）：六十岁以上的人，耆旧为年高有德的人。此句指世家大族均因战乱而残破不堪。

【赏析】

这首战乱诗反映了安史之乱造成的破败景象。首联写路上逢人，引出全诗；颔联通过对比，概述战乱的惨烈；颈联写城池、村庄的残破；尾联描述战后的荒凉和归人的内心痛苦。全诗语言自然流畅，描写深刻动人，表现了诗人对战乱的痛恨和对人民苦难的同情。

望　岳[1]

杜　甫

岱宗夫如何[2]　齐鲁青未了[3]
造化钟神秀[4]　阴阳割昏晓[5]
荡胸生曾云[6]　决眦入归鸟[7]
会当凌绝顶[8]　一览众山小[9]

——全唐诗卷 216

【注释】

①岳：指东岳泰山，在今山东泰安市。②岱宗：泰山的尊称。东汉应劭《风俗通义》卷十《五岳》载，岱，始也；宗，长也。泰山为五岳之首，故称岱宗。③齐鲁：春秋时两个诸侯国，都在山东境内，齐在泰山东北，鲁在泰山南部。青未了：泰山青翠的峰峦，连绵不断。④造化：天地万物的主宰者。钟：聚集。神秀：神奇秀美。⑤阴阳：山南向日为阳，山北背日为阴。割：划分。昏晓：昏暗与明亮。⑥荡胸：荡涤心胸。曾：同层。⑦决：裂开。眦（zì）：眼眶。决眦：尽量睁大眼睛。入归鸟：将飞回丛林的归鸟收入眼底。⑧会当：终将、将要。凌：登上。⑨此句从《孟子·尽心·上》孔子“登东山而小鲁，登泰山而小天下”以及《法言·吾子篇》“升东岳而知众山之峛崺（lǐ yǐ）也”引申而来。

【赏析】

这首仄韵景色诗是杜甫早期作品之一，约写于开元二十四年（公元736年）游齐鲁时，一说为开元二十八年（公元740年）。作者通过歌颂泰山的雄伟展示了自己的博大胸怀。全诗从“望”字着笔，层层展开。首联写远望，总揽泰山的雄伟；颔联写近望，展示泰山的神秀；颈联写细望，突出泰山的云层和归鸟；尾联写登顶的极望，充满豪情和喜悦。全诗层次清楚，形象生动，炼字精妙，对仗工整，历来为诗家所尊崇。

月　夜

杜　甫

今夜鄜州月[1]　闺中只独看[2]
遥怜小儿女　未解忆长安[3]
香雾云鬟湿[4]　清辉玉臂寒[5]
何时倚虚幌[6]　双照泪痕干[7]

——全唐诗卷 224

【注释】

①鄜(fū)州:今陕西富县。②闺中:原指女子卧室,引申指妇女、妻子。③此两句意为遥想可爱的小儿女,不能理解妻子对长安往事的回忆。④香雾:雾气。雾本无香味,其香味从妻子云鬟涂抹的膏脂中发出。这是回忆。云鬟(huán):古时妇女梳的环形发髻。⑤清辉:月光。⑥何时:一作"何当"。虚幌:薄薄的窗帘。⑦此句意为夫妻共同赏月,让月光照干泪痕。

【赏析】

这首战乱诗写于肃宗至德元年(公元756年)八月。安史之乱时,杜甫去灵武(今属宁夏)途中为乱兵俘获,困居长安,而妻子在鄜州。诗中想象妻子望月的情景,抒发了诗人对妻子的深切怀念,浸透着天下离乱的悲哀。首联写妻子望月情景,独自看月,夫妻不能团聚;颔联写妻子望月心境,回忆往事,反衬当时流离失所;颈联写妻子望月形象,深夜不寐,凄楚动人;尾联写诗人的希望,结束战乱,恢复和平宁静的生活。全诗感情细腻,情景交融。写法是从对面着笔,另辟蹊径,因而感人至深。

春望

杜甫

国破山河在[①]　城春草木深[②]
感时花溅泪[③]　恨别鸟惊心[④]
烽火连三月[⑤]　家书抵万金
白头搔更短　浑欲不胜簪[⑥]

——全唐诗卷224

【注释】

①国破:国家破碎,指安史叛军攻入长安,抢掠焚烧,长安几乎成为一片废墟。②城春:一作"城荒"。草木深:一片荒芜景象。③花溅泪:泪水溅落花上。④鸟惊心:听到鸟叫,反而心惊。⑤连三月:整整一个春天。⑥浑:

简直。不胜簪（zān）：连簪子都插不住。簪：绾（wǎn）住头发的一种长针，古代男子成年后束发，故也用簪。

【赏析】

这首战乱诗写于肃宗至德二年（公元757年）春诗人身陷长安时，表现了诗人爱国忧民的精神，是诗人代表作之一。首联写唐帝国金瓯（ōu）破碎的局面，盛唐气象荡然无存；颔联睹物伤怀，抒发诗人对国事的关心和伤感，内涵极其深厚；颈联由空间转向时间，反映动乱时间之长，对家人牵挂之深；尾联写诗人烦闷不安的心情，也寓意“誓不从贼”的决心。全诗对仗工整，极富声律之美。

月夜忆舍弟[1]

杜　甫

戍鼓断人行[2]　秋边一雁声[3]
露从今夜白[4]　月是故乡明
有弟皆分散[5]　无家问死生[6]
寄书长不达[7]　况乃未休兵[8]

——全唐诗卷 225

【注释】

①舍：用作谦称自己的卑幼亲属，如舍弟、舍侄。②戍鼓：戍楼更鼓。断人行：击鼓后实行宵禁，亦可解释为战乱使道路阻塞。③秋边：一作“边秋”。④此句将“白露”二字拆开，一为写景，二为点明时令，即白露节的夜晚。⑤分散：一作“羁（jī）旅”。杜甫有弟四人，杜占在身边，另杜颖、杜观、杜丰均已逃散。⑥无家：杜甫在洛阳的家已毁于战火。⑦长：一直、老是。不达：一作“不避”。⑧未休兵：当时，唐大将李光弼（bì）正与叛军史思明在洛阳激战。

【赏析】

这首诗写于肃宗乾元二年（公元759年）秋，作者在秦州（今甘肃天水市）时。怀念亲人的诗是常见题材，但这首诗却不落俗套。首联感物伤怀，暗寓家庭的破碎是因战乱而造成，将家庭的命运与国家的命运联系了起来，使诗的意境得到了升华；颔联写月夜清冷的景色，衬托诗人凄苦的心情和对故乡的无比思念；颈联写诗人兄弟分散、颠沛流离的不幸遭遇，有较大的普遍性和代表性；尾联进一步抒发诗人内心的痛苦和失望。全诗首尾照应，结构严谨，句句不离忆字，字字充满感情，第四句更成为人们思乡的警句。

春夜喜雨

杜　甫

好雨知时节　当春乃发生①
随风潜入夜②　润物细无声
野径云俱黑③　江船火独明④
晓看红湿处⑤　花重锦官城⑥

——全唐诗卷 226

【注释】

①乃：就、于是。一作“及”。发生：即下雨。②潜入夜：在夜间悄悄而来。③野径：田野间的小路。④火：船上灯火。⑤红湿：红花被雨浸湿。⑥花重：花因饱含雨水而重，也有花更浓的意思。锦官城：见杜甫七绝《赠花卿》注。

【赏析】

这首景色诗约写于肃宗上元二年（公元761年）作者寓居成都草堂时，一说写于宝应元年（公元762年）二月，是描绘春雨的佳作。首联点题，说明雨下得及时，堪称“好雨”；颔联赞美雨的品格，无声无息，滋润万物；颈联写下雨的环境，切合春夜；尾联想象第二天雨后清晨的情景，满城鲜花带雨开放，隐含诗人喜悦之情。全诗紧扣题意，层层递进，用词准确细致，有出神入化之妙。

水槛遣心[1]

杜　甫

去郭轩楹敞[2]　无村眺望赊[3]
澄江平少岸[4]　幽树晚多花[5]
细雨鱼儿出　微风燕子斜
城中十万户[6]　此地两三家

——全唐诗卷 227

【注释】

①诗题一作《水槛遣兴》，共二首，这是第一首。水槛（jiàn）：临水带长廊的亭轩。遣心：散心。②去郭：离城较远。轩：有窗的长廊。楹（yíng）：廊柱。③村：一作“材”。赊（shā）：远。④澄江：清澈的锦江（即岷江）。平少岸：江水涨得与岸齐平。⑤幽树：生长在幽僻处的花木。⑥十万户：《旧唐书·地理志》载：成都“户十六万九千五十”。此处举成数，说明其繁华。

【赏析】

这首景色诗写作时间与《春夜喜雨》相同，写诗人在春雨中凭栏远眺。首联写远望，一览无余，意境开阔；颔联写江水、花木，幽静清雅；颈联写鱼儿、燕子，欢欣、轻盈，显示出大自然的蓬勃生机，透露出诗人流连赞赏的喜悦之情，成为千古佳句；尾联将草堂与城中对比，突出优游和闲适。全诗远近交错，动静结合，观察细致，描写准确，体现了诗人对春天大自然的热爱。

禹　庙①

杜　甫

禹庙空山里　秋风落日斜
荒庭垂橘柚②　古屋画龙蛇③
云气嘘青壁④　江声走白沙⑤
早知乘四载⑥　疏凿控三巴⑦

——全唐诗卷 229

【注释】

①禹庙：祭祀大禹的庙宇，原注“此忠州临江县（今重庆市忠县）禹祠也”。禹：见皮日休七绝《汴河怀古》注。②垂橘柚：橘树、柚树的果实低垂，典出《尚书·禹贡》。禹治洪水后，东南“岛夷”之民“厥包橘柚”，把丰收的橘柚包裹好进贡给禹。③画龙蛇：画着龙蛇的图案。典出《孟子·滕文公下》“禹掘地而注之海，驱蛇龙而放之菹（zū，多水草的沼泽地）”，使龙蛇也有归宿。④青壁：庙外山崖石壁。这是倒装句，意谓长满青苔的石壁间滚动着云气。此句一作“云气生虚壁”。⑤江声：江涛澎湃声。走：奔流。白沙：白浪淘沙。这也是倒装句，意谓白浪淘沙飞流而下，传出江水奔腾咆哮之声。⑥乘四载：指大禹治水时乘坐过的四种交通工具：即水乘舟，陆乘车，泥乘（chūn：木板放在泥上拖），山乘欙（léi：登山用鞋）。⑦疏凿：一作“流落”。三巴：东晋常璩《华阳国志·巴志》载，东汉末年，益州牧刘璋设巴东郡、巴郡和巴西郡（今重庆市忠县、云阳县、四川阆中市等地）。称为“三巴”。传说这一带原为泽国，大禹凿通三峡控制水流后始成为陆地。

【赏析】

这首凭吊诗写于代宗永泰元年（公元765年）秋天，诗中赞扬了大禹为民造福的创业精神，隐含了对代宗的希望。首联写禹庙的环境，说明其冷落和萧条；颔联写庙内景色，表现诗人怀古伤今的心情；颈联写庙外景象，画面壮观，气势磅礴；尾联写大禹的功绩，表达诗人景仰之情。全诗巧用典故，令人浑然不觉；抑扬相衬，在荒凉中透出生机。

旅夜书怀

杜 甫

细草微风岸　危樯独夜舟①
星垂平野阔②　月涌大江流
名岂文章著③　官应老病休④
飘飘何所似⑤　天地一沙鸥⑥

——全唐诗卷 229

【注释】

①危樯(qiáng)：高耸的船上桅杆。②垂：一作“随”、“临”。③此句既是自谦，也言外有意，即志在为国。④应：一作“因”。此句字面理解为年老多病，想必理应辞官。实际上杜甫先是因疏救宰相房琯(guǎn)，议论时政，为统治者所不容而罢官；后是因幕僚猜忌，愤而辞职。故此句实为牢骚。⑤飘飘：一作“飘零”，无所依靠。⑥天地：一作“天外”。

【赏析】

这首抒怀诗写于代宗永泰元年。是年五月，杜甫携家离开成都，往渝州、忠州，九月到达云安（今重庆市云阳县）。诗是在途中船上所写。诗的前两联写景，做到移情入景；后两联书怀，悲痛愤激。首联写江岸夜舟，流露孤寂之感；颔联写夜江景色，精致神奇，是千古名句；颈联写自己官场失意，遭人排挤，倾吐怨恨；尾联想象前途渺茫，漂泊无依，其情凄惨，真可谓一字一泪。全诗语言凝练，比喻精确，情中有景，景中有情，吞吐曲折，感人肺腑。纪晓岚称赞此诗神完气足，气象万千，可当雄浑之品。

登岳阳楼①

杜　甫

昔闻洞庭水　今上岳阳楼
吴楚东南坼②　乾坤日夜浮③
亲朋无一字④　老病有孤舟⑤
戎马关山北⑥　凭轩涕泗流⑦

——全唐诗卷233

【注释】

①岳阳楼：在今湖南岳阳市西，下临洞庭湖，因开元年间中书令张说除守此州，与名士登楼赋诗，自尔名著。该楼与湖北武汉市黄鹤楼，江西南昌市滕王阁并称为江南三大名楼。②吴楚：春秋时两诸侯国名，其地在今江苏、浙江、江西、安徽、湖北、湖南一带。坼（chè）：裂开。③乾坤：天地。此两句意为：吴楚的东南像裂开了口子，湖水都向那边奔流；太阳和月亮，不停地在湖里升起和降落，好像整个天地日日夜夜都在浮动着。④字：代指书信。⑤有：一作“在”。⑥戎马：战马，代指战争。当时，吐蕃入侵，大将郭子仪率兵在陕西防卫，战火又起。北：一作“隔”。⑦凭轩：靠着窗户、栏杆。一作“凭高”。

【赏析】

这是首吟咏岳阳楼的名篇，也是杜甫五律的代表作。南宋何汶《竹庄诗话》卷六赞其“气象宏放，含蓄深远”。代宗大历三年（公元768年）春，杜甫由夔州出峡，漂泊江陵、公安等地，冬天到岳阳，写下这首诗。前两联写洞庭湖的气势，意境开阔，颔联雄跨古今，气压百代；后两联抒发诗人的不幸遭遇以及忧国伤时的失望和痛苦，感人至深。全诗结构严谨，对仗工整，情绪由喜而悲，转化自然。

喜见外弟又言别[1]

李　益

十年离乱后[2]　长大一相逢[3]
问姓惊初见　称名忆旧容
别来沧海事[4]　语罢暮天钟[5]
明日巴陵道[6]　秋山又几重

——全唐诗卷 283

【注释】

①外弟：表弟，此处为姑母的儿子。②离乱：一作“乱离”，指安史之乱造成的人民流离失所。③长大：安史乱时，李益约七八岁，十年后已长大成人。一：加强语气，作助词用。④沧海：即沧海桑田，比喻世事的巨大变化。典出葛洪《神仙传·麻姑》。麻姑自说云：“接待以来，已见东海三为桑田。”⑤暮天钟：寺庙的晚间钟声。⑥巴陵：唐时郡名，治所在今湖南岳阳市。《元和郡县图志·江南道·岳州》载，“昔羿屠巴蛇于洞庭，其骨若陵，故曰巴陵。”

【赏析】

这是首写人生聚散、离情别绪的名篇，具有较强的典型性。首联写久别重逢，点出安史之乱造成亲人不能团聚的社会悲剧；颔联写相逢情景，由惊而喜，紧扣题意；颈联写兄弟叙旧，抚今追昔，无限感慨；尾联又言别，由喜而悲，倍增伤感。全诗语言通俗流畅，自然朴素，描写绘声绘色，细腻传神，感人肺腑。

没蕃故人①

张 籍

前年戍月支② 城下没全师③
蕃汉断消息 死生长别离
无人收废帐④ 归马识残旗
欲祭疑君在 天涯哭此时⑤

——全唐诗卷 284

【注释】

①没：阵亡、陷身、失踪。蕃（bō）：吐蕃，古代藏族建立的地方政权。②戍：一作“伐”。月支：一作“月氏（zhī）”，汉西域国名，借指吐蕃。③城下：一作“城上”。没全师：全军覆没。④废帐：战败后遗弃的营帐。⑤天涯：指作者所在地。

【赏析】

这是首边塞诗，也是首较别致的哀挽诗。首联写战败概况，颔联写消息断绝，颈联写战场惨景，尾联表达对故人的怀念。既是全军覆没，自当无生还者。“疑”字只是作者的一线希望，加深了全诗的悲伤气氛。

蜀先主庙①

刘禹锡

天地英雄气② 千秋尚凛然③
势分三足鼎④ 业复五铢钱⑤
得相能开国⑥ 生儿不象贤⑦
凄凉蜀故伎⑧ 来舞魏宫前⑨

——全唐诗卷 357

【注释】

①蜀先主庙：三国蜀汉先主刘备庙，在夔州城外江边。②天地：一作“天下”。英雄气：不同凡响的英雄气概。《三国志·蜀志·先主传》载，曹操宴请刘备时曾说：“今天下英雄，唯使君与操耳。”③凛然：威势逼人，不可侵犯。④三足鼎：指刘备三分天下有其一。⑤五铢钱：汉武帝元狩五年（公元前118年）铸行的一种钱币，王莽篡汉后将其废弃，汉光武帝建立东汉后又重铸使用。汉末童谣云“黄牛白腹，五铢当复”。此处代指刘备欲恢复汉室的雄心壮志。⑥得相：刘备得到诸葛亮为相，建立蜀国。⑦不象贤：刘备的儿子后主刘禅不能效法先人贤德，使蜀国灭亡，丢掉祖传基业。⑧蜀故伎：被俘的原蜀国宫廷歌伎。⑨来舞：一作“歌舞”。刘禅降魏后，被迁至洛阳，封安乐乡公。魏太尉司马昭宴请时，先以魏乐舞于前，蜀降官皆感伤，而后主有喜色。复使原蜀国歌伎为舞，蜀降将皆堕泪，后主却嬉笑自若，无亡国之痛。司马昭曰，虽孔明复生，无能为也。事见《三国志·蜀志·后主传》及东晋裴松之注引《汉晋春秋》。

【赏析】

这是刘禹锡咏史名篇之一，写于任夔州刺史期间。首联赞美刘备令人千秋景仰的英雄气概，成为名句；颔联描写其三分鼎足的英雄业绩，这是由虚到实；颈联指出刘备善于用人、疏于教子的两个侧面，为蜀汉悲剧作了暗示；尾联叹惜蜀汉的灭亡，批判了后主的昏庸。全诗从刘氏父子两代兴亡的历史教训中告诫人们，创业不易，守成尤难，具有深远的历史意义，对当时唐王朝的现实有一定的针对性。诗的结构严谨，开合贯通；语言雄健有力，挥洒自如。

草①

白居易

离离原上草②　一岁一枯荣
野火烧不尽　春风吹又生③

远芳侵古道[④]　晴翠接荒城[⑤]
又送王孙去[⑥]　萋萋满别情

——全唐诗卷 436

【注释】

①诗题原作《赋得古原草送别》，一作《原上草》、《咸阳原上草》。②离离：春草茂密的样子。③此二句从李白《望庐山瀑布（一）》诗“海风吹不断，江月照还空”化引而来，但含意更深刻。④远芳：远处的草。侵：侵占、遮没。⑤晴翠：阳光照射下的翠草。⑥王孙：本指贵族后代，此处指游子。见王维五律《山居秋暝》注。

【赏析】

这首咏物诗是白居易十六岁时所作，《唐才子传》记载，因深得著作郎顾况的称赞，成为当时传诵名篇。首联破题，打开思路；颔联写春草生命力的顽强，用以说明新生事物是扼杀不了的，成为卓绝千古的名句；颈联进一步渲染春草的无限生机；尾联写送别，借芳草表达离情别绪，一扫儿女情长的愁苦之感，富于诗意。全诗通过对荒原野草的赞颂，表达了诗人的豪迈气概和积极进取的精神。

题李凝幽居

贾　岛

闲居少邻并[①]　草径入荒园[②]
鸟宿池边树[③]　僧敲月下门[④]
过桥分野色　移石动云根[⑤]
暂去还来此　幽期不负言

——全唐诗卷 572

【注释】

①邻并：邻居。②荒园：一作“荒村”。③池边：一作“池中”。④僧敲：原作“推”，又改为“敲”，推敲不定，误撞京兆尹韩愈马头。韩知情后，并不怪罪，认为“敲”比“推”好，是所谓推敲的由来。⑤云根：云脚。此句意为山石像云脚一样在移动。

【赏析】

这是首访友不遇的诗，本是寻常小事，却因“推敲”而成为诗坛炼字佳话。首联写住所幽僻，颔联写月夜幽静，颈联写环境幽雅，尾联写友情幽深，全诗烘托出一种空寂清幽的意境。

哭孟郊①

贾岛

身死声名在② 多应万古传
寡妻无子息③ 破宅带林泉
冢近登山道④ 诗随过海船⑤
故人相吊后⑥ 斜日下寒天

——全唐诗卷572

【注释】

①哭孟郊：孟比贾大二十八岁，但二人颇有交情。孟死后，贾为其写了三首哀挽诗（贾集中共有八首哀挽诗，另五首分别哀挽五位友人），这是其中的一首。②死：一作“没”，同“殁”。声名在：声名永远流传。③无子息：孟有子三人，皆不幸夭折。④登山道：孟死于阌乡（今河南灵宝县），葬于洛阳北邙（máng）山。⑤过海船：日本遣唐使曾将孟的诗文带至日本。⑥故人：作者自指。

【赏析】

这首哀挽诗冲破了传统的等级观念，对地位低下而诗名甚高的孟郊给予了很高评价。诗的首联极赞孟的品格和才学，“万古传”意为流芳百世、永垂不朽；颔联实写孟家庭孤独、家境贫寒，寄予了深切同情，也隐含对封建社会世道不公的抨击；颈联赞美孟诗文广为流传，这是对亡灵“死而无憾”的安慰；尾联表达作者对孟的深切哀悼，末句既是写景，又衬托了作者悲凉的心情。全诗自然流畅，不加雕饰，语气深沉，情感真挚。

商山早行[1]

温庭筠

晨起动征铎[2]　客行悲故乡
鸡声茅店月　人迹板桥霜[3]
槲叶落山路[4]　枳花明驿墙[5]
因思杜陵梦[6]　凫雁满回塘[7]

——全唐诗卷 581

【注释】

①商山：亦名楚山，在今陕西商县东南，是汉初“四皓”隐居的地方。②征铎（duó）：车马的铃铛。③板桥：在商县北四十里。④槲（hú）：落叶乔木或灌木，叶子在冬天干枯，并不下落，第二年树枝发芽时脱落。⑤枳（zhǐ）：也叫枸橘（gǒu jú），落叶灌木或小乔木，花白色。⑥杜陵：在今陕西西安市东南，秦时为杜县，又因汉宣帝陵在东原上，故名，此处代指长安。⑦凫（fú）：野鸭。

【赏析】

这是首羁旅诗。首联写清晨启程的情景，一片忙碌；颔联写出行之早，反映了旅途的艰辛；颈联写清晨路边景物，点明是春寒料峭的季节；尾联写梦境的回忆，与“悲故乡”遥相呼应。全诗紧扣“早行”这一主题逐层展开，情景交融，反映了一般旅人的共同感受。三、四两句，六个名词代表六种景物，历来脍炙人口。北宋诗人梅尧臣称其为“状难写之景如在目前，含不尽之意见于言外”。

送人东游①

温庭筠

荒戍落黄叶②　浩然离故关③
高风汉阳渡④　初日郢门山⑤
江上几人在　天涯孤棹还⑥
何当重相见⑦　尊酒慰离颜⑧

——全唐诗卷 581

【注释】

①诗题一作《送人东归》，可能作于湖北江陵，诗人时年五十岁左右。②荒戍：荒废的边防营垒，一作“古戍”。③浩然：指远游的决心和志向。《孟子·公孙丑下》“予然后浩然有归志”。④高风：秋风。汉阳渡：在今湖北汉阳县。⑤郢（yǐng）门山：即荆门山，见王维五律《汉江临眺》注。⑥棹：船桨。⑦何当：何时。⑧尊酒：此处代指一杯酒。

【赏析】

这首送别诗意境高远，别具一格，逢秋而不悲秋，送别而不伤别。起句点明送别环境，寒秋的古堡；次句陡然一振，赞颂友人的志向；颔联泛指荆山楚水，展示出辽阔雄奇的境界；颈联想象友人在到达目的地后受到的接待；尾联突出日后重逢的情景。前后呼应，浑然一体。

晚　晴[1]

李商隐

深居俯夹城[2]　春去夏犹清
天意怜幽草[3]　人间重晚晴
并添高阁迥　微注小窗明[4]
越鸟巢干后[5]　归飞体更轻[6]

——全唐诗卷 540

【注释】

①这首诗作于诗人旅居桂林（今属广西）之时，暂时避开牛李之争，精神上得到一种解脱。②夹城：瓮（wèng）城，围绕在城门外的小城，或圆或方，视地形而定，以增强城池的防御能力。③天意：指大自然。④注：照射。⑤越鸟：越地的鸟。桂林为百越故地，故称。又《古诗十九首·行行重行行》有“胡马依北风，越鸟巢南枝”句。巢干（gān）后：天晴后，鸟巢不再是湿的。⑥上句巢干切晴，本句归飞切晚，紧扣题意。

【赏析】

这首诗描写初夏黄昏雨过天晴的景色，抒发了诗人的独特感受和心境。首联从时空出发写所见的晚晴，颔联触景生情，从幽草身上发现了自己，倍感目前幸遇的可慰；颈联和尾联对晚晴做工致的描绘，从静到动，从远到近，流露出一派生机，喜悦之情跃然纸上。全诗格调清新，意境隽永，自然浑成，不着痕迹。

楚江怀古[1]

马　戴

露气寒光集　微阳下楚丘[2]

猿啼洞庭树　人在木兰舟[3]
广泽生明月　苍山夹乱流[4]
云中君不见[5]　竟夕自悲秋

——全唐诗卷 555

【注释】

①宣宗大中初年（公元847年），马戴因直言被贬为龙阳（今湖南汉寿县）尉，路过湘江时，写下《楚江怀古》五律三章，这是第一首。楚江：指湘江。②楚丘：泛指楚山。③木兰：小乔木，有微香。梁代任昉《述异记·下》载，木兰川在浔阳，江中多木兰树，鲁班刻为舟。④苍山：一作“苍葭”（jiā）。乱流：一作“岸流”。⑤云中君：《楚辞》篇名，为祭祀云神而作。不见：一作“不降”。

【赏析】

这是首怀古诗，因作者际遇和特殊环境而联想到屈原的《楚辞》。首联点明暮秋景象，透露出诗人悲凉寂寞的情怀；颔联写听觉与视觉，状物写景，是晚唐诗中名句；颈联写山水，映照出诗人内心深处的彷徨；尾联发表感慨，呼应开篇。全诗感情深沉，风格婉约。

草书屏风[1]

韩偓（wò）

何处一屏风　分明怀素踪[2]
虽多尘色染[3]　犹见墨痕浓[4]
怪石奔秋涧[5]　寒藤挂古松[6]
若教临水畔　字字恐成龙

——全唐诗卷 682

【注释】

①屏风：放在室内用来挡风或隔断视线的用具，用竹、木作框架，蒙上绸、布，画上画或题字。②怀素：唐代著名僧人和草书家。踪：迹，指怀素草书。③尘色染：落满灰尘。④墨痕浓：墨迹浓厚饱满。⑤秋涧：秋天的溪涧。⑥寒藤：枯藤。

【赏析】

书法是我国独特的艺术形式，草书是书法的一种。怀素和尚是唐代继草圣张旭之后又一极其著名并对后世影响深远的草书大家，受到大诗人李白等人的称赞，本诗作者即是其中之一。诗的首联点题，说明怀素草书见之不易；颔联写草书虽年代已久，仍墨迹浓厚，清新饱满；颈联连用两个比喻，描绘草书的特点和气势；尾联通过想象，极赞草书的不同凡响。全诗比喻生动，想象奇特，起到化静为动的作用，增强了艺术效果。

七言律诗

古　意①

沈佺(quán)期

卢家少妇郁金堂②　海燕双栖玳瑁梁③
九月寒砧催木叶④　十年征戍忆辽阳⑤
白狼河北音书断⑥　丹凤城南秋夜长⑦
谁为含愁独不见⑧　更教明月照流黄⑨

——全唐诗卷 96

【注释】

①诗题一作《独不见》、《古意呈补阙乔知之》。补阙：谏官。乔知之：武后朝谏官，后被杀。②卢家少妇：洛阳女子莫愁，嫁与卢家为妇，婚后生活幸福。典出梁武帝萧衍《乐府·河中之水歌》。此处泛指思妇。卢家：一作"织绵"。少妇：一作"小妇"。郁金堂：用郁金香和泥涂壁的房子。金香：植物名，可作香料。堂：一作"香"。③海燕：又名越燕，产于南方滨海地区。南方古称百越，故名。海燕多在屋中梁上作窠。玳瑁(dài mào，旧读 dài mèi)：海产动物，甲壳光滑有纹彩，可做装饰品。④寒砧(zhēn)：寒冷的捣衣石，此处指捣衣声。木叶：一作"下叶"。⑤辽阳：指今辽宁大辽河以东地区，唐时为边防要地。⑥白狼河：一作"白驹河"，今辽宁大凌河，又名白狼水，流经锦州入海。音书：一作"军书"。⑦丹凤城：传说秦穆公女弄玉吹箫，引凤来仪，故称秦都咸阳为凤城。典出刘向《列仙传·卷上·萧史》。此处指长安，即诗中思妇住处。⑧谁为："为谁"的倒装。一作"谁谓"、"谁知"。独不见：不能与征人相见。⑨更教：一作"使妾"。照：一作"对"。流黄：杂色的绢，此处泛指衣料，亦可指帷帐。

【赏析】

这是首闺怨诗。首联写思妇居室环境，制造孤寂氛围，"海燕双栖"反衬夫妻分离；颔联写对征人思念时间之长，颈联写思念路程之远，形成强烈对比；尾联写少妇满含愁思，望月怀人的极度痛苦，令人同情。全诗写景、描绘、抒情相结合，有助于人物形象的刻画。

送魏万之京①

李颀（qí）

朝闻游子唱离歌② 昨夜微霜初渡河③
鸿雁不堪愁里听④ 云山况是客中过⑤
关城曙色催寒近⑥ 御苑砧声向晚多⑦
莫见长安行乐处⑧ 空令岁月易蹉跎⑨

——全唐诗卷 134

【注释】

①魏万：稍晚于李颀的诗人，山东博平（今山东茌平县）人，一说山西阳城人。肃宗上元初登第。后改名颢，隐居王屋山（阳城县西南），自号王屋山人。曾编辑李白诗文为《李翰林集》。从诗中语气看，此诗当写于魏进京求取功名时。②游子：离家在外或久居他乡的人，此处指魏万。离歌：离别的歌，一作“骊歌”，又称“骊驹”，典出《汉书·儒林传·王式传》、西汉戴德编纂《大戴礼》。③渡：一作“度”。河：黄河，一说指银河。④听：读去声（tìng）。⑤过：读阴平（guō）。⑥关城：潼关、京郊。曙：一作“树”。⑦御苑：皇帝林苑，泛指京郊。⑧莫见：一作“莫是”。处：一作“地”。⑨令：此处读līn。蹉跎：消磨、浪费时光。

【赏析】

这首送别诗以长于炼句为后人所称道。首联写魏万匆匆登程，颔联渲染路途凄切气氛，颈联推想魏万到达京城情景，尾联是诗人对魏万的告诫。全诗叙事、写景、抒情交织一起，结构清晰，层次分明，感情健康。诗中“鸿雁”、“云山”到“愁里听”、“客中过”是触景生情，“催”、“向”等动词用得十分传神。

望蓟门[1]

祖咏

燕台一望客心惊[2]　笳鼓喧喧汉将营[3]
万里寒光生积雪　三边曙色动危旌[4]
沙场烽火侵胡月[5]　海畔云山拥蓟城[6]
少小虽非投笔吏[7]　论功还欲请长缨[8]

——全唐诗卷131

【注释】

①蓟（jì）门：唐时北方重镇幽州治所，在今北京市大兴区；一说为蓟门关，即今北京市昌平区居庸关。②燕台：即幽州台，又称黄金台，战国燕昭王为招贤所筑，故址在今河北易县东南易水岸边。望：一作“去”。③笳（jiā）：胡笳，古代北方民族的一种乐器，类似笛子。笳一作“箫”。此句指汉高祖刘邦率兵平燕王臧荼叛乱时构筑的营寨。④三边：见刘商五绝《行营即事》注。此处指范阳、平卢、云中三镇节度使安禄山管辖范围。危：一作“行”。危旌：高悬被风吹动的旗帜。⑤烽火：见王昌龄七绝《从军行》注。侵：一作“连”。⑥海畔云山：蓟门城近渤海，地处燕山，故云。⑦投笔吏：典出《后汉书·班超传》投笔从戎故事。⑧请长缨：典出《汉书·终军传》，指自请从军破敌。

【赏析】

这首边塞诗围绕望字展开。首联写近望，描绘军营的威武严整；二、三联写远望，展示边关的壮阔雄浑；尾联抒情，表达诗人关心边塞的责任感和从戎报国的雄心壮志。全诗意境开阔，笔力雄奇，反映了盛唐蓬勃向上的时代风貌。

黄鹤楼①

崔颢(hào)

昔人已乘黄鹤去②
此地空余黄鹤楼③
黄鹤一去不复返
白云千载空悠悠④
晴川历历汉阳树⑤
芳草萋萋鹦鹉洲⑥
日暮乡关何处是⑦
烟波江上使人愁

——全唐诗卷 130

【注释】

①黄鹤楼：见李白七绝《黄鹤楼闻笛》注。②昔人：传说中的仙人。一说三国蜀汉费祎(yī)在此楼乘鹤登仙，一说仙人王子安乘鹤经过此处。此句一作"昔人已乘白云去"。③此地空余：一作"兹地空留"。④千载：一作"千里"。悠悠：遥远、漫长。⑤晴川：阳光照耀下的汉水。今湖北武汉市汉阳区建有"晴川阁"。历历：清清楚楚。树：一作"戍"。⑥芳草萋萋：一作"春草青青"。萋萋：见白居易五律《草》注。一作"凄凄"。鹦鹉洲：当时汉阳西南长江中的沙洲，因东汉末年祢(mí)衡在此作《鹦鹉赋》而得名。祢后被黄祖所杀，故后人有"鹦鹉一篇才子泪"的诗句。事见《后汉书·祢衡传》。⑦乡关：一作"家山"，指故乡。何处是：一作"何处在"。

【赏析】

这是首吟咏黄鹤楼的名篇，当时就被认为是杰作。元人辛文房《唐才子传》载，李白称赞此诗说："眼前有景道不得，崔颢题诗在上头。"南宋诗论家严羽在《沧浪诗话》中说，"唐人七律诗，当以此为第一"。清人沈德潜称赞此诗"意得象先，神形语外。纵笔写法，遂擅千古之奇"。清人金圣叹更推崇此诗"字法、句法、章法，都被占尽，遂更不能争夺也"。诗中用优美的神话传说和生动的描绘，使诗的情调、形象、语言都很高超。前两联写登楼想望，反映黄鹤楼的古今变化。一、三句写所想，二、四句写所见，幻想和现实，交错出现，抒发了诗人对人生有限、宇宙无穷的深沉感叹。后两联写四种景物：汉阳树色、洲中芳草、日暮乡关、江上烟波以及由此引起的淡淡乡愁。全诗景象开阔，色彩鲜明，因情写景，情景交融，创造出一种孤寂、深邃的意境，构成完整的形象体系。

和贾舍人早朝①

王　维

绛帻鸡人报晓筹②　尚衣方进翠云裘③
九天阊阖开宫殿④　万国衣冠拜冕旒⑤
日色才临仙掌动⑥　香烟欲傍衮龙浮⑦
朝罢须裁五色诏⑧　佩声归向凤池头⑨

——全唐诗卷 128

【注释】

①诗题一作《和贾舍人早朝大明宫之作》。贾舍人：中书舍人贾至。中书舍人为亲近皇帝属官，掌传宣诏命。大明宫：唐宫殿名，原名永安宫，太宗贞观九年改曰大明宫。高宗龙朔二年大加兴造，号曰蓬莱宫，咸亨元年改曰含元宫，旋又改曰大明宫，为唐代皇帝临朝之所。②绛帻：鸡冠式红色包头。鸡人：官名，职责为司晨唱晓。筹：夜间报时用的竹签或铜签，由鸡人按更时传

入宫中。报：一作“送”。晓筹：拂晓更筹。报晓筹后，皇帝即临朝，接受百官朝拜，并发布诏令。③尚衣：尚衣局官员，职掌皇帝衣服。方进：刚刚送进。翠云裘：绣有绿色云彩花纹的皮衣。④九天：一作“九重”，代指皇宫。阊阖（chāng hé）：本指神话中的天门，诗中代指皇宫正门。⑤万国：代指各国到长安朝贡的使臣。唐代前期，国力强盛，唐天子被尊称为“天可汗”，许多国家纷纷派使者到长安纳贡称臣。衣冠：指包括各国使臣在内的文武官员。冕旒（liú）：礼冠及前后垂挂的珠串。皇帝的礼冠有十二旒。此处代指皇帝。⑥日色：一作“日影”，即晨曦。仙掌：亦即障扇，又名宫扇，用雉尾制成，为宫中一种仪仗。皇帝行动时，由侍卫捧持，紧随皇帝身后，以示威仪，并用以蔽日遮风。临朝时，则用以遮面，待皇帝坐定后，再将宫扇移开，名曰“开宫扇”。此处代指皇帝车驾。⑦香烟：御炉中飘散出的香气。欲傍：恰好靠近。衮（gǔn）龙：龙袍，即皇帝礼服，代指皇帝。浮：龙袍上的图案，闪动着光泽。此句系借用贾舍原诗中“衣冠身惹御炉香”诗意，意为贾至深得皇帝宠幸。⑧五色诏：五色纸写成的诏书。此句指散朝后必须裁剪五色纸，准备拟写诏书。⑨佩声：人走动时佩玉（一种服饰）发出的响声，诗中代指贾舍人。归向：一作“归到”。凤池：即凤凰池，为中书省办公地点。

【赏析】

这是首正面描写皇帝临朝情景的诗篇，具有盛唐气象。诗的首联写早朝前的准备，制造庄严肃穆的气氛；颔联和颈联写早朝盛况，突出了大唐帝国的威仪和皇帝的雍容华贵，场面隆重，气势宏伟，在一定程度上反映了唐代鼎极一时的真实情况；尾联写早朝后官员的职责，暗示了原诗作者所受到的重用。全诗结构完整，层次井然，语言鲜明生动，细节描写突出，在同类诗歌中别具一格而受到人们的赞赏。

积雨辋川庄作[1]

王　维

积雨空林烟火迟[2]　蒸藜炊黍饷东菑[3]

漠漠水田飞白鹭[④]　阴阴夏木啭黄鹂[⑤]
山中习静观朝槿[⑥]　松下清斋折露葵[⑦]
野老与人争席罢[⑧]　海鸥何事更相疑[⑨]

——全唐诗卷 128

【注释】

①诗题一作《积雨辋川庄上作》、《秋雨辋川庄作》。积雨：久雨。辋川：见王维五绝《鹿柴》注。②空林：树林上空。烟火迟：因久雨空气潮湿，故炊烟缓缓上升。③藜：此处泛指蔬菜。黍：见孟浩然五律《过故人庄》注。饷：给耕种的人送饭。菑（zī）：初耕的田地，泛指田野。④漠漠：迷茫广阔。⑤阴阴：幽暗深晦。夏木：夏天的树林。啭（zhuàn）：鸟儿婉转地鸣叫。此两句实为“白鹭飞”、“黄鹂啭”的倒装。⑥习静：习惯于安静，指修行养性的隐居生活。朝槿：落叶灌木或小乔木，其花早开晚谢，故名。此句意为参透人生荣枯无常的真谛。⑦清斋：素食。露葵：经霜的葵菜，可食用。《旧唐书·王维传》载，“维弟（王缙）兄俱奉佛，居常素食，不茹荤血，晚年长斋，不衣文采”。此句实为王维晚年隐居生活的写照。⑧野老：自称，即山野村夫。争席：《庄子·南华真经杂篇·寓言》载，春秋时杨子居（杨朱）去见老子时，旅店的人都对他很客气，执席让座。当他从老子那儿学道返回时，没有一点架子，旅店的人也不再把他当客人看，“与之争席”，好像一家人了。⑨海鸥：《列子·黄帝》篇载，古时海边有喜欢海鸥的人，每日同海鸥游玩，多时有上百只海鸥。其父曰“吾闻鸥鸟皆从汝游，汝取来吾玩之”。明日至海上，海鸥皆舞而不下。何事：一作“何处”。此两句意为诗人已经看淡了功名利禄，隐居乡间，与世无争，不会伤害别人，海鸥何必猜疑呢？

【赏析】

开元后期，李林甫任中书令，政治日趋黑暗。为逃避现实又不脱离政治太远，王维四十岁左右，即在辋川闲居，信奉佛教，过着半官半隐的生活。这首诗就是写隐居生活。诗的前半首写景，后半首抒情。首联表现怡然自乐的农家生活，颔联描绘生意盎然的雨后新景，成为脍炙人口的名句；颈联写诗人参禅悟道的佛教信仰，尾联表露淡泊名利的心迹。诗的思想内容虽比较消极，但艺术手法却很高超。吴江周篆之推崇

此诗“淡雅幽寂”，“真足空古准今”，可谓七律压卷之作。（见《王右丞集笺注》）

登金陵凤凰台[1]

李　白

凤凰台上凤凰游　凤去台空江自流
吴宫花草埋幽径[2]　晋代衣冠成古丘[3]
三山半落青天外[4]　二水中分白鹭洲[5]
总为浮云能蔽日[6]　长安不见使人愁[7]

——全唐诗卷 180

【注释】

①凤凰台：古台名，故地在金陵（今江苏南京市）南凤台山上。《太平寰宇记》卷九十载，南朝宋文帝元嘉十六年（公元439年）有三只五色大鸟（时人认为是凤凰）栖止在山上，于是建台于山，称凤凰台，山称凤台山。②吴宫：三国时吴国宫殿。花草：代指吴宫美女。幽径：僻静小路，此处指墓道。③晋代：一作“晋国”，指东晋。衣冠：指世族。古丘：古坟。④三山：山名，在南京西南长江边上，上有三峰排列，南北相连，故名。⑤二水：一作“一水”。《建康志》载，秦淮河流至建康之后，分为二支，一支入城，一支绕城外，中夹一洲曰“白鹭”。⑥浮云：比喻奸臣。⑦长安：代指朝廷和皇帝。

【赏析】

这是首素负盛誉的七律。首联写凤凰台的今昔，两句写尽崔颢诗四句内容；颔联承上凤去台空，极写人世沧桑，为结句做铺垫；颈联写眼前景物，气势壮阔；尾联发出愤世嫉俗的感慨以及担心唐王朝重蹈六朝覆辙的忧虑。与崔颢诗歌比较，有模仿痕迹，但内容、章法、句法，都极有特色，尤其是思想境界明显超过崔颢诗歌。

金城北楼①

高　适

北楼西望满晴空　积水连山胜画中②
湍上急流声若箭③　城头残月势如弓
垂竿已羡磻溪老④　体道犹思塞上翁⑤
为问边庭更何事　至今羌笛怨无穷

——全唐诗卷 214

【注释】

①金城：今甘肃兰州市。②积水：指黄河。③湍上急流：湍急的流水。④磻（pán）溪老：即姜太公，见孟浩然五律《临洞庭湖上张丞相》注。⑤体道：体会人间哲理。塞上翁：《淮南子·人间训》载，近塞上之人，有善术者。马无故亡而入胡，人皆吊之。其父曰，此何遽（jù）不为福乎？居数月，其马将胡骏马而归，人皆贺之。其父曰，此何遽不为祸乎？家富良马，其子好骑，堕而折其髀（bì），人皆吊之。其父曰，此何遽不为福乎？居一年，胡人大入塞，丁壮者皆引弦而战，近塞之人，死者十九，此独以跛之故，父子相保。成语"塞翁失马，焉知非福"即出于此。

【赏析】

这首边塞诗写于天宝十一年（公元752年）作者至河西节度使哥舒翰幕府中任职时。首联描绘边城的如画景色，颔联用弓、箭作喻，战争气氛隐约可见；颈联巧用两个典故，反映出诗人的宏图大志和对祸福转化哲理的体会；尾联一问一答，流露出对连年征战的怨恨。全诗比喻生动，用典自然。

寄元中丞[①]

刘长卿

汀洲无浪复无烟[②]　楚客相思益渺然[③]
汉口夕阳斜渡鸟[④]　洞庭秋水远连天
孤城背岭寒吹角[⑤]　独树临江夜泊船[⑥]
贾谊上书忧汉室[⑦]　长沙谪去古今怜[⑧]

——全唐诗卷 151

【注释】

①诗题原作《自夏口至鹦鹉洲夕望岳阳寄元中丞》。元：一作“阮”、“源”。夏口：夏水（汉江下游古称）注入长江处，又称沔口、鲁口，即今湖北武汉市汉口。又三国吴黄武二年（公元223年）孙权筑城于对岸（今湖北武汉市武昌区），也称夏口。诗中指后者。元中丞：生平不详。②汀洲：水中沙洲，一作“江洲”，指鹦鹉洲。③楚客：楚地旅客，作者自指。④渡：一作“度”。鸟：暗指鹦鹉洲。⑤孤城：指今湖北汉阳。背岭：背靠大别山，一说指背靠龟山。⑥独树：一作“独戍”，指哨所。⑦贾谊：见孟浩然五绝《访袁拾遗不遇》注。贾谊上书：贾谊曾向汉文帝上《治安策》，指出当时政治有“可为痛哭者一，可为流涕者二，可为长太息者六”。⑧谪去：一作“迁谪”。

【赏析】

这首哀怨诗是作者被贬途经夏口时所作，一说为知淮西鄂岳转运留后时（第一次被贬之后）作，反映了诗人被贬的痛苦及对友人的倾诉。首联写鹦鹉洲景色，引出相思；颔联写远景，颈联写近景，突出孤独、渺茫的意境；尾联借用历史典故，客观地反映了当时朝廷政治的黑暗。全诗语言圆熟，气势舒畅，意境开阔，结构紧密，是艺术上较成熟的作品。

曲江二首[1]

杜 甫

一片花飞减却春　风飘万点正愁人
且看欲尽花经眼[2]　莫厌伤多酒入唇[3]
江上小堂巢翡翠[4]　苑边高冢卧麒麟[5]
细推物理须行乐[6]　何用浮名绊此身[7]

其 二

朝回日日典春衣[8]　每日江头尽醉归
酒债寻常行处有[9]　人生七十古来稀
穿花蛱蝶深深见[10]　点水蜻蜓款款飞
传语风光共流转　暂时相赏莫相违

——全唐诗卷 225

【注释】

①曲江：即曲江池，在今陕西长安县东南。汉武帝时所建，以水流曲折而得名。开元中加以改建，南有紫云楼、芙蓉苑，西有杏园、慈恩寺，为京都游览胜地。②欲尽花：将要落尽的花。经眼：一作“惊眼”。③伤多酒：过量的酒。④小堂：一作“小棠”。翡翠：水鸟，俗称翠雀，羽毛翠绿色，可作装饰品。⑤苑：指芙蓉苑，又名芙容园。苑边：一作“花边”。麒麟：鹿的一种，独角，古人以为神兽，是祥瑞之兆。⑥物理：事物盛衰变化之理。⑦何用：一作“何事”。浮名：一作“浮荣”，即虚名。此身：指自己。⑧朝（cháo）：皇宫上朝。典：典当、抵押。⑨寻常：随便。⑩蛱（jiá）蝶：蝴蝶。深深见：一作“深深舞”，忽隐忽现之状。款款：一作“缓缓”。传语：传话给。共流转：在一起逗留盘桓。相赏：共同赏玩。相违：分开。

【赏析】

这两首诗写于肃宗乾元元年（公元758年）。当时诗人任左拾遗（谏官），但无法尽职，不能施展政治抱负，心情郁闷。第一首借伤春感怀人事。首联写春光将逝，触目堪愁；颔联写借酒消愁，心中寂寞；颈联写安史之乱后的荒凉，反映出心灵的创伤；尾联看似旷达，实则苦闷。第二首反映诗人生活的困苦。前四句写典当和欠账，足见生活之窘迫，第四句成为流行口语；五、六句写自然景物，是别具一格的名句；最后两句希望留住春光，反映诗人内心的无奈和痛苦。全诗言外有意，弦外有音，感情深沉而含蓄，正是杜甫诗歌的特色。

蜀　相①

杜　甫

丞相祠堂何处寻②　锦官城外柏森森③
映阶碧草自春色　隔叶黄鹂空好音④
三顾频烦天下计⑤　两朝开济老臣心⑥
出师未捷身先死⑦　长使英雄泪满襟⑧

——全唐诗卷 226

【注释】

①蜀相：三国时蜀汉丞相诸葛亮。②丞相：一作“蜀相”。祠堂：今称武侯庙，在成都南郊，晋代李雄在成都称王时所建。③锦官城：见杜甫七绝《赠花卿》注。④空：一作“多”。这两句意为自然景色自生自灭，无人欣赏。⑤三顾：指刘备三顾茅庐，请诸葛亮出山。频烦：同“频繁”。⑥两朝：指刘备、刘禅父子两朝。开济：开创大业。⑦出师未捷：诸葛亮为了伐魏，曾六出祁山，均未成功。捷：一作“用”。身先死：诸葛亮在蜀汉后主建兴十二年（公元234年）八月最后一次出师时，病死于五丈原（今陕西眉县南斜谷口西侧）军中，时年五十四岁。以上均见《三国志·蜀志·诸葛亮传》⑧英雄：指包括诗人在内的缅怀诸葛亮的人们。

【赏析】

这首咏史诗写于乾元三年（公元760年）杜甫漂泊成都时，反映了诗人希望有像诸葛亮这样的政治家来主持朝政，平定叛乱，恢复国家的统一。前两联写丞相祠堂的典型环境，令人肃然起敬；颈联概括诸葛亮的政治活动和历史功绩；尾联赞颂诸葛亮“鞠躬尽瘁，死而后已”的精神，流露出无限痛惜之情。环境渲染、议论入诗、高度概括是本诗写作的重要特色。

客　至

杜　甫

舍南舍北皆春水①　但见群鸥日日来②
花径不曾缘客扫③　蓬门今始为君开④
盘飧市远无兼味⑤　樽酒家贫只旧醅⑥
肯与邻翁相对饮⑦　隔篱呼取尽余杯⑧

——全唐诗卷 226

【注释】

①舍：房屋，即杜甫成都草堂。②但见：一作“但有”。③缘：因为。④蓬门：柴门。⑤盘飧（sūn）：泛指菜肴。兼味：几种食品。⑥旧醅（pēi）隔年陈酒。⑦肯：能否允许。这是向客人征询意见。⑧取：助词。意为征得客人同意后，请邻居村夫共饮。

【赏析】

这首叙事诗写于肃宗上元二年（公元761年）春在成都时。诗前有作者自注：“喜崔明府相过。”明府是对县令的尊称。此处崔明府即崔顼，杜甫舅氏。诗的首联写户外景色，环境清幽；颔联写庭院小路和柴门，显得主人喜出望外；颈联写宴请酒菜，表明主客之间真诚相待；尾联写邻翁共饮，气氛欢悦。全诗表现了诗人诚朴的性格，洋溢着浓郁的生活气息。

闻官军收河南河北[1]

杜　甫

剑外忽传收蓟北[2]　初闻涕泪满衣裳
却看妻子愁何在[3]　漫卷诗书喜欲狂
白日放歌须纵酒[4]　青春作伴好还乡
即从巴峡穿巫峡[5]　便下襄阳向洛阳[6]

——全唐诗卷 227

【注释】

①诗题一作《收两河》。收：收复被安史叛军占领的失地。②剑外：剑阁以南，蜀中地区。蓟（jì）北：今河北省北部，是安史叛军的根据地。③却看：回头看。④白日：既指丽日当空，也暗喻扫净妖氛，黑夜即将过去。一作“白首”。⑤巴峡：泛指四川境内长江峡谷，也有的认为指重庆市以东嘉陵江上石洞峡、铜锣峡、明月峡等三峡，俗称“小三峡”。巫峡：长江三峡之一，在今重庆市巫山县。⑥向洛阳：原注：“余田园在东京”。东京又称“东都”，即洛阳。

【赏析】

这首抒怀诗写于代宗广德元年亦即宝应二年（公元763年）春，延续了七年之久的安史之乱接近结束，河南、河北相继被官军收复。流亡到东川梓州的杜甫，在惊喜之余脱口吟成此诗。首句写惊人消息，次句写喜悦的特殊表情；颔联写妻子笑逐颜开，自己愁怀顿消的情景；颈联设想今后的美好生活；尾联规划北归的路线。全诗洋溢着喜悦的气氛，“泼血如水”，被后人称为杜甫“生平第一首快诗”。

登　楼

杜　甫

花近高楼伤客心[①]　万方多难此登临[②]
锦江春色来天地[③]　玉垒浮云变古今[④]
北极朝廷终不改[⑤]　西山寇盗莫相侵[⑥]
可怜后主还祠庙[⑦]　日暮聊为梁甫吟[⑧]

——全唐诗卷 228

【注释】

①客：杜甫自称。②万方：即“万邦”，代指天下各地。多难：指国家内忧外患，层出不穷。当时代宗昏庸懦弱，宦官程元振、鱼朝恩等人专权，朝政更加腐败，外族不断入侵。③锦江：一名流江、汶江，当地习称府河，岷江支流之一，在今成都市南。传说古人濯（zhuó）锦其中，较他水鲜明，故名。春色来：一作“春水流”。④玉垒：山名，在今四川灌县西。浮云：象征吐蕃入侵的战争阴云。⑤北极：北极星，又称北辰。《论语·为政》“为政以德，譬如北辰，居其所而众星共（拱）之”。此处比喻天子权威不可动摇。终不改：指江山巩固，不可改变。此句有所指。代宗广德元年（公元763年）十月，吐蕃陷长安，代宗逃往陕州（今河南陕县），不久，郭子仪收复长安，迎代宗回京。⑥寇盗：指吐蕃入侵者。同年十二月，吐蕃又陷松、维、保三州（今四川北部）及云山新筑二城。莫相侵：对侵略者的警告。此四句联系起来看，就是北极朝廷如锦江春色，万古常新；而西山寇盗，则如玉垒浮云，忽起忽灭。⑦还祠庙：还有祠庙。成都锦官门外有蜀先主（刘备）庙，两边有武侯（诸葛亮）祠和后主（刘禅）祠。此句意为，后主虽昏庸懦弱，赖诸葛亮辅佐，至今还有祠庙，但仍觉可怜。⑧梁甫吟：一作梁父吟，古汉乐府曲名。《三国志·蜀志·诸葛亮传》载，亮躬耕陇庙，好为梁甫吟。此句意为傍晚时分，姑且吟咏诸葛亮喜好的《梁甫吟》，以示怀念。

【赏析】

这首哀怨诗约写于代宗广德二年（公元764年）春，诗人从阆（làng）州（今四川阆中市）回成都时，是杜甫代表作之一。胡应麟评价此诗为“前无昔人，后无来者，此当为古今七言律第一”。沈德潜推崇此诗“如日月终古，常见而光景常新”。诗的首联以乐景写哀，为全诗奠定“万方多难”的感伤情调；颔联写远眺，意境壮阔，成为不朽名句；颈联写时事，反映诗人爱国忧民的一贯思想；尾联历来解说纷纭，但多数认为有讽喻代宗之意，抒发个人无由施展政治抱负的感慨。全诗即景抒情，蕴含丰富，体现了诗人沉郁顿挫的艺术风格。

秋兴八首

其　一①

杜　甫

玉露凋伤枫树林②　巫山巫峡气萧森
江间波浪兼天涌　塞上风云接地阴③
丛菊两开他日泪④　孤舟一系故园心⑤
寒衣处处催刀尺⑥　白帝城高急暮砧

其　五

蓬莱宫阙对南山⑦　承露金茎霄汉间⑧
西望瑶池降王母⑨　东来紫气满函关⑩
云移雉尾开宫扇　日绕龙鳞识圣颜
一卧沧江惊岁晚　几回青琐点朝班

——全唐诗卷 230

【注释】

①秋兴（xìng）：因秋起兴，触景生情，重点在兴而不在秋。②玉露：白

露，指霜。凋伤：使树林衰败零落。枫树林：见戴叔伦五绝《三闾庙》注。③风云：指战争风云。接地阴：指大地弥漫着硝烟战火。④丛菊两开：代宗永泰元年（公元765年）五月，杜甫离开成都东下，滞留夔州，到大历元年（公元766年）秋，已是两个秋天。两：一作"重"。他日泪：回忆往日而流泪。⑤一系（jì）：永系，指船滞留不能开。故园心：思念故乡心情。⑥刀尺：缝衣裁剪工具。⑦蓬莱：宫殿名。见王维七律《和贾舍人早朝》注。南山：终南山。⑧承露金茎：《史记·封禅书》载，汉武帝在建章宫西面建金茎承露盘，高二十丈，大七围，以铜为之，承接仙露服食，以期长生不老。⑨王母：杨贵妃曾为女道士，唐人多以王母比之。⑩函关：即函谷关，战国时秦国关名。古函谷关在今河南灵宝县东北，新函谷关在今河南新安县东。此句是用典，指老子李耳骑青牛入函谷关。典出《列仙传·上·关令尹喜》。唐皇室以老子为祖，以示祥瑞。雉（zhì）尾：野鸡尾羽。开宫扇：见王维七律《和贾舍人早朝》注。云移：形容开扇时光彩闪耀如云霞流动。日绕龙鳞：皇袍上绣的太阳和龙纹图案。圣颜：皇帝的容颜。沧江：指长江。岁晚：指晚秋，也指自己已到垂暮之年。青琐：汉建章宫的中宫门，门上装饰有涂着青色的连环形图案，故名。点朝（cháo）班：百官朝见，点名传呼，依次入朝。点：一作"照"。

【赏析】

《秋兴八首》写于代宗大历元年（公元766年）作者旅居夔州（今重庆市奉节县）时，体现了杜甫晚年爱国的思想感情和高度的艺术成就，是杜诗中的杰作。清人郭曾炘（xīn）引郝仲舆语云，此八首乃富丽之词，沉雄之气，力扛九鼎，勇夺三军，如椽（chuán）之笔。第一首是这组诗的出色序曲。前四句写秋景秋声，突出阴森萧瑟的环境气氛，象征国家的动荡不安；后四句写诗人漂泊无依的感慨，突出孤寂、贫寒和思乡之情。全诗深沉悲壮，气韵雄浑。第五首是对长安宫阙和上朝的回忆。首联写宫阙的巍峨壮丽，颔联借用神话形容宫阙如同仙境；颈联写皇帝临朝的威仪，这不是一般的歌功颂德，而是夸耀盛唐的宏伟气象；尾联回到现实，凄凉苦涩。全诗对比强烈，情调低沉。

咏怀古迹五首

其　三

杜　甫

群山万壑赴荆门① 生长明妃尚有村②
一去紫台连朔漠③ 独留青冢向黄昏④
画图省识春风面⑤ 环佩空归月夜魂⑥
千载琵琶作胡语⑦ 分明怨恨曲中论⑧

——全唐诗卷230

【注释】

①荆门：见王维五律《汉江临眺》注。②明妃：即王昭君，见张仲素五绝《王昭君》注。西晋时避司马昭讳，改称明妃。村：一作“邨”，指昭君故里，在今湖北兴山县境内。③紫台：紫禁台、紫宫，即皇帝住所，此处指汉宫。梁代江淹《恨赋》：“明妃去时，仰天叹息，紫台稍远，关山无极。”朔漠：北方沙漠，指匈奴所在地。④青冢：昭君墓，见柳中庸七绝《征人怨》注。⑤画图省（xǐng）识：指汉元帝仅凭画师所画图像察看宫女容貌。昭君不行贿，故画师将其画得很丑，未被汉元帝发现。临行时，汉元帝见她长得很美，后悔不已。事见《西京杂记》卷二。⑥环佩：妇女服饰。月夜：一作“夜月”。⑦胡语：指胡音。⑧怨恨：一作“愁恨”。曲中论：曲中诉说。相传昭君在匈奴作有“怨思之歌”。据《琴操》载，“昭君至单于，心思不乐，乃作《怨旷思维歌》”。《后汉书·南匈奴传》载，“及呼韩邪死，其前阏氏子代立，欲妻之。昭君上书求归，成帝敕令从胡俗，遂复为后单于阏氏焉”。又《琴操》载，昭君有子曰世达。单于死，世达继立。凡为胡者父死妻母。昭君问世达，“汝为汉也，为胡也？”世达曰，“欲为胡耳”。昭君乃吞药自杀。

【赏析】

《咏怀古迹五首》写于大历元年（公元766年）在夔州时，一说写于大历三年（公元768年）出蜀途中。这首诗借怀念王昭君，揭露了汉元帝的昏庸和封建社会的腐朽，寄寓自己怀才不遇和知音寥落的感慨。首联写昭君故里的自然环境，“赴”字写出三峡山势的雄奇生动，显示出美女故乡的奇伟不凡；颔联写昭君一生身世，突出远嫁朔漠和死葬胡地的怨恨，给人以悲凉之感；颈联点明昭君悲剧原因和昭君不忘故国的情怀；尾联写昭君怨恨之深，寄托诗人的无限同情。全诗注重意象，不着议论，而昭君的悲剧形象在读者心中留下了难以磨灭的印象。

阁　夜①

杜　甫

岁暮阴阳催短景②　天涯霜雪霁寒宵
五更鼓角声悲壮③　三峡星河影动摇④
野哭千家闻战伐⑤　夷歌几处起渔樵⑥
卧龙跃马终黄土⑦　人事音书漫寂寥⑧

——全唐诗卷 229

【注释】

①阁：夔州西阁。②阴阳：日月。短景（同影）：指冬季夜长日短。③鼓角：更鼓和号角。④三峡：长江三峡的简称，从上至下分别为瞿塘峡、巫峡、西陵峡，在今重庆市奉节县至湖北秭归县境内。影动摇：指兵革战乱，民不聊生。典出《汉书·天文志》。⑤千家：一作“几家”。战伐：战乱和征伐。此处指永泰元年（公元765年）成都兵马使崔旰之乱。⑥夷歌：少数民族山歌。几处：一作“数处”、“是处”。⑦卧龙：指诸葛亮。《三国志·蜀志·诸葛亮传》载，徐庶谓先主曰：“诸葛孔明者，卧龙也。”跃马：西晋左思《蜀都赋》“公孙跃马而称帝”，指西汉末年，公孙述据蜀自称白帝。唐代夔州有诸葛亮、公孙述庙。此句有贤愚同尽之意。⑧人事：各种人际关系及当时政治形势。音书漫：一作“依依漫”、“音书颇”、“音尘日”。此句指诗人好友郑虔、苏源明、李白、严武、高适相继去世，诸弟也不通音信。

【赏析】

这首战乱诗写于代宗大历元年冬在夔州时，被誉为杜律中典范性作品。首联写寒夜，景色凄凉寒怆；颔联写鼓角，勾勒出战乱气氛；颈联写哭声，反映战乱给百姓带来的痛苦；尾联写怀古和感叹，流露出诗人的极度痛苦和无限忧伤。全诗“从寒宵雪霁写到五更鼓角，从天空星河写到江上洪波，从山川形胜写到战乱人事，从当前现实写到千年往迹”（陶道恕《唐诗鉴赏辞典》）。纵横捭阖（bǎi hé），驰骋自如，有“雄盖宇宙”的独特气势。四联全对是这首诗的显著特色。

登　高

杜　甫

风急天高猿啸哀①　渚清沙白鸟飞回②
无边落木萧萧下③　不尽长江滚滚来
万里悲秋常作客④　百年多病独登台⑤
艰难苦恨繁霜鬓⑥　潦倒新停浊酒杯⑦

——全唐诗卷 227

【注释】

①猿啸哀：见李白七绝《早发白帝城》注。②飞回：来回盘旋。③萧萧：落叶声。另见戴叔伦五绝《三闾庙》注。④常作客：常年漂泊在外。杜甫从肃宗乾元二年（公元759年）弃官入蜀，到此时已在外九年。⑤百年：一生。⑥艰难：语意双关，既指个人生活处境，也指国家内忧外患。繁：多。霜鬓：鬓发如霜。⑦潦（liǎo）倒：衰老颓丧，亦指个人失意，不得志。新停：一作新亭，亭通停。新停浊酒杯：杜甫因肺病戒酒。浊酒：劣酒。

【赏析】

这首悲愤诗写于代宗大历二年（公元767年）重阳日在夔州时，胡应麟推崇此诗为古今七言“旷代之作”。诗的前四句写景，远近交错，苍茫辽阔，显示了诗人出神入化的笔力，是千古流传的佳句；后四句抒情，忧国伤时之情，无限悲凉之意，溢于言外。全诗境界雄浑，风格沉郁，语言精练，对仗自然，达到登峰造极的地步。

春　思[①]

皇甫冉

莺啼燕语报新年　马邑龙堆路几千[②]
家住层城邻汉苑[③]　心随明月到胡天[④]
机中锦字论长恨[⑤]　楼上花枝笑独眠
为问元戎窦车骑[⑥]　何时返旆勒燕然[⑦]

——全唐诗卷 250

【注释】

①《全唐诗》卷151一作刘长卿诗，题作《赋得》。②马邑，唐代郡名，郡治今山西朔州市，汉时为边境要地。龙堆：白龙堆，在今新疆，地接玉门关，古为西域交道要道。③层城：唐时京城分内外两层，故称，此处指行宫。“层城”一作“秦城”。④胡天：指马邑、龙堆。⑤机中锦字：《晋书·窦滔妻苏氏传》载，苏氏名蕙，字若兰，善属文。滔，苻坚时，为秦州刺史，被徙流沙（西北地区沙漠地带）。苏氏思之，织锦为回文璇玑图以寄，共八百四十字，纵横反复均成诗。小说《镜花缘》有详细记载。⑥元戎：主将。窦车骑：东汉车骑将军窦宪，见陈子昂五律《送魏大从军》注。⑦旆（pèi）：古时末端形状像燕尾的旗，后泛指旌旗。返旆：意为胜利后班师回朝。

【赏析】

这首闺怨诗与沈佺期《古意》近似，也是写少妇对征夫的怀念。首联写新年景象与征夫戍地，颔联写思妇住所与怀夫心境，均形成强烈对比；颈联借用典故和描绘春花，把思妇的孤独情绪更推进了一层；尾联写少妇的愿望，早日结束战事，丈夫能立功回来。对比和用典是这首诗的写作特色。

寄李儋元锡①

韦应物

去年花里逢君别②
今日花开又一年③
世事茫茫难自料④
春愁黯黯独成眠⑤
身多疾病思田里⑥
邑有流亡愧俸钱⑦
闻道欲来相问讯⑧
西楼望月几回圆⑨

——全唐诗卷188

【注释】

①诗题一作《答李儋》。李儋（dān）：字元锡，一字幼霞，武威人，曾官殿中侍御史。一说诗题应为《寄李儋、元锡》，即李儋与元锡（字君贶）二人。②去年：德宗建中四年（公元783年）春夏之交，韦从尚书比部员外郎调任滁州刺史，与李在长安分别。③又：一作"已"。④世事：指国家政局和个人前途。建中三年（公元782年），卢龙节度使朱滔反叛，称冀王。不久，淮宁节度使朱希烈亦反，并与朱滔相勾结。建中四年冬，东征士兵哗变，拥立原幽州节度使、朱滔之兄朱泚（cǐ）为帝，国号秦，德宗仓皇出奔奉天（今陕西乾县），直到第二年五月才收复长安。⑤黯黯：一作"忽忽"，心神低沉暗淡。⑥田里：故里。⑦邑：此处指滁州属县。流亡：逃亡在外的灾民。俸钱：俸禄，封建社会官员薪水。⑧问讯：探望。⑨西楼：又名观风楼，在滁州城内。

【赏析】

这首抒怀诗作于滁州任上，时间为德宗兴元元年（公元784年）春夏之交。首联即景生情，用花落花开表达对友人的怀念，同时比喻时光的流逝，为全诗定下感伤基调；颔联写社会环境复杂，险恶难测，反映诗人一筹莫展的愁苦心情；颈联写诗人问心有愧、进退两难的处境，被北宋范仲淹誉为“仁人之言”；尾联表达急切与友人共诉衷肠的盼望。全诗语言精练，情感真挚，披露了一个清廉正直的封建官员面对国乱民穷欲有所为而不能的矛盾思想和苦闷心情，具有较强的典型性和现实性。

晚次鄂州①

卢　纶

云开远见汉阳城　　犹是孤帆一日程
估客昼眠知浪静②　　舟人夜语觉潮生
三湘衰鬓逢秋色③　　万里归心对月明④
旧业已随征战尽⑤　　更堪江上鼓鼙声⑥

——全唐诗卷 279

【注释】

①鄂州：今湖北武汉市武昌。②估客：同贾客，即商人。③三湘：见王维五律《汉江临眺》注。此处泛指今湖北、湖南一带。衰鬓：一作“愁鬓”。④万里：诗人家在蒲州，距鄂州很远。⑤旧业：田园家产。⑥更堪：更加不堪（忍受）。鼙：古代军用小鼓。鼓鼙（pí）：代指战争，此句指永王李璘（lín）起兵东巡事。

【赏析】

这首战乱诗原注“至德中作”，即肃宗至德年间（公元756—758年）诗人为避战乱南游晚泊鄂州时。首联写晚泊地点，隐含苦闷的心情；颔联写船上景况，暗示难以入睡的纷乱思绪；颈联写心理活动，鬓对三湘，心驰万里，流露愁肠百结的思乡之情；尾联发出感慨，江南也并不平静。虽只截取漂泊生活的一个片断，却把国乱家破、身飘业尽的悲惨情景写得淋漓尽致。全诗淡雅含蓄，舒畅自然，尾联更成为独辟境界的名句。

左迁至蓝关示侄孙湘①

韩　愈

一封朝奏九重天②　夕贬潮阳路八千③
欲为圣明除弊事④　肯将衰朽惜残年⑤
云横秦岭家何在⑥　雪拥蓝关马不前⑦
知汝远来应有意⑧　好收吾骨瘴江边⑨

——全唐诗卷 344

【注释】

①诗题一作《自咏》、《示侄孙湘》、《次蓝关示侄孙湘》、《贬官潮州出关作》。左迁：见李白七绝《寄王昌龄》注。蓝关：蓝田关，一名峣（yáo）关、青泥关，在今陕西蓝田县东南。湘：韩愈侄韩老成之子。《旧唐书·韩愈传》载，宪宗元和十四年（公元819年）正月，韩愈为刑部侍郎，上疏谏迎佛骨。“疏奏，宪宗怒甚。间一日，出疏以示宰臣，将加极法。”经宰相裴度等力争，乃贬为潮州（今属广东）刺史。②一封：指韩愈《谏迎佛骨表》。九重天：宫阙，此处代指宪宗。③潮阳：一作“潮州”。④欲为：一作“本为”。圣明：一作“圣朝”。弊事：一作“弊政”。⑤肯将：一作“敢将”、“岂将”、“岂于”，即岂肯的意思。惜：计较。残年：当时韩愈已五十二岁，故称。⑥秦岭：此处指狭义的秦岭，即秦岭山脉在陕西的一段。从长安到潮州，需翻越秦岭。⑦拥：堵塞。⑧汝：你，指韩湘。远来：一作“此来”。应：一作“须”、“深”。⑨瘴（zhàng）江：泛指岭南山林中有毒气的河流。

【赏析】

这首悲愤诗是韩愈诗中最动情的一首诗。全诗围绕贬字逐层展开。首联写被贬之速和被贬之远，颔联写被贬之由和被贬之冤，颈联写离家之愁和贬途之苦，尾联写残年之哀和后事之托。诗中格调凄怆，隐含激愤，从一个侧面对封建社会最高统治者的专横、残暴进行了揭露，与其“臣罪当诛兮天子圣明”的绝对忠君思想形成一定的反差。诗的五、六两句更成为久吟不衰的佳句。

西塞山怀古①

刘禹锡

王濬楼船下益州② 金陵王气黯然收③
千寻铁锁沉江底④ 一片降幡出石头⑤
人世几回伤往事⑥ 山形依旧枕寒流⑦
今逢四海为家日⑧ 故垒萧萧芦荻秋⑨

——全唐诗卷359

【注释】

①诗题一作《金陵怀古》。西塞山：在今湖北大冶县东，峻峭临江，为东吴西部江防要塞。②王濬（jùn）：一作“西晋”。《晋书·王濬传》载，西晋武帝时，益州（州治今四川成都市）刺史王濬，受命造大楼船，内可容两千人，于太康元年（公元280年）正月，顺江而下讨伐东吴，直取建康（金陵），吴主孙皓投降，东吴灭亡。③黯然：一作“漠然”。④寻：见刘禹锡七绝《乌衣巷》注。铁锁：当时吴国以铁链拦江，阻挡晋船，王濬用火炬烧断铁链。⑤幡：垂直悬挂的窄长旗帜。降（xiáng）幡：降旗。石头：石头城，见刘禹锡七绝《石头城》注。⑥往事：指以建康为都城的六朝（东吴、东晋、宋、齐、梁、陈）兴亡的历史。此句一作“荒苑至今生茂草”。⑦寒流：一作“江流”。⑧今逢：一作“从今”、“而今”。四海为家：指国家统一。⑨故垒：过去作战营垒，此处指西塞山。芦荻（dí）：芦苇等植物，秋天开紫花。此两句一作“而今四海归皇化，两岸萧萧芦荻秋”。

【赏析】

这是首咏史名篇，写于穆宗长庆四年（公元824年）诗人由夔州赴和州（今安徽和县）途中。由于蕴意深沉，历来诗家见解不一。诗的前四句怀古，气势磅礴，笔力豪迈，用词精确；后四句伤今，暗示天险不足恃，“王气”不足凭，国家的统一不容分裂，对唐朝后期藩镇割据、拥兵自重有很强的针对性。全诗在深沉的感慨中，流露出苍凉慷慨的情绪。

酬乐天扬州初逢席上见赠

刘禹锡

巴山楚水凄凉地①　二十三年弃置身②
怀旧空吟闻笛赋③　到乡翻似烂柯人④
沉舟侧畔千帆过　病树前头万木春⑤
今日听君歌一曲⑥　暂凭杯酒长精神⑦

——全唐诗卷360

【注释】

①巴山楚水：泛指今重庆市、湖北、湖南一带。②二十三年：刘禹锡于德宗贞元二十一年即顺宗永贞元年（公元805年）九月被贬至湖南、安徽、四川一带做地方官，至敬宗宝历二年（公元826年）秋天被召回，预计第二年才能回到长安，历时二十三年。③闻笛赋：典出《晋书·向秀传》，向秀因怀念被司马昭所杀的嵇康，作了《思旧赋》。此处借用，表示对被贬友人的怀念。④烂柯人：《述异记·上》载，晋代王质入山伐木，看仙人下棋，一局未了而斧柄已烂，回家后才知人世已历百年。此处借指人世沧桑。⑤沉舟、病树：系作者自比。⑥君：指白居易（号乐天）。一曲：指白所作《醉赠刘二十八使君》。⑦长（zhǎng）：振作、增长。

【赏析】

这首悲愤诗写于敬宗宝历二年刘禹锡被召回洛阳途经扬州遇到白

居易时，白作诗赠刘，刘以此诗作答。首联抒发了长期被贬的激愤，颔联叙述对旧友的怀念；颈联以沉舟、病树自喻，固然惆怅，却也达观；尾联体现了寄希望于未来的乐观主义精神。全诗对仗工整，语言形象，用典恰当，含意深刻。尤其是五、六两句因富于哲理而成为千古名句，至今仍被广泛应用并被赋予新的含义。

始闻秋风

刘禹锡

昔看黄菊与君别① 今听玄蝉我却回②
五夜飕飗枕前觉③ 一年颜状镜中来④
马思边草拳毛动⑤ 雕眄青云睡眼开⑥
天地肃清堪四望⑦ 为君扶病上高台⑧

——全唐诗卷 359

【注释】

①君：指秋风。②玄蝉：黑褐色的蝉。蝉到秋天逐渐变成黑色，亦称秋蝉。③飕飗（sōu liú）：风声。④颜状：面容。⑤边草：边塞之草，代指征战。拳毛：卷曲的毛。⑥雕：见王维五律《观猎》注。眄（miǎn）：斜着眼睛看。一作“盼”。睡：一作“倦”。此句为“睡眼刚开眄青云”的倒装。⑦肃清：指削平藩镇割据势力。⑧上高台：意为登高望远。

【赏析】

这首抒怀诗抒发了诗人的政治抱负和不屈不挠的斗争精神。首联用拟人法，写秋风对诗人的深厚情谊；颔联写诗人自己对秋风的感受以及容颜衰老发出的感慨，也是对秋风的回答；颈联写与秋风有关的景物，马思边草、雕眄青云，显示出一种潜在的力量，喻意诗人随时准备报效国家，一展宏图的愿望，成为千古佳句；尾联流露出扫清六合、一统寰宇的喜悦之情。全诗构思巧妙，比喻奇特，体现了诗人坚持政治革新、不怕失败和挫折以及“老骥伏枥，志在千里；烈士暮年，壮心不已”的进取精神和对艺术的不断追求。

江楼晚眺①

白居易

淡烟疏雨间斜阳　江色鲜明海气凉
蜃散云收破楼阁②　虹残水照断桥梁③
风翻白浪花千片　雁点青天字一行
好著丹青图写取④　题诗寄与水曹郎

——全唐诗卷 443

【注释】

①诗题原作《江楼晚眺，景物鲜奇，吟玩成篇，寄水部张籍员外》。②蜃：传说中蛟龙一类的动物，此处指蜃景，即海市蜃楼。参见李白五律《渡荆门送别》注。蜃散：蜃景消散，海上楼阁幻景破碎消失。③虹残：虹逐渐消失时，其在水中的倒影如同断桥。④好著：好用。丹青：本为红色和青色两种颜料，后来代指绘画艺术。图写取：一作“图画起”，即描绘下来。当时白居易曾请人画成江楼晚眺图，并题此诗于图送给张籍。

【赏析】

这是首奇妙的景色诗，写于穆宗长庆三年（公元823年）作者任杭州刺史时。诗的首联写夕阳斜照、淡烟疏雨的明净而凉爽的江上景色；颔联写难得一见的海市奇观和雨后彩虹，呈现出五彩斑斓的景象；颈联写浪花和雁阵，“翻”字和“点”字用得细致入微，成为反复吟咏的佳句；尾联叙事，表示对张籍的尊重和敬仰。诗中夕阳、烟雨、海市、彩虹、白浪和飞雁组成一个统一和谐的画面，形象鲜明生动，给人以美的享受。

钱塘湖春行[1]

白居易

孤山寺北贾亭西[2]　水面初平云脚低
几处早莺争暖树[3]　谁家新燕啄春泥[4]
乱花渐欲迷人眼　浅草才能没马蹄[5]
最爱湖东行不足[6]　绿杨阴里白沙堤[7]

——全唐诗卷 443

【注释】

①钱塘湖：即杭州西湖。诗题一作《湖上春行》。②孤山：在钱塘湖后湖与外湖之间，山上有寺名孤山寺，南朝陈时建。贾亭：贾公亭。唐代贞元（公元785—805年）中，贾全任杭州刺史，在此湖造亭，故名。③暖树：向阳的树。④啄：衔。⑤才：刚刚。⑥不足：不够。⑦白沙堤：即白堤，又名断桥堤。白居易任杭州刺史期间，曾在虎丘筑有白堤，与此堤不当混淆。

【赏析】

这首景色诗写于作者任杭州刺史时。诗人以欢悦的心情，描绘了一幅西湖春色图。首联点出早春湖面景色；中间两联描写早莺、新燕、乱花、浅草等早春的特有景物，“争、啄、迷、没”等字眼用得极为准确、传神；尾联以无限爱慕的口吻，表达了流连忘返的喜悦心情。诗的前两联写湖上，后两联写春行，结构严密，紧扣题意。

放言诗[1]

白居易

赠君一法决狐疑[2]　不用钻龟与祝蓍[3]
试玉要烧三日满[4]　辨材须待七年期[5]

周公恐惧流言日[6]　王莽谦恭未篡时[7]
向使当初身便死[8]　一生真伪复谁知

——全唐诗卷438

【注释】

①放言：无所顾忌，畅所欲言。宪宗元和五年（公元810年），白居易的好友元稹因得罪权贵，被贬为江陵士曹参军，写了五首《放言》诗表示自己的愤激之情。过了五年，白居易因上疏急请追捕刺杀宰相武元衡的凶手，遭当权者忌恨，也被贬江州（今江西九江市）司马。元闻讯后，写了《闻乐天授江州司马》诗以寄，白在途中也写了《放言》五首以示奉和，这里选的是第三首。诗前，作者有序："元九在江陵时，有放言长句诗五首，韵高而体律，意古而词新。予每咏之，甚觉有味，虽前辈深于诗者，未有此作。唯李颀有云，济水自清河自浊，周公大圣接舆狂，斯句近之矣。予出佐浔阳，未届所任，舟中多暇，江上独咏，因缀五篇，以续其意耳。"②决狐疑：判断怀疑是否正确。③钻龟、祝蓍（shī）：古代两种迷信活动，钻龟甲看其裂纹以卜吉凶，占蓍草的茎以卜祸福。蓍草：俗称蚰蜒草或锯齿草。④试玉：作者自注，"真玉烧三日不热。"《淮南子·俶（chù）真训》载，钟山之玉，炊以炉炭，三日三夜而色泽不变。⑤辨材：作者自注，"豫章木生七年而后知。"豫，与楸相似的一种树；章，今称樟树。两种树生长七年后才能分辨。⑥周公：周武王胞弟姬旦。《史记·周本纪》载，周公曾辅助武王灭商。武王死后，其子成王年幼，周公摄政。武王弟管叔、蔡叔、霍叔等，造谣说周公要篡位。周公避于鲁，不问政事。后成王悔悟，迎还周公，管蔡惧而叛乱，成王命周公出征，平定叛乱。成王长大后，周公还政于成王。日：一作"后"。⑦王莽：《汉书·王莽传》载，西汉末年，王莽垄断朝政，伪装谦恭下士，收买人心。后篡汉自立。⑧向使：假使、假设。当初：一作"当时"。便：一作"先"。

【赏析】

这是首哲理诗。首句提出要告诉人们决狐疑的方法，次句否定迷信法则，全联引而不发，曲折有致；颔联借烧玉和辨材委婉地介绍这一方法，即判断人和事物的真伪优劣须经时间的考验而不能简单片面地下结论，成为脍炙人口的佳句；颈联举出两个历史人物作例证，将其一时一事和全部人生加以对照，告诫人们不要被表象所迷惑；尾联通过假设进一步说明不按上述方法办，就会真伪不分，冤枉好人。全诗语言通俗，逻辑严密，见解精辟，寓意深刻，是议论入诗的优秀篇章。

登柳州城楼寄漳汀封连四州[1]

柳宗元

城上高楼接大荒[2]　海天愁思正茫茫

惊风乱飐芙蓉水[3]　密雨斜侵薜荔墙[4]

岭树重遮千里目[5]　江流曲似九回肠[6]

共来百越文身地[7]　犹自音书滞一乡

——全唐诗卷 351

【注释】

①漳、汀、封、连四州：顺宗永贞元年（公元805年），“永贞革新”失败后，革新派头面人物翰林学士王叔文、左散骑常侍王伾（pī）被贬斥而死，其主要人物刘禹锡、柳宗元、韩泰、韩晔（yè）、陈谏、凌准、程异、韦执谊被贬为远州司马，是为“二王八司马”事件。其后，凌、韦二人卒于任所，程调回京师。宪宗元和十年（公元815年）春，被贬的“八司马”中的另五人被召回京，旋又外放任刺史。柳宗元去柳州（今属广西），韩泰去漳州（今属福建），韩晔去汀州（今福建长汀县），陈谏去封州（今广东封开县），刘禹锡去连州（今广东连县）。名曰升迁，实则流放。②接：视线所及。大荒：荒僻遥远。③惊风：狂风。与下句的“密雨”均指反对革新的腐朽势力。乱飐（zhǎn）：吹动。芙蓉水：荷塘里的水。“芙蓉水”与下句的“薜荔墙”均象征诗人和朋友的高贵品质。④薜荔（bì lì）：一种常绿的蔓生植物，沿墙生长。⑤重（chóng）遮：层层遮蔽。千里目：远望视线。此句一作“云（kuài）去如千里马”。⑥江流：柳江。柳州在柳江与龙江汇合处。九回肠：百结愁肠。司马迁《报任安书》“肠一日而九回”。⑦百越：即百粤，泛指五岭以南的少数民族。文身：在身上刺花纹，古代南方少数民族一种习俗。

【赏析】

这首哀怨诗写于元和十年（公元815年）柳宗元初抵柳州时。诗从“愁”字着笔，层层深入。首联写登楼远眺，引起愁思；颔联巧借比喻，点出愁因；颈联再次远望，加深愁怀；尾联感叹音信难通，愁肠难诉。全诗感情沉重，充满激愤之情，具有极强的艺术感染力。

咸阳城西楼晚眺[①]

许　浑

一上高城万里愁[②]　蒹葭杨柳似汀洲[③]
溪云初起日沉阁[④]　山雨欲来风满楼
鸟下绿芜秦苑夕[⑤]　蝉鸣黄叶汉宫秋
行人莫问当年事[⑥]　故国东来渭水流[⑦]

——全唐诗卷533

【注释】

①诗题一作《咸阳城西门楼晚眺》、《咸阳城东楼》。咸阳：见王维七绝《渭城曲》注。②一上：一作“独上”。③蒹葭（jiān jiā）：芦苇。汀洲：见刘长卿七律《寄元中丞》注。④溪阁：原注“南近磻溪，西对慈福寺阁”。磻溪：见孟浩然五律《临洞庭湖上张丞相》注。⑤绿芜：绿色荒草。秦苑：秦朝宫苑，方圆二百里。汉初荒废，汉高祖十二年许民入苑开荒，汉武帝时又收为皇家猎场。⑥当年事：一作“前朝事”，指秦汉兴亡的历史教训。⑦此句一作“渭水寒声昼夜流”。

【赏析】

这首感寓诗是晚唐七律中的名篇，尤其第四句更是千古名句，含意深刻。诗的起句写登楼，“愁”字总领全篇；次句融情入景，流露对家乡的思念；颔联写远眺，天气的变化象征晚唐风雨飘摇的政治形势；颈联写历史陈迹，隐含唐帝国的每况愈下；尾联发出诗人的哀叹，流水既暗喻诗人的不尽感慨，又表示历史、人生循环往复的客观规律。

题宣州开元寺水阁[①]

杜　牧

六朝文物草连空[②]　天淡云闲今古同[③]
鸟去鸟来山色里　人歌人哭水声中[④]
深秋帘幕千家雨　落日楼台一笛风
惆怅无因见范蠡[⑤]　参差烟树五湖东[⑥]

——全唐诗卷 522

【注释】

①诗题原作《题宣州开元寺水阁，阁下宛溪，夹溪居人》。宣州开元寺：建于东晋时，初名永安寺，唐开元时改为开元寺。宛溪：又名东溪，发源于宣州东南峰山，流经东城。②文物：文化古迹。③天淡：即恬静。④人歌人哭：指人的快乐和悲伤。⑤见：一作“逢”。范蠡（lǐ）：《史记·越王勾践世家》和《史记·货殖列传》载，范为春秋时越国大夫，曾辅佐勾践灭吴，成功后辞官乘扁舟泛五湖而去，改名陶朱公，经商致富。⑥参差（cēn cī）：高低不平。五湖：指太湖流域一带所有的湖泊。

【赏析】

这首抒怀诗写于文宗开成三年（公元838年）任宣州团练判官时，是杜牧七律代表作之一。首联发古今联想，寄托诗人感慨；颔联借鸟飞和人歌写时间的流逝，不仅是现实景物，也是对历史的回忆；颈联写深秋细雨和落日楼台，与首联相照应；尾联抒发追慕范蠡的感情，流露出对仕途的失望和对现实的不满。全诗对仗工整，语言流丽，情景交融，含蓄有致。

早　雁[1]

杜　牧

金河秋半虏弦开[2]　云外惊飞四散哀[3]
仙掌月明孤影过[4]　长门灯暗数声来[5]
须知胡骑纷纷在[6]　岂逐春风一一回[7]
莫厌潇湘少人处[8]　水多菰米岸莓苔[9]

——全唐诗卷 522

【注释】

①早雁：深秋季节，北雁南飞，此诗写于八月，故称早雁。②金河：见柳中庸七绝《征人怨》注，此处泛指北方少数民族地区。秋半：指八月。秋季三个月，到八月时，已过一半。虏弦开：指回纥（hé）的武装入侵。③云外：一作“云上”、“云际”。④仙掌：陕西太华山东峰名仙人掌，汉建章宫托承露盘的铜人的双手也叫仙人掌。⑤长门：见刘皂七绝《长门怨》注。数声：一作“几声”。⑥胡骑：回纥骑兵。此句一作“虽随胡马翩翩去”。⑦岂逐：一作“未必”。逐：随着。此句比喻南逃的民众不能像雁一样随着春天的到来而返回北方故乡。⑧莫厌：一作“好是”。潇湘：见钱起七绝《归雁》注。⑨菰（gū）米：一种水生植物，茎为茭白，果实为菰米，一称“雕胡米”，可作蔬菜食用。莓（méi）：蔷薇科植物，果实很小，雁所喜食。

【赏析】

这首咏物诗写于武宗会昌二年（公元842年）八月，当时回纥大举入侵，人民流离失所。诗人借雁比人，寄托对人民的关切和对统治者的谴责。首联写群雁惊飞的原因，颔联写孤雁离散凄惶的惨状；颈联写雁的流离失所，欲归不能；尾联发出对雁的劝慰，不妨就在南方暂时安居下来，蕴藉深厚，体贴备至。全诗采用比兴象征，表面上写雁，实际上写人，是别开生面之作。

苏 武 庙[1]

温庭筠

苏武魂销汉使前[2]　古祠高树两茫然[3]
云边雁断胡天月[4]　陇上羊归塞草烟
回日楼台非甲帐[5]　去时冠剑是丁年[6]
茂陵不见封侯印[7]　空向秋波哭逝川[8]

——全唐诗卷 582

【注释】

①苏武：《汉书·苏武传》载，苏武，字子卿，杜陵（见温庭筠五律《商山早行》注）人。汉武帝天汉元年（公元前100年）出使匈奴时被扣，坚贞不屈，持节（汉使标志）牧羊十九年。茹毛饮血，历尽艰辛。汉昭帝始元六年（公元前81年），匈奴西汉和好，苏武被释放回国，官至典属国。汉宣帝时，赐爵关内侯。②魂销：激动得失去神态。③古祠：指苏武庙。④云边雁断：一作“云边雁落”，明写苏武地处天边，鸿雁不到，音信全无，实则隐含雁足传书故事，见王湾五律《次北固山下》注。⑤回日：苏武回国之日。甲帐：汉武帝以琉璃、珠玉等珍宝为甲帐，次为乙帐。此句意为武帝已死，楼台非旧。⑥冠剑：一作“冠盖”。古时男子二十弱冠，仗剑远游。丁年：成丁的年龄。西汉李陵《答苏武书》“丁年奉使，皓首而归”。⑦茂陵：汉武帝陵墓，借指汉武帝。⑧秋波：秋天的流水。哭逝川：哀叹时光像流水一样逝去。《论语·子罕》“子在川上曰，逝者如斯夫，不舍昼夜。”

【赏析】

苏武是历史上著名的坚持民族气节的英雄人物。这首咏史诗表达了对苏武的景仰，也为苏武未受重封而鸣不平。诗的首句写苏武见到汉使时的激动，次句由人到庙，描绘眼前景物；颔联写苏武望雁思归和荒塞牧羊的两个生活侧面，是苏武十九年孤寂生活的缩影；颈联写苏武回国所见和对往昔的回忆，流露出物是人非的感慨；尾联写苏武对汉武帝的追悼，表达了苏武融忠君与爱国为一体的思想感情。全诗描写细致，用词准确，感情丰富，联想自然。

过陈琳墓[①]

温庭筠

曾于青史见遗文[②]　今日飘蓬过此坟[③]
词客有灵应识我[④]　霸才无主始怜君[⑤]
石麟埋没藏春草[⑥]　铜雀荒凉对暮云[⑦]
莫怪临风倍惆怅　欲将书剑学从军[⑧]

——全唐诗卷 578

【注释】

①陈琳：字孔璋，广陵人，“建安七子”之一。曾为袁绍幕僚，后归附曹操，管记室，军国书檄，多出其手。陈琳墓在今江苏邳（pī）县。②青史：即史册，此处指《三国志·魏志·王粲（càn）传》附《陈琳传》。遗文：陈琳诗文。③飘蓬：一作“飘零”。此坟：一作“古坟”。④词客：指陈琳。应：应该，这里反映了作者的自负。⑤霸才：辅佐别人成霸业之才。无主：不为人主所用，此处是作者自指。始：一作“亦”。君：指陈琳。陈琳在袁绍处时，曾为之写檄文讨伐曹操，将曹的父、祖三代都骂了。曹操不计前嫌，仍给予重用。故作者非常羡慕。⑥石麟：石刻麒麟，墓前陈列品。春草：一作“秋草”、“青草”。⑦铜雀：台名。见杜牧七绝《赤壁》注。⑧将：拿着、带着。

【赏析】

这首凭吊诗反映了作者吊古伤今、怀才不遇的思想感情。首联写对陈琳的仰慕，对比自己的不幸际遇；颔联写作者生不逢时而寄托于前贤的深沉感慨；颈联写陈琳墓的荒凉，暗喻重才时代的消逝；尾联虽有奋起之念，但信心不足，情绪低沉。全诗对比强烈，文采斐然，有杜甫诗歌遗风。

利州南渡[1]

温庭筠

淡然空水对斜晖[2]　曲岛苍茫接翠微[3]
坡上马嘶看棹去[4]　柳边人歇待船归
数丛沙草群鸥散　万顷江田一鹭飞
谁解乘舟寻范蠡[5]　五湖烟水独忘机[6]

——全唐诗卷 578

【注释】

①利州：州治今四川广元市。②淡然：水波流动的样子。对：一作“带”。斜晖：夕阳。③翠微：青绿的山色，也泛指青山。④坡上：一作“波上”、“陂上”，即水边。看棹（zhào）去：看渡船离去。⑤范蠡（lǐ）：与下句的“五湖”均见杜牧七律《题宣州开元寺水阁》注。⑥机：心机，指范蠡隐退的用心。

【赏析】

这是首景色诗。首联勾勒出一幅夕阳斜照、水波荡漾、岛屿苍茫、青山翠绿的夏天傍晚景色；颔联写待渡人悠闲自在的神态；颈联写群鸥和白鹭自由飞翔；尾联反映诗人欲效法范蠡隐居田园的心境。全诗写景远近交替，动静结合，恬淡自然，充满生气。

锦　瑟

李商隐

锦瑟无端五十弦[1]　一弦一柱思华年[2]
庄生晓梦迷蝴蝶[3]　望帝春心托杜鹃[4]

沧海月明珠有泪⑤　蓝田日暖玉生烟⑥
此情可待成追忆⑦　只是当时已惘然⑧

——全唐诗卷 539

【注释】

①锦瑟：装饰精美、绘文如锦的瑟。瑟是古代一种弦乐器。五十弦：见钱起七绝《归雁》注。②柱：调整瑟的音调高低的支柱，可以前后移动。华年：即年华。③庄生晓梦：庄生即庄周，战国时哲学家。他在《庄子·南华真经内篇·齐物论》中说，自己在梦中变为蝴蝶，梦醒后依然是庄周，因而感到迷惑。此句暗示诗人的政治生涯就像一场梦幻。④望帝春心：据《成都记》载，古蜀国国王杜宇号望帝，禅位给宰相开明，隐于西山，死后魂魄化为子规鸟，即杜鹃。春心：伤春情思。此句暗示诗人的政治抱负不能施展。⑤珠有泪：《博物志》卷二异人载，南海有鲛人，水居如鱼，泪落为珠。此句意为自己才华有如明珠，却被遗落在碧海之中。⑥蓝田：即蓝田山，在今陕西蓝田县，因山产玉，又名玉山，蓝田因而出名。玉生烟：在阳光照耀下，玉山升起一片烟云。此句比喻自己虽沉沦不遇，但文章诗词却熠熠生辉。⑦此情：指以上理想破灭的悲伤之情。可待：岂待，那待。⑧惘然：怅惘、失意。

【赏析】

这首题为《锦瑟》的诗其实是一首无题诗，为李商隐的代表作，大概写于作者晚年。它以其华丽典雅的风格，优美动人的形象，传达出真挚的感情，吸引人们不断去索解，因而历来众说纷纭。其中以“自伤”说居多，认为是诗人自己人生悲剧的总结。诗的首联以锦瑟起兴，勾起对往昔的痛苦回忆，为全诗定下感伤基调；中间两联借用典故哀叹自己政治经历和生活遭遇的极度失意，诗人用形象的笔触描绘了四幅美好的意象，然而都幻灭了，令人惋惜和同情；尾联抒发抚今追昔、心潮难平的怅惘情怀，使全诗笼罩上一层朦胧而凄幻的色彩。这首诗和其他无题诗一样，音调和谐婉转，对仗工整，用字严谨，形象动人，成为令人反复吟咏的优美抒情诗。

无　题[1]

李商隐

昨夜星辰昨夜风[2]　画楼西畔桂堂东[3]
身无彩凤双飞翼　心有灵犀一点通[4]
隔座送钩春酒暖[5]　分曹射覆蜡灯红[6]
嗟余听鼓应官去[7]　走马兰台类转蓬[8]

——全唐诗卷 539

【注释】

①诗题原为《无题二首》，这是第一首。李商隐写了好几组无题诗，包括截取首句头二字为题的诗。作者对所写内容有所忌讳，不愿或不便标题，故自称《无题》。②星辰：指牵牛、织女星。见刘禹锡七绝《浪淘沙》注。一说泛指星星。③画楼：彩画装饰的楼。桂堂：汉代未央宫渐台西有桂宫，此是借用，指华丽的厅堂。④灵犀：一称“通天犀”。传说犀牛是灵异的兽，角中有白纹如线，直通大脑，感应灵敏，故称。⑤送钩：古时酒宴上一种游戏。据说汉武帝妃子钩弋（yì）夫人，少时手拳曲不能伸，武帝分开她的手，得玉钩一只，夫人手才分开。于是后人仿效，以藏玉钩为游戏令人猜，不中者罚酒。⑥分曹：分组。屈原（一作宋玉）《招魂》“分曹并进”。射覆：古代游戏，把物件覆盖起来让人猜。蜡灯：以蜡烛为灯。⑦嗟（jiē）：叹词。鼓：更鼓。应官：赶到衙署候差听点。⑧兰台：高宗龙朔初年，改秘书省为兰台。转：一作“断”。

【赏析】

这首诗的写作时间，一说为文宗开成四年（公元839年），一说为武宗会昌二年（公元842年），其时李商隐在秘书省任职。关于这首诗的内容，一般认为是爱情诗。首联写追忆，是由今宵情景引发出来；颔联是比喻，表示双方心心相印，一往情深；颈联看似写宴会热烈场面，实则流露出不能和意中人相会的寂寞和痛苦；尾联抒发自己爱情失意和身世飘蓬的感叹。全诗注重心理刻画，蕴含颇深。三、四句比喻贴切，形象传神，是历来人们大加赞赏、广为引用的描写爱情的名句。

无　题

李商隐

相见时难别亦难①　东风无力百花残②
春蚕到死丝方尽③　蜡炬成灰泪始干④
晓镜但愁云鬓改⑤　夜吟应觉月光寒⑥
蓬山此去无多路　青鸟殷勤为探看⑦

——全唐诗卷 539

【注释】

①难：第一个“难”字指困难，第二个“难”字指难受。②东风无力：指暮春季节。③丝：与“思”谐音。④蜡炬：蜡烛。泪：蜡烛燃烧流下的油脂。⑤晓镜：早起对镜梳妆。云鬓改：头发由黑变白，借指年华已逝。⑥应觉：一作“更觉”。月光寒：指夜深。⑦青鸟：神话中为西王母传递信息的仙鸟，后来代指信使，故又称绿衣使者。典出《汉武故事》和《山海经·西山经》。

【赏析】

这首诗是李商隐的力作，大约写于宣宗大中三年（公元849年）。就其内容而言，一说是政治诗（送别遭贬的友人），一说是爱情诗（送别心爱的人）。首联写临别相思之苦，“东风无力”意味着分别无可挽回；颔联用比喻，表明永远相思、至死方休的深厚情谊，这两句已成为人们赞扬爱情或奉献精神的千古绝唱；颈联想象对方的相思之苦，将相互情谊推进一步；尾联表明互通音信的愿望。全诗构思巧妙，比喻生动，笔触工细，意境优美，为人们所广泛传诵。

无　题[1]

李商隐

来是空言去绝踪　月斜楼上五更钟
梦为远别啼难唤　书被催成墨未浓[2]
蜡照半笼金翡翠[3]　麝薰微度绣芙蓉[4]
刘郎已恨蓬山远[5]　更隔蓬山一万重

——全唐诗卷 539

【注释】

①诗题原作《无题四首》，这是第一首。②墨未浓：墨迹未干。③半笼：指烛光所照射的范围。金翡翠：镶有翡翠鸟图案的金色屏风。④麝薰：麝香的香味。微度：逐渐散发开来。绣芙蓉：绣有芙蓉图案的帷帐。一说指灯罩。⑤刘郎：指汉武帝刘彻。据传汉武帝东巡海上，派人寻找蓬莱山的仙人，没有找到，恨蓬山太遥远。

【赏析】

与上一首诗比较，这首诗写得更悲哀一些，写作时间也可能更晚一些。全诗以梦为线索展开。首联写梦醒，叹息心爱的人没有按时归来相聚，诺言变成空言，一片失望；颔联写梦境，短暂欢聚，急于倾诉衷肠；颈联写梦幻，室内环境恍如幻觉；尾联写梦后，蓬山阻隔，相会无望。在诗中，感情不断变化，喜悦与悲哀、希望与失意交替出现，梦幻与现实融为一体，具有荡气回肠的艺术感染力。

筹　笔　驿[1]

李商隐

猿鸟犹疑畏简书[2]　风云长为护储胥[3]

徒令上将挥神笔[④]　终见降王走传车[⑤]
管乐有才真不忝[⑥]　关张无命欲何如[⑦]
他年锦里经祠庙[⑧]　梁父吟成恨有余[⑨]

——全唐诗卷 539

【注释】

①筹笔驿：又名"朝天驿"，驿站名，故址在今四川广元市北。相传三国时诸葛亮出师伐魏，曾在此筹划军事，挥笔书写公文，故名。②猿鸟：一作"鱼鸟"。犹疑：仍然像。简书：天子策命。《诗经·小雅·出车》："王事多难，不遑(huáng)启居。岂不怀归，畏此简书。"此处代指诸葛亮军事文书。③长：一作"常"。储胥：军营藩篱。④徒令(līn)：徒然使得，即辜负了诸葛亮的苦心筹划。上将：即主帅，指诸葛亮。挥神笔：挥笔书写军事文书和军事计划。"神"字形容其指挥若定和策划如神。⑤降王：刘备的儿子蜀汉后主刘禅。魏元帝(陈留王)曹奂景元四年(公元263年)，魏将邓艾兵临成都，刘禅自缚出降，被带至洛阳，也途经筹笔驿。传(zhuàn)车：驿站专备供官差替换用车，此处指押送刘禅的囚车。⑥管乐：管即管仲，春秋时齐国相国，曾辅佐齐桓公成为五霸之首，九合诸侯，一匡天下。乐即乐毅，战国时燕国名将，曾为燕昭王下齐七十余城。事见《史记·管晏列传》和《史记·乐毅列传》。诸葛亮在隆中隐居时，曾自比管乐。真：一作"终"、"原"、"元"。不忝(tiǎn)：不愧，无愧。⑦关张：指蜀汉大将关羽、张飞。无命：没有寿数，死得太早。东汉献帝建安二十四年(公元219年)，东吴吕蒙袭取荆州，关羽被杀。蜀汉章武元年(公元221年)，张飞急欲为关羽报仇，为部将范疆、张达所杀。事见《三国志·关羽传》和《三国志·张飞传》。关、张之死，破坏了诸葛亮的统一战略，也造成诸葛亮独力支撑的困难局面。欲何如：一作"复何如"，即又有什么办法。⑧他年：往年。锦里：在今成都市南，有诸葛武侯祠。李商隐曾于宣宗大中五年(公元851年)谒成都武侯祠，并作《武侯庙古柏》诗。⑨梁父吟：见杜甫七律《登楼》注。恨有余：指诸葛亮的政治抱负没有得到实现而遗憾终生。

【赏析】

这首咏史诗约写于宣宗大中九年(公元855年)冬诗人随东川(今

四川三台县）节度使柳仲郢还长安途中。诗中极赞诸葛亮的政治、军事才能，并为其未能实现统一中原的政治抱负而深感惋惜。首联极赞诸葛亮治军的威严、整肃，颔联写蜀汉灭亡的惨痛结局，颈联探讨造成这一结局的原因，尾联表示诗人的慨叹，“恨”则是全诗的基调和落脚点。全诗对比强烈，曲折有致，沉郁顿挫，发人深思。

隋　宫[①]

李商隐

紫泉宫殿锁烟霞[②]　欲取芜城作帝家[③]
玉玺不缘归日角[④]　锦帆应是到天涯[⑤]
于今腐草无萤火[⑥]　终古垂杨有暮鸦[⑦]
地下若逢陈后主[⑧]　岂宜重问后庭花[⑨]

——全唐诗卷 539

【注释】

①隋宫：隋炀帝杨广在扬州建造的行宫。诗题一作《隋堤》，共二首，这是第一首。②紫泉：即紫渊（唐人为避唐高祖李渊讳，改“渊”为“泉”），水名，在长安北。司马相如《上林赋》有“丹水更其南，紫渊径其北”句。此处代指长安。锁烟霞：被锁于烟云中，比喻长安的皇宫被锁禁不用。③芜城：隋时江都，旧名广陵，今江苏扬州市。南朝刘宋时期，该城在十二年内两遭战火，一片荒芜，南朝刘宋诗人鲍照曾为此写《芜城赋》。作帝家：作为京都。④玉玺：（xǐ）：皇帝的玉印，此处代指政权。日角：额角隆起如日，古代迷信认为是帝王之相，此处指唐高祖李渊，典出《旧唐书·唐佥（qiān）传》。⑤锦帆：指杨广船队。其船帆都用锦缎制成，参见皮日休七绝《汴河怀古》注。这两句的意思是：如果不是因为玉玺落到李渊手中，杨广的船队应该飘到天边了吧。⑥腐草：古人以为萤火虫是腐草所化。无萤火：《隋书·炀帝纪》载，上于景华宫征求萤火，得数斛，夜出游山，放之，光遍岩谷，以此取乐。这里是用夸张手法，说杨广已经把萤火虫搜求光了。⑦终古：自古以来。

垂杨：杨广命人在通济渠两岸种柳护堤，一千三百余里，后人称为隋堤。此句意为隋堤长存，而隋朝已灭亡。⑧地下：九泉之下，即死后。陈后主：南陈末代皇帝陈叔宝，荒淫误国，为隋所灭。⑨重问：一作“重唱”。重问后庭花：据唐·颜师古《隋遗录》记载，杨广曾梦见陈后主及其宠妃张丽华，并请张舞一曲《玉树后庭花》。《后庭花》：见杜牧七绝《泊秦淮》注。

【赏析】

这首咏史诗写于宣宗大中十一年（公元857年）。诗人借讽刺隋炀帝，对当朝统治者含蓄地提出了警告。首联写隋炀帝一味出巡游乐，劳民伤财，最终导致亡国；颔联通过推想，写出其穷奢极欲和冥顽不化；颈联用夸张和对比，写出其亡国的惨状；尾联借用典故，指出隋炀帝是重蹈了陈后主的覆辙。全诗对比强烈，讽刺辛辣，用笔巧妙，出人意料。

马　嵬①

李商隐

海外徒闻更九州②　他生未卜此生休③
空闻虎旅鸣宵柝④　无复鸡人报晓筹⑤
此日六军同驻马⑥　当时七夕笑牵牛⑦
如何四纪为天子⑧　不及卢家有莫愁⑨

——全唐诗卷539

【注释】

①诗题共二首，这是第二首。马嵬（wéi）：马嵬坡，在今陕西兴平县。《旧唐书·杨贵妃传》载，天宝十五年（公元756年）安史之乱时，唐明皇带杨贵妃、杨国忠向四川逃跑。行至马嵬驿时，禁军发生兵变，杀死杨国忠，并迫使唐明皇将杨贵妃缢死。②更九州：原注：邹衍云，九州之外，复有九州。典出《史记·邹衍传》。传说杨贵妃其实没有死，到海外成了神仙。“徒闻”对此作了否定。③未卜：一作“未决”，即不知道、不能决定。白居易《长

恨歌》中有:“七月七日长生殿,夜半无人私语时。在天愿作比翼鸟,在地愿为连理枝。”此句意为唐明皇、杨贵妃“来世”能否成为夫妻不能确定,而此生的夫妻关系已经完结。④虎旅:同下句的“六军”,都指唐明皇的禁卫军。“六军”典出《周礼·夏官司马》“王六军,大国三军,次国二军,小国一军”。后以“六军”代指朝廷军队。鸣:一作“传”。柝(tuò):军队巡夜敲打的梆子。⑤鸡人报晓筹:见王维七律《和贾舍人早朝》注。⑥此日:指缢死杨贵妃那天(天宝十五年六月十四日)。同驻马:指禁军兵变。⑦当时:一作“他时”。笑牵牛:指唐明皇与杨贵妃于天宝十年(公元751年)七月七日长生殿私约事,他们讥笑牛郎、织女只能一年一会,不及他们朝夕相处幸福。⑧四纪:古时以十二年为一纪。唐明皇在位四十五年(公元712—756年),将近四纪。⑨莫愁:见沈佺期七律《古意》注。

【赏析】

这是首有独创性的咏史佳作。全诗用倒叙手法。首联从杨贵妃死后传闻写起,批判了唐明皇的幻想;颔联写唐明皇的凄凉境况,为下联作伏笔;颈联叙述马嵬悲剧的经过,揭露了唐明皇的无能和自私;尾联提出诘问,是对前六句的总结,既有同情,又有嘲笑,并且暗示出马嵬悲剧的实际制造者是唐明皇本人。在同一题材诗歌中,这种认识是前所未有的。

哭李商隐①

崔 珏

虚负凌云万丈才② 一生襟抱未曾开③
鸟啼花落人何在 竹死桐枯凤不来④
良马足因无主踠⑤ 旧交心为绝弦哀⑥
九泉莫叹三光隔⑦ 又送文星入夜台⑧

——全唐诗卷 591

【注释】

①诗题共二首,这是第二首。②虚负:辜负、冷落,指李商隐怀才不遇。③襟抱:胸襟、抱负。未曾开:一作“未尝开”,没有得到施展。④这两句借用李商隐的诗比喻李已死去。李曾作《流莺诗》:“曾苦伤春不忍听,凤城何处有花枝?”李还自比《庄子·南华真经外篇·秋水》中所说:“非梧桐不止,非练实不食,非醴泉不饮”的凤鸟。⑤踠(wǎn):腿脚屈曲,行走困难。无主踠:因没有好的主人的精心照料而致使脚萎腿屈。⑥旧交:老朋友。绝弦哀:《吕氏春秋·孝行览·本味》载,春秋时俞伯牙弹琴,遇钟子期知音结为至交,钟死后俞痛失知音,破琴绝弦,终身不复鼓琴。⑦三光:日、月、星。⑧文星:文曲星,指才学极高的人。夜台:阴间、坟墓。

【赏析】

这首哀挽诗情辞并茂,在唐人的悼亡诗中属上乘之作,具有震撼人心的悲剧力量。首联概括李商隐的坎坷人生,盛赞李的盖世文才;颔联痛哭李的不幸逝世,惋惜诗坛之星的陨落;颈联揭露造成李的悲剧的社会原因,抒发对亡友的真挚情谊;尾联表示对李的亡灵的慰藉和作者的沉重哀思。全诗对比强烈,感情悲怆,对封建社会压抑人才的黑暗现实进行了无情的鞭挞。

长安秋望[1]

赵嘏

云物凄清拂曙流[2]　汉家宫阙动高秋[3]
残星几点雁横塞[4]　长笛一声人倚楼
紫艳半开篱菊静[5]　红衣落尽渚莲愁[6]
鲈鱼正美不归去[7]　空戴南冠学楚囚[8]

——全唐诗卷 549

【注释】

①诗题一作《长安秋夕》、《长安晚秋》。②云物：云雾。凄清：一作“凄凉”。③汉家宫阙：借指唐宫。动高秋：触动秋高气爽的天空。④几点：一作“几处”。横塞：横飞过关塞。⑤紫艳：艳丽的紫色（菊花）。⑥红衣句：指秋天荷花红色花瓣脱落，只留下枯荷败叶。⑦鲈鱼正美：《晋书·张翰传》载，西晋张翰在齐王司马冏（jiǒng）执政时，任大司马东曹掾，不想卷入政治斗争漩涡。因秋风起了，想起故乡鲈鱼味美，便弃官归去。不久，司马冏失败被杀，人称张能识时务，急流勇退。此句意为故乡之情和退隐之思。⑧空戴：一作“头戴”。南冠：见陈子昂五律《在狱咏蝉》注。

【赏析】

这首景色诗描写了晚秋的长安风光，流露出思归的心情。首联写全景，定下凄清的情调；颔联写仰望，残星、归雁、笛声，进一步展现了哀怨之情，这两句曾受到著名诗人杜牧的赞赏，“赵倚楼”之名由此而来；颈联写俯视，紫菊和残莲令人产生陶渊明“采菊东篱下”的联想，归隐之心油然而生；尾联直抒胸臆，表示回乡的决心。诗中景物的渲染和烘托、典故的运用都恰到好处，诗意深远，风格清新。

闻　笛[①]

佚　名

谁家吹笛画楼中　断续声随断续风
响遏行云横碧落[②]　清和冷月到帘栊[③]
兴来三弄有桓子[④]　赋就一篇怀马融[⑤]
曲罢不知人在否　余音嘹亮尚飘空

——千家诗七言卷下

【注释】

①此诗选自《千家诗》，作者不详。有的版本定作者为赵嘏（gǔ），但

《全唐诗》赵嘏集中无此诗。②响遏行云：此句和第八句的“余音嘹亮”均出自《列子·汤问篇》和《博物志》卷八史补。秦青曾“抚节悲歌，声震林木，响遏行云”。遏：阻止。歌声把天空飘动着的云彩都阻住了。韩娥唱歌离开后，“余响绕梁，三日不绝。左右以其人弗去”。碧落：道教把天的最高处称为碧落。③清和冷月：清越的笛音带着寒冷的月光。帘栊（lóng）：挂着帘子的窗户。④三弄：曲调反复三次。桓子：《晋书·桓伊传》载，东晋桓伊善音乐，尽一时之妙，为江左第一。一天过清溪，王徽之请桓吹笛，桓时已进号右军将军，且与王素不相识，但未推辞，下车踞胡床，为作三调而去，客、主不交一言。⑤马融：东汉著名教育家，前授生徒，后列女乐。著有《长笛赋》。

【赏析】

这首诗写月夜闻笛的感受。首联正面描写吹笛人的处所和笛声随风飘荡，为下联作铺垫；颔联赞美笛声的高亢和清越，用行云和冷月进行烘托；颈联产生联想，用两个典故说明吹笛人的高雅不俗；尾联写曲终而余音嘹亮，进一步赞美笛音的感人力量。全诗注重音乐形象的塑造和闻笛人的思维活动，是唐诗中描写音乐的佳作。

塞　下

秦韬玉

到处人皆着战袍　麾旗风紧马蹄劳①
黑山霜重弓添硬　青冢沙平月更高②
大野几重开雪岭③　长河无限旧云涛
凤林关外皆唐土⑤　何日陈兵戍不毛⑥

——全唐诗卷670

【注释】

①麾（huī）旗：军中用于指挥的旗。一作“席箕”。马蹄：一作“马燹（xiǎn，野火）”。劳：指战士往返奔驰。②黑山、青冢：见柳中庸七绝《征

人怨》注。③大野：广阔的原野。开：一作“闲”。④长河：指黄河。⑤凤林关：一作“风林关”，故址在今甘肃临夏县北。⑥不毛：五谷不生的地方，此处指凤林关外大片国土。此句一作“犹尚蒐（sōu）兵数似毛”。

【赏析】

唐朝后期，国力衰弱，外族入侵，边境人民饱受蹂躏。这首边塞诗反映了作者巩固边陲，恢复统一的爱国思想。前两联描写未来收复国土战争的壮烈场面，赞颂英勇作战、不畏艰险的将士；颈联为边境地区山河依旧、人事全非，感到痛心疾首；尾联发出尽快出兵的呼吁和感慨。全诗热情奔放，笔力雄健，给人以激励和鼓舞。但由于唐帝国的腐败无能，诗人所希望的恢复统一的战争终于没有出现，诗人的良好愿望终成泡影。

贫　女

秦韬玉

蓬门未识绮罗香①　拟托良媒益自伤②
谁爱风流高格调③　共怜时世俭梳妆④
敢将十指夸针巧⑤　不把双眉斗画长⑥
苦恨年年压金线⑦　为他人作嫁衣裳⑧

——全唐诗卷 670

【注释】

①蓬门：编蓬草为门，代指贫苦人家。绮罗：丝织品。②益：一作“亦”。此句意为贫女被社会瞧不起，不易嫁出去。托人说媒，愈加伤心。③风流：此处指风采举止。高格调：美好的品格。④共怜：共同感叹。俭梳妆：俭朴的梳妆打扮。一说“俭妆”为唐时妇女的时髦发式，“俭梳妆”即“梳俭妆”。⑤敢：敢于。针：女工针线活。针巧：一作“纤巧”、“偏巧”。⑥不把：一作“懒把”。斗画长：不与人比美争名。一说唐时妇女以画长眉

为美。“斗画长”即比赛谁的眉毛画得更好。一作“斗短长”。⑦苦恨：一作“最恨”、“每恨”。压：一种刺绣方法。⑧此句比喻为别人效力。

【赏析】

这是诗人拟托的贫女自白诗。首联写贫女的处境和自伤，颔联写贫女的内在品质和外在服饰，颈联赞颂贫女的才华和不同流俗的节操，尾联是对贫女辛酸命运的哀叹。全诗成功地塑造了一位贫女的形象，揭露了当时不合理的社会现象，寄托了一般贫士地位低下、怀才不遇的感慨。全诗语言双关，蕴含丰富，人物形象鲜明动人。结尾两句，更成为千古佳句。

山中寡妇①

杜荀鹤

夫因兵死守蓬茅②
麻苎裙衫鬓发焦③
桑柘废来犹纳税④
田园荒后尚征苗⑤
时挑野菜和根煮
旋斫生柴带叶烧⑥
任是深山更深处
也应无计避征徭⑦

——全唐诗卷692

【注释】

①诗题一作《时世行》。②兵死：一作“兵乱”。③苎(zhù)：麻的一种，可织粗麻布。裙衫：一作“衣衫”、“衣冠”，不妥。今从《诗林广记》本。④柘(zhè)：见王驾七绝《社日》注。废来：一作“废尽”。税：此处指丝税。⑤荒后：一作“荒尽”。征苗：征收田赋，即农业税。⑥旋：随即、临时。斫(zhuó)：砍。⑦也应(yīng)：也该。应：料想。征徭：一作“兵徭”，赋税和劳役。

【赏析】

这是首广为传颂的现实主义诗篇。诗人通过山中寡妇这一典型形象的刻画，反映了唐末广大人民的苦难和尖锐的社会矛盾。首联从兵荒马乱的时代着笔，概括写出这位农妇的不幸遭遇，描绘其面容憔悴、裙衫破旧的贫困形象；颔联写官府强行征税，揭露其手段的残忍，完全不顾人民死活；颈联写农妇难以想象的苦难生活，寄寓作者的极大同情；尾联写农民难以逃脱的赋税，控诉了统治阶级无孔不入的残酷剥削。全诗语言通俗自然，富有浓厚的感情色彩。

附录一：作者简介（共112人）

虞世南　（558—638）　字伯施，越州余姚（今属浙江）人。历仕隋、唐两朝，官至秘书监，封永兴县子。编有《北唐诗钞》160卷。《全唐诗》卷36存诗1卷。

王　绩　（585—644，一作584—644）　隋代学者文中子王通之弟，字无功，绛州龙门（今山西河津县）人。历仕隋、唐两朝，后弃官还乡。有《东皋子集》。《全唐诗》卷37存诗1卷。

唐太宗　（599—649）　即李世民，唐高祖李渊次子。隋末劝其父起兵反隋，李渊称帝时，封秦王。高祖武德九年（626）发动玄武门之变，得为太子，继承帝位。在位期间，社会经济有所恢复，史称"贞观之治"。《全唐诗》卷1存诗1卷。

骆宾王　（约640—684）　婺州义乌（今属浙江）人。幼时聪慧，七岁写《咏鹅》诗。曾任临海（今属浙江）丞。武后光宅元年（公元684年）随徐敬业起兵反对武后，起草《讨武氏檄》。兵败后下落不明，或说被杀，或说为僧。为"初唐四杰"之一。有《骆宾王集》。《全唐诗》卷77~卷79存诗3卷。

李　峤　（644—713）　字巨山，赵州赞皇（今属河北）人。高宗麟德元年（公元664年）进士，时年二十一岁。历仕高宗、武后、中宗、玄宗四朝，官至中书令。与杜审言、苏味道、崔融齐名，称“文章四友”。有《李峤集》。《全唐诗》卷57～卷61存诗5卷。

杜审言 （约645—约708） 杜甫祖父，字必简，祖籍襄阳（今湖北襄樊市），迁居洛州巩县（今属河南）。高宗咸亨元年（公元670年）进士，时年约二十六岁，官洛阳（今属河南）丞。中宗时被流放峰州（今越南社会主义共和国河西省西北），后回京授国子监主簿、修文馆直学士。有《杜审言集》。《全唐诗》卷62存诗1卷。

苏味道 （648—705） 赵州栾城（今属河北）人。高宗乾封（666—668）年间进士。曾官居相位，后贬为眉州（今四川眉山县）刺史。《全唐诗》卷65存诗1卷。

王　勃 （650—676，一作648—675） 字子安，绛州龙门人，王通之孙。高宗乾封元年（公元666年）应举及第，授朝散郎，时年十七岁。曾任虢州（今河南灵宝县）参军。后往海南探父，溺水受惊而死。与杨炯、卢照邻、骆宾王以文采齐名，并称“王杨卢骆”，亦即“初唐四杰”。其文以《滕王阁序》较有名。有《王子安集》。《全唐诗》卷55～卷56存诗2卷。

杨　炯 （650—693后） 华阴（今属陕西）人。高宗显庆四年（公元659年）举神童，时年十岁。高宗上元三年（公元676年）应制举及第，授校书郎。后官梓州（今四川三台县）司法参军、盈川（今浙江衢县）令。为“初唐四杰”之一。有《盈川集》。《全唐诗》卷50存诗1卷。

宋之问 （约656—712） 一名少连，字延清，汾州（今山西汾阳县）人，一说虢州弘农（今河南灵宝县）人。上元二年（公元675年）进士，时年约二十岁。官至考功员外郎。曾先后谄事张易之和太平公主，睿宗时贬钦州（今属广西），玄宗时赐死。与沈佺期齐名，号称“沈宋”。有《宋之问集》。《全唐诗》卷51～卷53存诗3卷。

沈佺期　（约656—713）　字云卿，相州内黄（今属河南）人。上元二年进士，与宋之问同榜，时年约二十岁。官至太子少詹事。曾因贪污及谄附张易之，被流放驩（huān）州（今越南社会主义共和国荣市）。与宋之问齐名，号称“沈宋”。有《沈佺期集》。《全唐诗》卷95～卷97存诗3卷。

贺知章　（659—744）　字季真，越州永兴（今浙江萧山市）人。武则天证圣元年进士，时年三十七岁。官至秘书监，后还乡为道士。与李白友善。《全唐诗》卷112存诗1卷。

陈子昂　（661—702，一作659—700）　字伯玉，梓州射洪（今属四川）人。睿宗文明元年（公元684年）进士，时年二十四岁。一说高宗开耀二年（公元682年）进士，则时年二十二岁。官至右拾遗，后解职还乡，为县令段简诬陷入狱，忧愤而死。陈是唐代诗歌革新的先驱。有《陈伯玉集》。《全唐诗》卷83～卷84存诗2卷。

苏　颋　（tǐng，670—727）　字廷硕，京兆武功（今属陕西）人。弱冠举进士，玄宗时位居相位，袭封许国公。朝廷重要文件多出其手，与张说并称为“燕许大手笔”。有《苏廷硕集》。《全唐诗》卷73～卷74存诗2卷。

张九龄　（673—740，一作678—740）　字子寿，一字博物，韶州曲江（今属广东）人。武则天长安二年（公元702年）进士，时年三十岁或二十五岁。玄宗时官至中书侍同中书门下平章事，后为李林甫所谮，罢相。有《曲江集》、《千秋金鉴录》。《全唐诗》卷47～卷49存诗3卷。

王　翰　即王澣，字子羽，晋阳（今山西太原市）人。睿宗景云元年（公元710年）进士。官汝州（今河南临汝县）长史、改仙州（州治今河南叶县）别驾，后贬道州（今湖南道县）司马，随卒。《全唐诗》卷156存诗1卷。

王　湾　洛阳人，玄宗开元元年（公元713年）进士，一说为玄宗先天年间（712—713）进士。官荥阳（今属河南）主簿、洛阳尉。《全唐诗》卷115存诗10首。

王之涣　（688—742）　字季陵，晋阳人，后迁居绛州（今山西新绛县）。官衡水（今属河北）主簿、文安（今属河北）尉。其诗多被当时乐工制曲歌唱，名动一时。常与高适、王昌龄等相唱和，皆以描写边疆风光著称。传世之作仅6首，见《全唐诗》卷253。

孟浩然　（689—约740，一作691—约740）　襄阳人，早年隐居鹿门山，年四十游长安，应进士不第，后为荆州（今属湖北）从事，以“白衣卒”。与王维齐名，世称“王孟”。有《孟浩然集》。《全唐诗》卷159～卷160存诗2卷。

李　颀　（690—751）　祖籍赵郡（今河北赵县），家在嵩阳（今河南登封县）。开元二十三年（公元735年）进士，时年四十六岁；一说开元十三年（公元725年）进士，则年三十六岁。曾任新乡（今属河南）尉。有《李颀诗集》。《全唐诗》卷132～卷134存诗3卷。

孙　逖　（696?—761）　博州（今山东聊城县）人，一说为巩县人。开元十年（公元722年）进士，年约二十七岁。官至中书舍人，仕终刑部侍郎。《全唐诗》卷118存诗1卷。

王昌龄　（约698—约756，一作698—757）　字少伯，京兆长安（今陕西西安市）人，一作太原人。开元十五年（公元727年）进士，时年约三十岁。任汜水（今河南荥阳县汜水镇）尉、江宁（今江苏南京市）丞，晚年贬龙标（今湖南黔阳县）尉。因世乱还乡，路经亳州（今属安徽），为刺史闾丘晓所杀。其诗擅长七绝，多写当时边塞军旅生活，气势雄浑，格调高昂，有“七绝圣手”、“诗家天子”之称。有《王昌龄集》。《全唐诗》卷140～卷143存诗4卷。

祖　咏　（699—约746）　洛阳人，后迁居汝水以北。开元十二年（公元724年）进士，时年二十六岁。与王维友善。有《祖咏集》。《全唐诗》卷131存诗1卷。

崔　颢　（?—754）　汴州（今河南开封市）人。开元十一年（公元723年）进士，官太仆寺丞、司勋员外郎。有《崔颢集》。《全唐诗》卷130存诗1卷。

王　维　（701—761，一作698—759）　字摩诘，原籍祁县（今属山西），其父迁居蒲州（今山西永济县西），遂为河东人。开元九年（公元721年）状元及第，时年二十一岁。累官至给事中。安禄山陷长安时曾受职，乱平后降为太子中允，后官至尚书右丞，故世称“王右丞”。晚年隐居蓝田（今属陕西）辋川。王通音乐、精绘画，北宋苏轼称其“诗中有画，画中有诗”。有《王右丞集》。《全唐诗》卷125～卷128存诗4卷。

李　白　（701—762）　唐大诗人，被誉为诗仙。字太白，号青莲居士。祖籍陇西成纪（今甘肃秦安县），隋末其先人流寓碎叶（唐时属安西都护府，今吉尔吉斯斯坦共和国北部托克马克附近），李即出生于此。五岁时随父迁居绵州昌隆（今四川江油市）青莲乡。少年即显露才华，吟诗作赋。二十五岁离川，长期在各地漫游。玄宗天宝初曾供奉翰林，不到三年即离开长安。天宝三年（公元744年），在洛阳与杜甫结识。安史之乱中，曾为永王李璘幕僚，因璘败牵累，流放夜郎（今贵州桐梓县），中途遇赦东还。晚年漂泊困苦，卒于当涂（今属安徽）。其诗风雄奇豪放，想象丰富，语言流转自然，音律和谐多变，是屈原以后积极浪漫主义的新高峰。有《李太白集》。《全唐诗》卷161～卷185存诗25卷。

高　适　（约702—765，一作706—765）　字达夫，一字仲武，渤海蓨（tiáo，今河北景县）人。少贫寒，潦倒失意，后客游河西，为哥舒翰掌书记。历任淮南（今江苏扬州市）、剑南西川（今四川成都市）节度使，终散骑常侍，封渤海县侯。与岑参齐名，并称“高岑”。有《高常侍集》。《全唐诗》卷211～卷214存诗4卷。

储光羲　（707—约760）　兖州（今属山东）人，一说润州（今江苏镇江市）人。开元十四年（公元726年）进士，时年二十岁。官监察御史。安禄山陷长安时曾受职，乱平后贬官，死于岭南。有《储光羲诗》。《全唐诗》卷136～卷139存诗4卷。

常　建　（708—765）　长安人，开元十五年（公元727年）进士，与王昌龄同榜，时年二十岁。曾任盱眙（今属江苏）尉。有《常建集》。《全唐诗》卷144存诗1卷。

刘长卿　（709—786?）　字文房，河间（今属河北）人。开元二十一年（公元733年）进士，时年二十五岁。曾任长洲（今属江苏吴县）尉，因事下狱，两遭贬谪，官终随州（今属湖北）刺史。其五律工于铸意，巧不伤雅，被誉为“五言长城”。有《刘随州集》。《全唐诗》卷147～卷151存诗5卷。

西鄙人　西方边地无名氏。《全唐诗》卷784存诗1首。

杜　甫　（712—770）　唐大诗人，被誉为诗圣。字子美，诗中自称少陵野老。其先代由襄阳迁居巩县。自幼好学，知识渊博，有政治抱负。开元后期，举进士不第，漫游各地。天宝三年（公元744年）在洛阳与李白相识。安史乱前，寓居长安十年，生活贫困。安禄山陷长安，逃至凤翔（今属陕西），谒见肃宗，官左拾遗。长安收复后，随肃宗还京，为华州（今陕西华县）司功参军，后弃官居秦州（今甘肃天水市）、同谷（今甘肃成县），又移家成都，筑草堂于浣花溪。一度在剑南节度使严武幕中任参谋，武表杜为检校工部员外郎，故世称“杜工部”。晚年携家出蜀，病死湘江途中。他的许多优秀作品，显示出唐代由盛而衰的历史过程，因被称为“诗史”。杜继承和发展了《诗经》以来的优良文学传统，成为我国古代诗歌的现实主义高峰，起着继往开来的重要作用。有《杜工部集》。《全唐诗》卷216～卷234存诗19卷。

皇甫冉　（714—767）　字茂政，丹阳（今属江苏）人。天宝十五年（公元756年）举进士第一，时年四十三岁，授无锡（今属江苏）尉，累迁右补阙。有《皇甫冉集》。《全唐诗》卷249～卷250存诗2卷。

岑　参　（约714—770，一作715—770）　南阳（今属河南）人。天宝三年（公元744年）进士，时年三十一岁或三十岁。随高仙芝在西北从军多年，官至嘉州（今四川乐山市）刺史，卒于成都。与高适齐名，并称“高岑”。有《岑嘉州诗集》。《全唐诗》卷198～卷201存诗4卷。

李　华　（约715—约774后）　字遐叔，赵州赞皇人。开元二十三年（公元735年）进士，时年约二十一岁。官监察御史、右补阙。安禄山陷长安时曾受职，乱平后贬官。后去官隐居山阳（今江苏淮安市），晚年信奉佛法。有《李遐叔文集》。《全唐诗》卷153存诗1卷。

张　谓　(?—777后)　字正言，河内（今河南沁阳县）人，天宝二年（公元743年）进士。官潭州（今湖南长沙市）刺史、礼部侍郎。《全唐诗》卷197存诗1卷。

张　旭　书法家，人称“草圣”，字伯高，吴郡（今江苏苏州市）人。官金吾长史。《全唐诗》卷117存诗6首。

刘方平　洛阳人，开元、天宝时在世。一生隐居不仕，与皇甫冉为诗友。《全唐诗》卷251存诗1卷。

张　继　字懿孙，襄州（今湖北襄樊市）人。天宝十二年（公元753年）进士，曾官盐铁判官、检校祠部员外郎。有《张祠部诗集》。《全唐诗》卷242存诗1卷。

韩　翃　字君平，南阳人。天宝十三年（公元754年）进士，官至中书舍人。唐代宗大历十才子之一。有《韩君平集》。《全唐诗》卷243～卷245存诗3卷。

钱　起　(722—约780)　字仲文，吴兴（今浙江湖州市）人。天宝十年（公元751年）举进士第一，时年三十岁。官考功郎中、翰林学士。大历十才子之一。有《钱考功集》。《全唐诗》卷236～卷239存诗4卷。

严　武　(726—765)　字季鹰，华阴人。初为太原府参军事，累任谏议大夫、剑南（今四川成都市）节度使，封郑国公，加检校吏部尚书。与杜甫关系甚笃。《全唐诗》卷261存诗6首。

戴叔伦　(732—789)　字幼公，润州金坛（今属江苏）人。曾任抚州（今属江西）刺史、容管（今广西北流县）经略使。晚年自请为道士。有《戴叔伦集》。《全唐诗》卷273～卷274存诗2卷。

韦应物 （737—792?） 长安人。先后任滁州（今属安徽）、江州（今江西九江市）、苏州（今属江苏）刺史，故称“韦江州”或“韦苏州”。有《韦苏州集》。《全唐诗》卷186～卷195存诗10卷。

卢 纶 （?—约800） 字允言，河中蒲（今山西永济县）人，李益内兄。大历十才子之一。官至检校户部郎中。有《卢纶集》。《全唐诗》卷276～卷280存诗5卷。

李 益 （748—约827） 字君虞，陇西姑臧（今甘肃武威市）人。大历四年（公元769年）进士，时年二十二岁，官至礼部尚书。有《李益集》。《全唐诗》卷282～卷283存诗2卷。

李 端 字正己，赵州（今河北赵县）人。大历五年（公元770年）进士，授秘书省校书郎，官终杭州（今属浙江）司马。大历十才子之一。有《李端诗集》。《全唐诗》卷284～卷286存诗3卷。

柳中庸 名淡，以字行，河东（今山西永济县）人，柳宗元之族叔。《全唐诗》卷257存诗13首。

刘 商 字子夏，彭城（今江苏徐州市）人。大历进士，官检校礼部郎中、汴州观察判官。能文善画。《全唐诗》卷303～卷304存诗2卷。

李 约 （751—801） 字存博，宰相李勉之子。官兵部员外郎。《全唐诗》卷309存诗10首。

孟 郊 （751—814） 字东野，湖州武康（今浙江德清县）人。少年时隐居嵩山，与韩愈交谊颇深。德宗贞元十二年

（公元796年）进士，时年四十六岁。任溧阳（今属江苏）尉。与贾岛齐名，有“郊寒岛瘦”之称。有《孟东野诗集》。《全唐诗》卷372~卷381存诗10卷。

陈　羽　**（753—?）**　江东人。贞元八年（公元792年）进士，与韩愈同榜，时年四十岁。官东宫卫佐。有《陈羽集》。《全唐诗》卷348存诗1卷。

胡令能　贞元、元和间人。早年曾为一工匠，人称“胡钉铰”。后隐居莆田（今属福建）。《全唐诗》卷727存诗4首。

刘皂贞　元间人，《全唐诗》卷472存诗5首。

杨巨源　字景山，河中（今山西永济县）人。贞元五年（公元789年）进士。官太常博士、礼部员外郎、凤翔府少尹、国子司业。《全唐诗》卷333存诗1卷。

令狐楚　**（765—836）**　字壳士，原籍敦煌（今属甘肃），迁宜州华原（今陕西耀县）。贞元七年（公元791年）进士，时年27岁。历仕德、顺、宪、穆、敬五朝，官至吏部尚书、诸镇节度使。《全唐诗》卷334存诗1卷。

张　籍　**（约767—约830，一作765—830）**　字文昌，原籍吴郡，少年侨寓和州乌江（今安徽和县）。贞元十五年（公元799年）进士，时年约三十三岁或三十五岁。历任太常寺太祝、水部员外郎、国子司业等职，故世称“张司业”或“张水部”。与王建齐名，世称“张王”。有《张司业集》。《全唐诗》卷382~卷386存诗5卷。

王　建　**（约767—约830）**　字仲初，颍川（今河南许昌市）

人。官陕州（今河南陕县）司马。与张籍齐名，世称“张王”。所作宫词百首，为人传诵。有《王司马集》。《全唐诗》卷297～卷302存诗6卷。

韩　愈　（768—824）　字退之，河南河阳（今河南孟县南）人。自谓郡望昌黎（今辽宁义县），世称韩昌黎。三岁而孤，由嫂抚养，刻苦自学。贞元八年（公元792年）进士，时年二十五岁。两次遭贬，后官至吏部侍郎，卒谥文，故称“韩文公”。与柳宗元同为古文运动的倡导者，被誉为唐宋八大家之首。有《昌黎先生集》。《全唐诗》卷336～卷345存诗10卷。

薛　涛　（约768—约834）　字洪度，长安人。幼时随父入蜀，后为乐妓。能诗，时称女校书。曾居浣花溪，创制深红小笺写诗，人称“薛涛笺”。有《薛涛诗》。《全唐诗》卷803存诗1卷。

金昌绪　余杭（今属浙江）人。《全唐诗》卷768存诗1首。

张仲素　（约769—819）　字绘之，河间人。贞元十四年（公元798年）进士，时年约三十岁。官翰林学士、中书舍人。《全唐诗》卷367存诗1卷。

刘禹锡　（772—842）　字梦得，洛阳人，一说彭城人，自言系出中山（今河北定州市）。贞元九年（公元793年）进士，时年二十二岁。后又登博学宏词科，授监察御史。因参与王叔文集团主张革新，失败后贬朗州（今湖南常德市）司马，迁连州（今广东连县）、夔州（今重庆市奉节县）、和州（今安徽和县）、苏州、汝州（今河南临汝县）、同州（今陕西大荔县）刺史。后以宰相裴度力荐，任太子宾客、加检校礼部尚书，世称“刘宾客”。与柳宗元交谊很深，人称“刘柳”。后与白居易唱和甚多，也并称“刘白”。其诗雄浑爽朗，节奏和谐响亮，有“诗豪”之称。有《刘梦得集》。《全唐诗》卷354～卷365存诗12卷。

白居易 （772—846） 唐大诗人。字乐天，晚年号香山居士。其先太原人，后迁居下邽（今陕西渭南市东北）。贞元十六年（公元800年）进士，时年二十九岁。三十二岁以拔萃登科，授秘书省校书郎，后贬江州司马。历任杭州、苏州刺史，官至刑部尚书。在文学上，积极倡导新乐府运动，强调继承《诗经》的传统和杜甫的创作精神。有《白氏长庆集》。《全唐诗》卷424～卷462存诗39卷。

李　绅 （772—846） 字公垂，无锡人。宪宗元和元年（公元806年）进士，时年三十五岁。曾因触怒权贵下狱。武宗时拜相，出为淮南节度使。与元稹、白居易交游甚密，为新乐府运动的参与者。《全唐诗》卷480～卷483存诗4卷。

柳宗元 （773—819） 字子厚，河东解（今山西运城县解州镇）人，世称柳河东。贞元九年（公元793年）进士，与刘禹锡同榜，时年二十一岁。授校书郎、调蓝田尉、升监察御史里行。因参与王叔文集团主张革新，失败后贬永州（今属湖南）司马，迁柳州（今属广西）刺史，卒于任所，人称“柳柳州”。与韩愈共倡导古文运动，同被列入唐宋八大家，并称“韩柳”。有《河东先生集》。《全唐诗》卷350～卷353存诗4卷。

元　稹 （779—831） 字微之，洛阳人。元和元年（公元806年）应制策第一，时年二十八岁。曾任监察御史。后遭贬斥，转而依附宦官，官至同中书门下平章事，以暴疾卒于武昌军（在今湖北武汉市武昌）节度使任所。与白居易友善，常相唱和，世称“元白”。为新乐府运动倡导者之一。有《元氏长庆集》。《全唐诗》卷396～卷423存诗28卷。

贾　岛　（779—843）　字阆仙，一作浪仙，幽州范阳人。初落拓为僧，名无本。后还俗，屡举进士不第。曾任长江（今四川蓬溪县）主簿，人称“贾长江”。有《长江集》。《全唐诗》卷571—574存诗4卷。

刘采春　淮甸（今江苏淮安、淮阴一带）人，一作越州（今浙江绍兴市）人。伶工周季崇妻，中唐著名歌妓。《全唐诗》卷802存诗6首。

雍裕之　贞元间诗人。《全唐诗》卷471存诗1卷。

殷尧藩　苏州嘉兴（苏州今属江苏，嘉兴今属浙江）人，元和九年（公元814年）进士，官永乐（今山西芮城县）令，仕终侍御史。有《殷尧藩诗》。《全唐诗》卷492存诗1卷。

李德裕　（787—850，一作787—849）　字文饶，赵郡人。宰相李吉甫之子，以荫补校书郎，历仕宪、穆、敬、文、武诸朝。“牛李党争”中李党首领。武宗时，自淮南节度使入相，进太尉，封卫国公。宣宗立，遭牛党打击，贬崖州（今海南琼山县）司户，卒于任所。有《会昌一品集》。《全唐诗》卷475存诗1卷。

李　贺　（790—816）　字长吉，福昌（今河南宜阳县西）人。唐皇室远支，家世早已没落，生活困顿。曾官奉礼郎。因避父讳，被迫不得应进士科考试，韩愈曾为之作《讳辩》。早岁即工诗，见知于韩愈等人，死时仅二十七岁。其诗受《楚辞》影响，具有积极浪漫主义精神。有《昌谷集》。《全唐诗》卷390～卷394存诗5卷。

崔　护　字殷功，博陵郡（今河北定州市）人。贞元十二年（公元796年）进士，官岭南（今广东广州市）节度使。《全唐诗》卷368存诗6首。

崔　郊　元和间秀才。《全唐诗》卷505仅存诗1首。

李　涉　自号清溪子，洛阳人。宪宗时，为太子通事舍人，后遭贬。文宗时，召为太学博士，复以事流放康州（今广东德庆县）。《全唐诗》卷477存诗1卷。

刘　叉　河朔人。性刚直，好任侠，家境贫苦。曾为韩愈门客，后游齐、鲁，不知所终。有《刘叉诗集》。《全唐诗》卷395存诗1卷。

张　祜　字承吉，清河（今属河北）人。初寓姑苏，后至长安，遭元稹排挤，遂至淮南。爱丹阳（今属江苏）曲阿地，隐居以终，卒于大中年间。有《张处士诗集》。《全唐诗》卷510～卷511存诗2卷。

朱庆余　越州人。敬宗宝历二年（公元826年）进士，官秘书省校书郎。有《朱庆余诗集》。《全唐诗》卷514～卷515存诗2卷。

许　浑　字用晦，一作仲晦，润州丹阳人。敬宗太和六年（公元832年）进士，官虞部员外郎，睦州（今福建建德县）、郢州（今湖北钟祥县）刺史。有《丁卯集》。《全唐诗》卷528～卷538存诗11卷。

杜　牧　**（803—约852）**　字牧之，京兆万年（今陕西长安县）人，宰相杜佑之孙。太和二年（公元828年）进士，时年二十六岁。曾为牛僧孺幕僚，历任监察御史，黄州（今属湖北）、池州（今安徽贵池县）、睦州、湖州（今属浙江）刺史，官终中书舍人。其诗在晚唐成就颇高。后人称杜甫为“老杜”，杜牧为“小杜”。有《樊川文集》。《全唐诗》卷520～卷527存诗8卷。

杜秋娘　见七绝《金缕衣》注释。

温庭筠　**（约812—866，一作812—870）**　原名岐，字飞卿，

太原人。仕途不得意，官至国子助教。有《温庭筠诗集》，《全唐诗》卷575～卷583存诗9卷

陈　陶　（约812—885前）　字嵩柏，鄱阳（今江西波阳县）人，一作岭南人，又作剑浦（今福建南平县）人。宣宗大中时游学长安，后隐居南昌西山。有《陈嵩柏诗集》。《全唐诗》卷745～卷746存诗2卷。

李商隐　（约813—约858）　字义山，号玉溪生，怀州河内（今河南沁阳县）人。文宗开成二年（公元837年）进士，时年约二十五岁。曾任县尉、秘书郎和东川节度使判官等职。因受牛李党争影响，遭人排挤，潦倒终生。李与温庭筠以诗文齐名，时号“温李”；又与杜牧同为晚唐著名诗人，人称“小李杜”。其诗风格独特，然用典太多，意旨隐晦。有《李义山诗集》。《全唐诗》卷539～卷541存诗3卷。

李群玉　（约813—约860）　字文山，澧州（今湖南澧县）人。宣宗朝，裴休为相，以诗论荐，授弘文馆校书郎。有《群玉集》。《全唐诗》卷568—570存诗3卷。

崔　珏　字梦之，宣宗大中年间（847—859）进士，任淇县（今属河南）令，官止侍御史。《全唐诗》卷591存诗1卷。

赵　嘏　字承佑，山阳人。武宗会昌四年（公元844年）进士。官渭南（今属陕西）尉。有《渭南集》。《全唐诗》卷549～卷550存诗2卷。

佚　名　见七律《闻笛》注释。

项　斯　字子迁，临海（今属浙江）人。会昌四年进士，任丹徒

(今江苏镇江市)尉，卒于任所。《全唐诗》卷554存诗1卷。

马　戴　字虞臣，会昌四年进士。在太原幕府中任掌书记，以直言获罪，贬龙阳(今湖南汉寿县)尉，得赦回京，官终太学博士。《全唐诗》卷555～卷556存诗2卷。

宫人韩氏　见五绝《题红叶》注释。《全唐诗》卷797存诗1首。

陆龟蒙　(?—约881)　字鲁望，长洲(今属江苏吴县)人。曾任苏、湖二郡从事，后隐居松江甫里(即吴县)，自号江湖散人、甫里先生、天随子。与皮日休齐名，人称"皮陆"。有《甫里集》。《全唐诗》卷617～卷630存诗14卷。

皮日休　(约834—883)　字逸少，后改袭美，襄阳人。早年住鹿门山，自号鹿门子、间气布衣等。懿宗咸通八年(公元867年)进士，时年约三十四岁。曾任太常博士。后参加黄巢起义军，任翰林学士。死因有种种说法。诗文与陆龟蒙齐名，世称"皮陆"。有《皮子文薮》。《全唐诗》卷608～卷616存诗9卷。

黄　巢　(?—884)　唐末农民大起义领袖。曹州冤句(今山东菏泽市)人，私盐贩出身。僖宗乾符二年(公元875年)起义，王霸三年(公元880年)攻克洛阳，年底进入长安，即皇帝位，国号大齐，年号金统。金统四年(公元883年)，被唐军包围，撤出长安。公元884年，退至泰山狼虎谷(今山东莱芜市西南)，兵败自杀。《全唐诗》卷733存诗三首。

曹　松　字梦征，舒州(今安徽潜山县)人。早年栖居洪都西山，后往依建州(今福建建瓯县)刺史李频。昭宗光化四年(公元901年)进士，时年七十余岁，与另四名老人时号五老榜，授秘书省正字。

《全唐诗》卷716～卷717存诗2卷。

罗　隐　**(833—909)**　字昭谏，余杭人。一作新登（今浙江桐庐县）人。本名横，以十举进士不第，乃改名。僖宗光启中，入镇海军（今江苏镇江市）节度使钱镠幕，后迁节度判官、给事中等职。有《罗昭谏集》。《全唐诗》卷655～卷665存诗11卷。

韦　庄　**(约836—910)**　字端己，长安杜陵（今陕西长安县）人，韦应物四世孙。昭宗乾宁元年（公元894年）进士，时年约五十九岁。唐亡仕蜀，官至吏部侍郎同平章事。有《浣花集》。《全唐诗》卷695～卷700存诗6卷。

聂夷中　**(837—?)**　字坦之，河东（今山西永济县）人。咸通十二年（公元871年）进士，时年三十五岁。官华阴尉。《全唐诗》卷636存诗1卷。

张　乔　池州人。《全唐诗》卷638～卷639存诗2卷。

高　蟾　河朔人，乾符三年（公元876年）进士，官御史中丞。《全唐诗》卷668存诗1卷。

章　碣　钱塘（今浙江杭州市）人。乾符年间（公元874年—公元879年）进士。后到处流浪，不知所终。《全唐诗》卷669存诗1卷。

韩　偓　**(844—约914后)**　字致尧，一字致光，小字冬郎，自号玉山樵人。京兆万年人。李商隐是其姨父。昭宗龙纪元年（公元889年）进士，时年四十六岁。官翰林学士、中书舍人。后以不附朱温被贬斥。有《韩内翰别集》。《全唐诗》卷680～卷683存诗4卷。

秦韬玉 字中明，长安人。僖宗中和二年（公元882年）特敕赐进士及第。曾从僖宗至蜀，官工部侍郎。有《秦韬玉诗集》。《全唐诗》卷670存诗1卷。

杜荀鹤 （846—约907） 字彦之，号九华山人，池州石埭（今安徽石台县）人，相传为杜牧出妾之子。昭宗大顺二年（公元891年）进士，时年四十六岁。最后任梁太祖朱温的翰林学士，仅五日而卒。有《唐风集》。《全唐诗》卷691～卷693存诗3卷。

王 驾 字大用，河东人，自号"守素先生"，大顺元年（公元890年）进士，官礼部员外郎。《全唐诗》卷690存诗6首。

陈玉兰 王驾之妻。《全唐诗》卷799存诗1首。

郭绍兰 《全唐诗》卷799存诗4首。

张文姬 鲍参军妻。《全唐诗》卷799存诗4首。

崔道融 荆州人，曾作永嘉（今属浙江）令，官止右补阙。有《东浮集》。《全唐诗》卷714存诗1卷。

王周登 进士第，曾官巴蜀，系五代入宋者。《全唐诗》卷765存诗1卷。

花蕊夫人 见七绝《述国亡诗》注释。《全唐诗》卷798存诗1卷。

附录二：内容索引（共12类）

1. 景色诗

正月十五夜（苏味道·五律）　清明（杜牧·七绝）　江南春（杜牧·七绝）　春晓（孟浩然·五绝）　春晴（王驾·七绝）　绝句二首（杜甫·五绝）　绝句四首其三（杜甫·七绝）　城东早春（杨巨源·七绝）　早春游望（杜审言·五律）　钱塘湖春行（白居易·七律）　春行即兴（李华·七绝）　江楼晚眺（白居易·七律）　晚晴（李商隐·五律）　月夜（刘方平·七绝）　野望（王绩·五律）　长安秋望（杜牧·五绝）　长安秋望（赵嘏·七律）　秋词（刘禹锡·七绝）　山居秋暝（王维·五律）　登谢朓北楼（李白·五律）　枫桥夜泊（张继·七绝）　中秋月（李峤·五绝）　峨眉山月歌（李白·七绝）　霜月（李商隐·七绝）　初春小雨（韩愈·七绝）　春夜喜雨（杜甫·五律）　水槛遣心（杜甫·五律）　春雪（刘方平·七绝）　终南望余雪（祖咏·五绝）　霞（王周·五绝）　登鹳雀楼（王之涣·五绝）

2. 山水田园

次北固山下（王湾·五律）　终南山（王维·五律）　望天门山（李白·七绝）　望岳（杜甫·五律）　宿建德江（孟浩然·五绝）　汉江临眺（王维·五律）　渡荆门送别（李白·五律）　浪淘

沙二首(刘禹锡·七绝)　暮江吟(白居易·七绝)　利州南渡(温庭筠·七律)　题金陵渡(张祜·七绝)　临洞庭湖上张丞相(孟浩然·五律)　游洞庭(李白·七绝)　登岳阳楼(杜甫·五律)　望洞庭(刘禹锡·七绝)　桃花溪(张旭·七绝)　兰溪棹歌(戴叔伦·七绝)　鸟鸣涧(王维·五绝)　滁州西涧(韦应物·七绝)　望庐山瀑布(李白·七绝)　鹿柴(王维·五绝)　竹里馆(王维·五绝)　过故人庄(孟浩然·五律)　题破山寺后禅院(常建·五律)

3. 咏物诗

蝉(虞世南·五绝)　在狱咏蝉(骆宾王·五律)　蜂(罗隐·七绝)　沙上鹭(张文姬·五绝)　归雁(钱起·七绝)　早雁(杜牧·七律)　马诗二首(李贺·五绝)　咏柳(贺知章·七绝)　漫兴九首其五(杜甫·七绝)　早梅(张谓·七绝)　续父井梧吟(薛涛·五绝)　芦花(雍裕之·五绝)　相思(王维·五绝)　题菊花(黄巢·七绝)　不第后赋菊(黄巢·七绝)　江畔独步寻花(杜甫·七绝)　草(白居易·五律)　剑客(贾岛·五绝)　金缕衣(杜秋娘·七绝)　草书屏风(韩偓·五律)

4. 人物纪事行旅诗

清平调词(李白·七绝)　客中作(李白·七绝)　赠孟浩然(李白·五律)　渡汉江(宋之问·五绝)　逢雪宿芙蓉山(刘长卿·五绝)　送灵澈(刘长卿·五绝)　新嫁娘词(王建·五绝)　闺意献张水部(朱庆余·七绝)　采莲曲(五昌龄·七绝)　竹枝词(白居易·七绝)　嫦娥(李商隐·七绝)　贫女(秦韬玉·七律)　山中寡妇(杜荀鹤·七律)　回乡偶书(贺知章·七绝)　观永乐公主入蕃(孙逖·五绝)　观猎(王维·五律)　赠裴秀才迪(王维·五律)　秋浦歌(李白·五绝)　客至(杜甫·七律)　咏绣障(胡

令能·七绝） 题李凝幽居（贾岛·五律） 引水行（李群玉·七绝） 江村夜归（项斯·五绝） 社日（王驾·七绝） 早发白帝城（李白·七绝） 江雪（柳宗元·五绝） 山行（杜牧·七绝） 商山早行（温庭筠·五律）

5. 边塞军旅诗

出塞（王昌龄·七绝） 塞下曲二首（李白·五律） 塞下曲（常建·七绝） 塞下曲四首（卢纶·五绝） 塞下（许浑·五绝） 塞下（秦韬玉·七律） 从军行（杨炯·五律） 从军行三首（王昌龄·七绝） 少年行（王维·七绝） 少年行（令狐楚·七绝） 凉州词（王翰·七绝） 凉州词（王之焕·七绝） 塞上听吹笛（高适·七绝） 夜上受降城闻笛（李益·七绝） 望蓟门（祖咏·七律） 送魏大从军（陈子昂·五律） 使至塞上（王维·五律） 金城北楼（高适·七律） 哥舒歌（西鄙人·五绝） 碛中作（岑参·七绝） 送刘判官（岑参·七绝） 征人怨（柳中庸·七绝） 沿蕃故人（张籍·五律） 陇西行（陈陶·七绝） 河湟旧卒（张乔·七绝） 军城早秋（严武·七绝） 次潼关先寄张阁老（韩愈·七绝）

6. 哀怨悲愤战乱诗

穆陵关北逢人归渔阳（刘长卿·五律） 寄元中丞（刘长卿·七律） 春望（杜甫·五律） 登楼（杜甫·七律） 阁夜（杜甫·七律） 登高（杜甫·七律） 江南逢李龟年（杜甫·七绝） 晚次鄂州（卢纶·七律） 喜见外弟又言别（李益·五律） 左迁至蓝关示侄孙湘（韩愈·七律） 酬乐天扬州初逢席上见赠（刘禹锡·七律） 登柳州城楼寄漳汀封连四州（柳宗元·七律） 登崖州城作（李德裕·七绝） 述国亡诗（花蕊夫人·七绝）

7. 感寓抒怀诗

题大庾岭北驿（宋之问·五律） 汾上惊秋（苏颋·五绝） 独坐敬亭山（李白·五绝） 与诸子登岘山（孟浩然·五律） 芙蓉楼送辛渐（王昌龄·七绝） 黄鹤楼（崔颢·七律） 黄鹤楼闻笛（李白·七绝） 登金陵凤凰台（李白·七律） 闻官军收河南河北（杜甫·七律） 秋兴八首选二（杜甫·七律） 旅夜书怀（杜甫·五律） 送李判官（岑参·七绝） 寄李儋元锡（韦应物·七律） 登科后（孟郊·七绝） 筹边楼（薛涛·七绝） 始闻秋风（刘禹锡·七律） 南园诗二首（李贺·七绝） 宿武关（李涉·七绝） 题宣州开元寺水阁（杜牧·七律） 咸阳城西楼晚眺（许浑·七律） 乐游原（李商隐·五绝） 锦瑟（李商隐·七律） 上高侍郎（高蟾·七律） 感寓（杜荀鹤·五绝）

8. 揭露讽刺诗

赠花卿（杜甫·七绝） 寒食（韩翃·七绝） 行营即事（刘商·五绝） 观祈雨（李约·七绝） 梁城老人怨（陈羽·五绝） 玄都观桃花（刘禹锡·七绝） 悯农诗二首（李绅·五绝） 偶题（殷尧藩·五绝） 偶书（刘叉·七绝） 伤温德彝（温庭筠·七绝） 瑶池（李商隐·七绝） 筑城词（陆龟蒙·五绝） 新沙（陶龟蒙·七绝） 己亥岁（曹松·七绝） 田家（聂夷中·五绝） 再经胡城县（杜荀鹤·七绝）

9. 凭吊怀古咏史诗

禹庙（杜甫·五律） 息夫人（王维·五绝） 西施滩（崔道融·五绝） 西施（罗隐·七绝） 三间庙（戴叔伦·五绝） 楚江怀古（马戴·五律） 易水送别（骆宾王·五绝） 焚书坑（章碣·七绝） 题乌江亭（杜牧·七绝） 贾生（李商隐·七绝） 苏武庙

（温庭筠·七律）　王昭君（张仲素·五绝）　咏怀古迹五首其三（杜甫·七律）　过陈琳墓（温庭筠·七律）　蜀先主庙（刘禹锡·五律）　八阵图（杜甫·五绝）　蜀相（杜甫·七律）　筹笔驿（李商隐·七律）　赤壁（杜牧·七绝）　西塞山怀古（刘禹锡·七律）　石头城（刘禹锡·七绝）　乌衣巷（刘禹锡·七绝）　台城（韦庄·七绝）　金谷园（杜牧·七绝）　经檀道济故垒（刘禹锡·五绝）　泊秦淮（杜牧·七绝）　汴河怀古（皮日休·七绝）　隋宫（李商隐·七律）　过华清宫（杜牧·七绝）　马嵬（李商隐·七律）　哭晁卿衡（李白·七绝）　哭孟郊（贾岛·五律）　哭李商隐（崔珏·七律）

10. 亲情乡情友情诗

送杜少府之任蜀川（王勃·五律）　该袁拾遗不遇（孟浩然·五绝）　送魏万之京（李颀·七律）　长干行二首（崔颢·五绝）　九月九日忆山东兄弟（王维·七绝）　渭城曲（王维·七绝）　静夜思（李白·五绝）　春夜洛城闻笛（李白·七绝）　送孟浩然之广陵（李白·七绝）　赠汪伦（李白·七绝）　寄王昌龄（李白·七绝）　送友人（李白·五律）　送友人入蜀（李白·五律）　别董大（高适·七绝）　月夜（杜甫·五律）　月夜忆舍弟（杜甫·五律）　逢入京使（岑参·七绝）　秋夜寄邱员外（韦应物·五绝）　春夜闻笛（李益·七绝）　归信吟（孟郊·五绝）　秋思（张籍·七绝）　寄扬州韩绰判官（杜牧·七绝）　送人东游（温庭筠·五律）　江楼感旧（赵嘏·七绝）

11. 宫怨、闺怨、爱情诗

杂诗（沈佺期·五律）　古意（沈佺期·七律）　望月怀远（张九龄·五律）　长信怨（王昌龄·七绝）　闺怨（王昌龄·七绝）　伊州歌（王维·七绝）　玉阶怨（李白·五绝）　江南曲（储光羲·五

绝）　春思（皇甫冉·七律）　江南曲（李益·五绝）　鸣筝（李端·五绝）　古怨（孟郊·五绝）　长门怨（刘皂·七绝）　春怨（金昌绪·五绝）　春闺思（张仲素·五绝）　淮阴行（刘禹锡·五绝）　竹枝词（刘禹锡·七绝）　离思（元稹·七绝）　罗唝曲（刘采春·五绝）　题都城南庄（崔护·七绝）　赠去婢（崔郊·七绝）　宫词（张祜·五绝）　秋夕（杜牧·七绝）　瑶瑟怨（温庭筠·七绝）　夜雨寄北（李商隐·七绝）　无题三首（李商隐·七律）　题红叶（宫人韩氏·五绝）　寄夫（郭绍兰·五绝）　寄夫（陈玉兰·七绝）

12. 其他

赐萧瑀（唐太宗·五绝）　和贾舍人早朝（王维·七律）　积雨辋川庄作（王维·七律）　戏为六绝句其二（杜甫·七绝）　曲江二首（杜甫·七绝）　春梦（岑参·七绝）　放言诗（白居易·七律）　听蜀僧濬弹琴（李白·五律）　闻笛（佚名·七律）

附录三：名句索引（1～14画及以上共303条）

一画（9条）

二画（16条）

三画（21条）

四画（39条）

五画（29条）

六画（29条）

七画（31条）

八画（23条）

九画（24条）

十画（24条）

十一画（22条）

十二画（13条）

十三画（12条）

十四画及以上（11条）

图书在版编目（CIP）数据

五朝千家诗·唐代 / 邓亚文编著 . —北京: 中国广播影视出版社, 2017.8（2022.1 重印）
ISBN 978-7-5043-7942-9

Ⅰ. ①五… Ⅱ. ①邓… Ⅲ. ①唐诗－诗集 Ⅳ. ① I222.7

中国版本图书馆 CIP 数据核字（2017）第 158989 号

五朝千家诗·唐代
邓亚文　编著

出 版 人　王卫平
总 策 划　陈晓华
策　　划　林　曦
项目统筹　王　萱
责任编辑　宋蕾佳
封面设计　介　桑
版式设计　成晟视觉
责任校对　谭　霞

出版发行　中国广播影视出版社
电　　话　010-86093580 010-86093583
社　　址　北京市西城区真武庙二条 9 号
邮　　编　100045
网　　址　www.crtp.com.cn
电子信箱　crtp8@sina.com

经　　销　全国各地新华书店
印　　刷　北京一鑫印务有限责任公司

开　　本　787 毫米 × 1092 毫米 1/16
字　　数　248（千）字
印　　张　18.5
版　　次　2017 年 6 月第 1 版　2022 年 1 月第 3 次印刷

书　　号　ISBN 978-7-5043-7942-9
定　　价　39.80 元